**mc** Melhores Contos

Luiz Vilela

Direção de Edla van Steen

 Melhores Contos

Luiz Vilela

Seleção de Wilson Martins

© Luiz Vilela, 1988

3ª Edição, Global Editora, São Paulo 2001

Diretor-Editorial
Jefferson L. Alves

Gerente de Produção
Flávio Samuel

Coordenadora-Editorial
Dida Bessana

Assistentes de Produção
Emerson Charles/Jefferson Campos

Revisão
Ana Carolina Ribeiro

Projeto de Capa
Tempodesign

Editoração Eletrônica
Luana Alencar

Dados Internacionais de Catalogação na Publicação (CIP)
(Câmara Brasileira do Livro, SP, Brasil)

Vilela, Luiz, 1942-.
  Melhores Contos Luiz Vilela : seleção de Wilson Martins. – 3ª ed. – São Paulo : Global, 2001. – (Melhores Contos ; 13)

  Bibliografia.
  ISBN 978-85-260-0203-6

  1. Contos brasileiros. I. Martins, Wilson, 1921-. II. Título. III. Série.

88-1445   CDD-869.935

Índices para catálogo sistemático:

1. Contos : Século 20 : Literatura brasileira   869.935
2. Século 20 : Contos : Literatura brasileira   869.935

Direitos Reservados

Global Editora e Distribuidora Ltda.

Rua Pirapitingui, 111 – Liberdade
CEP 01508-020 – São Paulo – SP
Tel.: (11) 3277-7999 – Fax: (11) 3277-8141
e-mail: global@globaleditora.com.br
www.globaleditora.com.br

Obra atualizada conforme o
Novo Acordo Ortográfico da Língua Portuguesa

Colabore com a produção científica e cultural.
Proibida a reprodução total ou parcial desta obra
sem a autorização dos editores.

Nº de Catálogo: **1624**

Wilson Martins nasceu em São Paulo em 1921, é professor emérito da New York University, Bacharel em Direito (1943) e Doutor em Letras (1952), Universidade Federal do Paraná. Catedrático de Literatura Francesa, Universidade Federal do Paraná (1952-1962). Professor nas Universidades de Kansas (1962), Wisconsin-Madison (1963-1964) e New York University (1965-1991). Crítico literário dos jornais *O Globo* (Rio de Janeiro) e *Gazeta do Povo* (Curitiba). Membro do Instituto Histórico e Geográfico Brasileiro e do PEN Club do Brasil. Comendador da Ordem Nacional de Rio Branco.

Prêmios: Jabuti (2 vezes), pela *História da inteligência brasileira*. José Ermírio de Moraes, pela Academia Brasileira de Letras. Melhor crítico literário de 1992 (Associação Paulista de Críticos de Arte).

Bolsas: Governo francês (Paris, 1947-1948), Fulbright (USA, 1962-1963) e Guggenheim (USA, 1967-1968).

Obras principais: *O Modernismo* (1965), 5ª ed., 1977. *História da inteligência brasileira*, 7 vols. Nova edição, 1996. *A crítica literária no Brasil*, 2 vols., 1983. *Um Brasil diferente*, 2ª ed., 1989. *Pontos de vista*. Crítica literária, em curso de publicação, 13º vol., 1997. *A palavra escrita*, 3ª ed., 1998.

Bibliografia crítica: Miguel Sanches Neto, org. *Wilson Martins*. Curitiba: Editora da UFPR (Série Paranaense, nº 8, 1977).

MÚSICA DE CÂMARA

*E*xcluindo desde logo, por motivos óbvios, os que compõem os seus Contos escolhidos *(1978),* Luiz Vilela selecionou 30 das suas histórias para o presente volume, sendo seis de cada um dos livros anteriores (Tremor de terra, *1967;* No bar, *1968;* Tarde da noite, *1970;* O fim de tudo, *1973;* e Lindas pernas, *1979).* No plano da qualidade, ele valoriza igualmente, e com razão, todos os seus livros, desde a estreia: é autor amadurecido, que não surgiu como "principiante", nas conotações algo paternalistas que a palavra tem em crítica literária. Tal singularidade corresponde à sua posição em face da literatura enquanto atividade criadora: ele não se autodefine como "contista" ou "romancista", mas como ficcionista, discordando, mais uma vez com razão, dos que encaram o conto como "uma espécie de preparação para futuros romances do autor" (entrevista a Sônia Coutinho. O Globo, Rio *22/05/1983).*
   Não fica nisso, entretanto, a unidade essencial de sua obra: pela seleção equânime dos contos anteriormente publicados em volume, ele rejeita a ideia implícita de que possa haver em sua obra contos "melhores" e menos bons. Não se trata de arrogância, creio eu, mas de simples objetividade analítica, pois não é a vaidade literária que está

em causa: o que ele está dizendo é que todos os seus contos são os melhores que pôde escrever em cada momento e que, originando-se nessas camadas autênticas de sua capacidade inventiva e estilística, é natural que todos se situem no mesmo nível de qualidade. O que, com pequenas variações, também pessoais, por parte dos diversos leitores, é verdade crítica indiscutível.

Contudo, para além da noção de "melhor" e de menos bom, a seleção de Luiz Vilela foi feita para atender à variedade de temas e técnicas, tudo se conciliando, afinal, na harmonia do conjunto. Há, assim, o conto de Luiz Vilela, entidade de ontologia literária, se assim me posso exprimir, que condiciona, conforma e configura em sua multiplicidade de realização os contos de Luiz Vilela; com isso, ele se situa na categoria andradina do bom contista, distinta dos que podem eventualmente escrever algum ou alguns bons contos. O seu mundo ficcional é coerente nos personagens que movimenta e na dupla visão da existência que implicam – a deles mesmos e a do próprio autor; isso é tanto mais exato que muitos leitores mineiros (pois é sobretudo dos mineiros que se trata), reconhecendo a própria imagem nesse espelho implacável, recusam o espelho, já que a imagem lhes causa intolerável desconforto.

Se retomo para esta introdução o título do artigo com que, em 1971, situei Luiz Vilela no quadro dos contistas contemporâneos, é porque, de fato, os seus contos evocam, mais do que quaisquer outros, aquela espécie musical. O conto, escrevi então, é a música de câmara da literatura de ficção, assim como o romance pode ser visto como a sua sinfonia. Basta refletir sobre essas correspondências estruturais para perceber que o conto não é apenas, ao contrário do que sugerem as convenções linguísticas, uma "história curta" – e, muito menos, uma história. Há um "sistema de composição" que o define e que, de resto, va-

riando de autor para autor, é mais sensível nos resultados que nos pressupostos. Isso explica que bons romancistas sejam com frequência contistas medíocres (a recíproca sendo igualmente verdadeira); e, para além dos elementos que chamaríamos "externos" e que são comuns a todos eles (número reduzido de personagens, simplicidade da intriga, linearidade da ação etc.), o que realmente caracteriza o conto de alta qualidade literária é a sua vida interior, o seu ritmo narrativo e a sua abertura de compasso intelectual. O conto é, antes de mais nada, uma forma mental; e o conto que não tiver a sua própria forma mental (procurando inconscientemente substituí-la pelos elementos externos acima referidos) é uma história, mas não chega a ser um conto. Poder-se-ia designá-lo pelo nome de "estilo", mas a palavra é ambígua: não se trata apenas de uma maneira de escrever, trata-se de um tipo de visão literária, de uma constelação "genética" particular.

Por isso mesmo, é mais fácil perceber que um conto é bom do que indicar as razões por que outro é mau; do exterior, todos os contos se parecem, verdade crítica que continua tão verdadeira, depois da epidemia de contos e contistas que assolou a literatura brasileira nos últimos anos (felizmente vencida pelas doses maciças de antibióticos ministradas pela indiferença crescente dos leitores) quanto o era quando foi pela primeira vez enunciada. Luiz Vilela, acrescentava eu no mesmo artigo, impôs-se desde logo como um dos grandes contistas brasileiros de todos os tempos, sendo, claro está, um dos nossos contistas modernos mais importantes. Muitos escrevem contos, empresa que, em larga medida, está ao alcance de qualquer pessoa relativamente bem dotada, mas Luiz Vilela é contista, no sentido técnico e intelectual da palavra. Suas páginas têm a palpitação interna do conto, não poderiam ser outra coisa senão contos; é a arte das linhas simples e profundas, e das dificuldades de execução; é bem a música de câmara e não a sinfonia arranjada para instrumentos menos numerosos.

Claro, como é da natureza do gênero, ele se concentra no episódio significativo ou culminante – mas pressupondo sempre os desenvolvimentos anteriores ou circunstanciais que não foram escritos mas que, tanto quanto aquele, constituem o conto. Assim, composições que se devem arrolar, creio eu, entre as obras-primas da ficção brasileira, como, por exemplo, "Os sobreviventes" ou "Bárbaro", não teriam sentido em outras épocas, não poderiam ter sido escritas, digamos, no século passado ou na década de 20. O contexto de leitura é, pois, tão decisivo quanto o texto na eficácia artística do conto; na literatura brasileira do século XX, a arte de Luiz Vilela extrai a sua autenticidade e grandeza estética das mesmas fontes de onde Maupassant extraía as suas na literatura francesa do século XIX, isto é, a vida social nos seus aspectos característicos, a diversidade psicológica, o sistema de valores. Não se trata, bem entendido, da ficção de costumes; trata-se da imagem do homem em cada momento dado.

No mesmo plano de alta qualidade, e de quase intolerável pungência situam-se outros contos, mais diretamente presos ao animal humano. Entre eles, "Aprendizado", "Françoise" e "Luz sob a porta" permanecerão, com certeza, na galeria restrita em que está o melhor de Machado de Assis, ou de Mário de Andrade, ou de Rubem Fonseca, ou de Dalton Trevisan. Mas, como excluir "Ousadia", "Um peixe", "Preocupações de uma velhinha"? É preciso acentuar ainda que Luiz Vilela obtém todos os seus efeitos sem recorrer a nenhum "truque" de composição, a nenhum chamariz sensacionalista ou simplesmente em moda. Assim, para citar desde logo um recurso aparentemente "revolucionário" da ficção contemporânea, o palavrão é, nele, simples coloquialismo, e não desafio gratuito ao leitor supostamente "quadrado" ou, o que é pior, desejo infantil de exibir emancipação de espírito. Por isso mesmo, em contos como "Bárbaro", o palavrão não apenas deixa de ser chocante, mas é indispensável, tem uma função artística; contrariamente, em "Os sobreviventes", ele seria artificial (mesmo de parte dos jovens) e, por isso, artisticamente errado. Em perspectivas mais largas, o estilo de Luiz Vilela estrutura-se em torno de frases simples e da notação rápida; ele é particularmente notável na espontaneidade com que reproduz não somente o diálogo, mas o tom da conversação. Em uma palavra: não o homem que escreve contos, mas o contista.

Dois anos mais tarde, parecia-me que o novo livro de Luiz Vilela (O fim de tudo) confirmando, embora, o seu extraordinário talento de contista e escritor, pouco acrescentava ao terreno conquistado com Tremor de terra *(1967)* ou Tarde da noite, *(1970)*. Em alguns desses contos já se percebe um pouco a fabricação literária, que, tratando-se de Luiz Vilela, é sempre de alta qualidade; às vezes, o esforço de invenção é mais sensível do que a própria invenção. De qualquer maneira, ele é outro "pintor da vida moderna", mas num aspecto algo diverso: sua humanidade é a da "média classe" de uma capital provinciana, tipos sem grandeza mas com personalidade característica, vivendo episódios estranhos (como "A feijoada") ou pungentes (como "A volta do campeão").

Não sendo nem de longe um "costumista", Luiz Vilela escreve os seus contos sob o signo do Tempo, não a duração, nem mesmo a passagem, mas, digamos, a qualidade do tempo. As coisas mudam, como as pessoas e as cidades, de que é admirável exemplo "As neves de outrora" e, num plano mais sutil, "Surpresas da vida". Aqui, de novo, o palavrão, um único, constitui o desenlace natural, próprio e insubstituível da narrativa: ele estabelece retrospectivamente as perspectivas e o sentido do episódio, e também o sentido e as perspectivas da vida humana. É um conto típico da maneira de Luiz Vilela, em que o travo amargo da derrota e da sordidez se mistura com uns toques de grotesco e ridículo; os seus personagens não sofrem do tédio da pequena cidade, nem, realmente, das suas desventuras pessoais; sofrem da condição de existir, da procura sempre frustrada de um sentido para o que acontece. E o que acontece, a rigor, não tem sentido. Essa é a matéria de "A chuva nos telhados antigos" ou de "O fim de tudo". Sendo, como a de Rubem Fonseca, inconfundivelmente brasileira, a humanidade de Luiz Vilela dela se distingue também inconfundivelmente: é a diferença de qualidade entre o Rio de Janeiro e a pequena cidade, ou, se quisermos, entre a cidade e o aglomerado urbano (Luiz Vilela propõe uma demonstração mais imediata dos dois mundos no conto "Não quero nem mais saber").

O leitor perceberá que, dos contos por mim destacados em 1971 e 1973, apenas cinco foram selecionados para esta edição. Isso não quer dizer que eu tivesse excluído os demais, já que as referências tinham intenção meramente exemplificativa, da mesma forma por que concordo com a seleção por ele feita nas suas demais coletâneas. São estes os "melhores" contos de Luiz Vilela? Sim e não, como ficou dito, porque, afinal de contas e "afinal dos contos", o melhor de Luiz Vilela ainda é Luiz Vilela – o conto, não simplesmente "os contos" de Luiz Vilela.

Wilson Martins

CONTOS

CONFISSÃO

– Conte os seus pecados, meu filho.
– Pequei pela vista...
– Sim...
– Eu...
– Não tenha receio, meu filho, não sou eu quem está te escutando, mas Deus Nosso Senhor Jesus Cristo, que está aqui presente, pronto a perdoar aqueles que vêm a Ele de coração arrependido. E então.
– Eu vi minha vizinha... sem roupa...
– Completamente?
– Parte...
– Qual parte, meu filho?
– Pra cima da cintura...
– Sim. Ela estava sem nada por cima?
– É...
– Qual a idade dela? Já é moça?
– É...
– Como que aconteceu?
– Como...
– Digo: como foi que você a viu assim? Foi ela quem provocou?
– Não. Ela estava deitada; dormindo...

— Dormindo?
— É...
— Quer dizer que ela não te viu?
— Não....
— Ela não estava só fingindo?
— Acho que não...
— Acha?
— Ela estava dormindo...
— A porta estava aberta ou foi pela fechadura que você viu?
— A porta, estava aberta... Só um pouco...
— Teria sido de propósito que ela deixou assim? Ou...
— Não sei...
— Ela costuma deitar assim?
— Não sei...
— Quanto tempo você ficou olhando?
— Alguns minutos...
— Havia mais alguém no quarto ou com você?
— Não...
— Você sabia que ela estava assim e foi ver, ou foi por um acaso?
— Por um acaso...
— E quê que você fez? Você não pensou em sair dali?
— Não...
— Nem pensou?
— Não sei... Eu...
— Não tenha receio, meu filho, um coração puro não deve ocultar nada a Deus; Ele, em sua infinita bondade e sabedoria, saberá nos compreender e perdoar.
— Eu queria continuar olhando...
— Sim.
— Era como se eu estivesse enfeitiçado...
— O feitiço do demônio. Ele torna o pecado mais atraente para cativar as almas e levá-las à perdição. Era o demônio

que estava ali no quarto, no corpo da moça, meu filho.
— Na hora eu não pensei que era pecado, eu fiquei olhando feito a gente fica quando vê pela primeira vez uma coisa bonita... Depois é que eu pensei...
— É uma manobra do demônio, ele queria que você ficasse olhando para conquistar seu coração, por isso é que você não sentiu que estava pecando. Ele faz o pecado parecer que não é pecado e a gente pecar sem perceber que está pecando. O demônio é muito astuto.
— Depois arrependi e rezei um ato de contrição...
— Sim. E que mais?... Foi essa a primeira vez, ou já houve outras antes dessa?
— Mais ou menos...
— Mais ou menos?... Você quer dizer que...
— É que...
— Pode dizer, meu filho, não tenha receio.
— Uma vez...
— Essa mesma moça?
— É... Ela estava de camisola; meio transparente...
— De tal modo que permitisse enxergar a nudez?
— É...
— A nudez completa?
— Não. Como agora...
— Sim. Foi em casa que você a viu assim?
— Foi...
— Ela estava só?
— Estava...
— E os pais dela?
— Eles estavam viajando...
— Os pais dela viajam muito, não viajam?
— Viajam...
— Sim. Eu sei – quer dizer...
— Eu tinha ido lá buscar um livro. Ela estava no quarto e me chamou...

17

– Ela não procurou cobrir-se com mais alguma coisa?
– Não...
– E ela não se envergonhou de estar assim?
– Não... Eu procurei desviar os olhos, mas ela mesma não estava importando. Procurei sair logo dali, mas era como se alguma coisa me segurasse, parecia que eu estava fincado no chão...
– E ela? O que ela fez? Conversou com você?
– Conversou...
– De que tipo a conversa?
– Normal...
– Ela não falou alguma coisa inconveniente?
– Não... Mas o jeito dela olhar, o jeito que ela estava sentada...
– Sim. Que jeito? Uma posição indecorosa?
– É... Mostrando as pernas...
– Entendo. E o olhar? Havia alguma imoralidade nele, alguma provocação?
– Havia...
– Sei.
– Mas eu arranjei uma desculpa e fui embora...
– Fez muito bem, meu filho, é isso mesmo que devia ter feito.
– Você pensou na gravidade da situação, isto é, que se você tivesse ficado, o pecado poderia ter sido muito mais grave?
– Pensei...
– Não era isso o que estava no olhar dela?
– Isso?...
– A promessa desse pecado grave.
– Era...
– Ou era apenas uma simples provocação? Quer dizer, você acha que ela estava disposta a te levar a pecar com ela – entende o que eu estou dizendo, não? – ou ela estava simplesmente te provocando, sem outras intenções?

— Não...
— Não o quê? Ela queria pecar?
— É...
— Você imaginou isso, ou as atitudes dela mostravam?
— As atitudes dela...
— Mas a família dela não é de bons costumes, não é muito católica?
— É...
— E você acha que ela faria isso? Você não...
— Já escutei Mamãe dizendo que ela não procede bem... Que ela não é mais moça...
— Entendo. Só sua mãe, ou outras pessoas também dizem?
— Só escutei Mamãe. Ela não gosta que eu vou lá...
— Sei... Faz muito bem, ela está zelando pela sua alma. Foi há muitos dias antes da segunda vez que aconteceu isso, ou foi perto, isso que você está me contando...
— Perto...
— Esses dias?
— É...
— Quer dizer que os pais dela ainda não voltaram?
— Não...
— Eles ficam muito tempo fora geralmente?
— Ficam...
— E ela fica sozinha?
— Fica com a empregada...
— E o irmão dela – quer dizer, ela deve ter um irmão, não tem?
— Tem, mas ele fica quase todo o tempo na fazenda, só vem à cidade domingo...
— Sim, sim. Muito bem – quer dizer... É... E que mais, meu filho, outros pecados?
— Não. Só esse...

– Pois vamos pedir perdão a Deus e à Virgem Santíssima pelos pecados cometidos e implorar a graça de um arrependimento sincero e de nunca mais tornarmos a ofender o coração do seu Divino Filho que padeceu e morreu na cruz por nossos pecados e para a nossa salvação... Ato de contrição.

JÚRI

Nesse instante em que o promotor, com a mão esquerda apoiada na tribuna, esfrega, ou, antes, desliza pelo rosto, mas com pressão, firmeza, força, o lenço branco já um pouco amarrotado de outras esfregadas, pois não é a primeira nem a segunda vez que ele o desliza pelo rosto gotejando de suor e em seguida pelo pescoço e nuca, nesse instante há um tossir abafado e cansado pela sala do júri, acender de cigarros, mexer nas cadeiras duras e sem conforto, num rangido que se repete como que por imitação deliberada, cômica, monótona e aborrecida, conversas à meia-voz, rostos que se voltam na direção da porta tampada de gente e depois, mais além, para o que dali é visível da rua, apenas um pedaço de céu sem cor e a folha ressequida, em completa imobilidade, de uma palmeira; o desejo de estar lá fora, ao ar livre, locomovendo-se, respirando, enquanto das pernas cansadas, pés doendo e formigando dormentes dos que, de braços cruzados, sem outro apoio que os próprios pés se equilibrando no cansaço, ou no máximo apoiados à porta ou ao peitoril da janela (apenas aquela), sobe um desejo cansado, resignado, inútil, de estar sentado numa daquelas poltronas que, embora duras e sem conforto, são nesse instante a própria imagem do conforto e do descanso, desejo que se esfuma no olhar inconsciente e cansado e erradio os rostos dos que, sentados, estão olhando para eles ou para a rua, pedaço de rua além deles, indo destes – dos que na assistência estão sentados – para os rostos na mesa do tribunal, o juiz imóvel e numa estranha aparência de quem, de olhos abertos, estivesse porém dormindo, quando, num gesto repentino e rápido (somente alguns notam), desfere um tapa na própria cabeça, calva, reluzente de suor, e depois volta-se rápido de lado, seguindo com o olhar alguma impertinente mosca, voltando de novo à posição anterior e tirando o lenço do bolso da calça, lenço que passa na calva reluzente de suor, mas não em cima, somente dos lados e na nuca, enquanto olha com expressão carrancuda do alto da mesa para a assistência cansada e suada e à espera; o réu, franzino, de mãos enfiadas entre as pernas juntas como se sentisse frio ou como se, fazendo muito frio, a cadeira estivesse gelada, e ele ficasse nessa posição pouco à vontade, entre em pé e sentado, para evitar o contato dela, posição semelhante a de quem numa visita, prestes a se despedir, inclina-se para a frente e levanta um pouco na cadeira, mas semelhante apenas na aparência, pois não era a intenção de se levantar e sair, proibida para o réu, que o fazia ficar assim, mas o espanto, a perplexidade, visíveis nos olhos grandes e amarelados que fitam nesse instante o crucifixo na parede, atrás e acima da mesa do tribunal, crucifixo que já perdeu a cor de velho, sujo de moscas, apagado, ignorado, e como que inexistente na sala, a não ser para os olhos do réu que nesse instante o fitam, mas sem nenhum sentimento especial, que apenas o fitam, como em seguida fitam, mas rápido, o rosto do juiz e, mais rápido ainda, o do promotor, para então se encolherem, num lento reclinar de cabeça, para as mãos enfiadas nas pernas, quando um ligeiro tremor treme as calças de brim amarelo, gastas e rasgadas nos joelhos; e os jurados, fixos numa atitude de atenção ao promotor ou curvados meditativos, mas nesse instante em que o promotor, pousando a mão esquerda na tribuna, enxuga com a direita o suor do rosto, um dos jurados mais jovens, na verdade o mais jovem, rapaz ainda, relanceia displicentemente os olhos pela assistência como teria feito à mesa de um salão de baile, com a namorada ao lado e um copo de uísque na mão, depois passa a mão pelo cabelo cheio, jogando com as pontas dos dedos o topete para a frente, à maneira de um artista de cinema, depois endireita a gravata, que não estava, como a de quase todos os outros jurados, afrouxada pelo intenso calor, que estava como estava quando no começo da tarde, ele, juntamente com os outros jurados, havia entrado na sala e tomado seu lugar, que era o lugar do canto, tendo por companheiro o velho gordo (o único sem gravata), que, nesse instante em que o promotor faz a pausa, é ligeiramente cutucado no braço pelo rapaz e então, como que num susto, ergue o rosto e abre os olhos e olha assustado ao redor, mudando em seguida a fisionomia para uma expressão neutra de indiferente indagação, quando o rapaz, pegando no nó da gravata e repuxando o pescoço, fala para ele qualquer coisa sobre o calor, ao que o velho, passando a mão pela cara de barba crescida e depois pelo pescoço vermelho empapado de suor, responde com uma cara sofrida, repetindo em seguida a mesma cara para o companheiro ao lado, baixinho, anão, que, para responder ao velho, quase que deita de costas no braço do companheiro seguinte, que o olha de soslaio com uma cara de aborrecimento e nojo, e em seguida dá umas batidinhas na manga do paletó, onde a cabeça do anão, brilhando de brilhantina, havia encostado, e depois olha também com nojo para o companheiro ao lado, que se mantém, desde que ali se sentaram, no começo da tarde, ereto na cadeira como o aluno bem comportado da classe (ele pensa) mas que todos detestam e que se tira nove e meio numa prova em que sempre tirou dez, chora e desacata o professor, ereto e sereno porque um homem matou uma mulher com dez facadas e esse homem não é ele, que está ali, ereto e sereno como um deus que não erra e que existe para condenar os homens ao céu ou ao inferno e que se desmantelaria se o inferno deixasse de existir e só ficasse o céu, que choraria no maior dos desesperos se os homens um dia aprendessem a ser bons, pois que seria feito do castigo e como ele poderia estar ereto e sereno na posição do que não mereceu castigo? olhando com mais nojo ainda quando o companheiro, tirando o lenço, apenas apalpa o rosto de leve, como se apalpasse uma flor, ele não sua (pensa), ele não é um homem, ele é um deus, ele não sua, olhando em seguida com o mesmo nojo para a assistência, a mesma (continua pensando) que viria para um circo, uma briga de galos, um jogo de futebol, um filme de bang-bang, que vem aqui porque não está havendo essas coisas lá fora, e que viria, que preferiria vir aqui mesmo havendo essas coisas, porque o julgamento de um homem que matou a mulher com dez facadas e depois decepou-lhe a cabeça é um espetáculo muito mais emocionante que um circo ou briga de galos ou jogo de futebol, tão emocionante que eles permanecem firmes e atentos apesar do cansaço e do desconforto e do calor, e só seria mais emocionante se o réu ou alguém da assistência desmaiasse, como era possível acontecer naquele calor, ou então, melhor ainda, alguém desse um tiro em alguém, como já havia acontecido ali em outro júri, e um da assistência, ou dos advogados, ou dos jurados morresse, qualquer um, não faria diferença, qualquer um que desse o tiro ou que morresse, seria um espetáculo completo e com a vantagem de ser grátis, e todos sairiam correndo de medo e susto, o senhor meritíssimo perderia aquela cara de juiz da Inquisição e sujaria a meritíssima cueca, e os galinhos de briga da defesa e da acusação se arrepiariam e a galinha choca do promotor, e depois, à noite, em casa, de pijama, rodeados da mulher e dos filhos e dos vizinhos e dos amigos e dos parentes, repetiriam pela milésima vez, com o mesmo entusiasmo e mentira cada vez maior, a emocionante história que abalou a cidade; nojo, nojo de todos e de tudo, condenariam o réu, claro, com aquele calor, com o suor do senhor promotor, a verborreia dos senhores advogados, as moscas do senhor juiz, a pressa dos dois jurados ao lado conferindo os relógios, a indefectibilidade do deus, a surdez do anão, o sono do velho, a futilidade do rapaz, e que podia o seu nojo contra tudo isso? mas ele também talvez condenasse, e por que não? que tinha a ver com aquele homem que nunca vira antes em sua vida? ele matara, matara porque o homem mata, e então outros homens se reúnem em salas para dar o espetáculo que outros homens vêm ver, e no fim o homem é condenado ou não, enquanto outros homens continuam matando outros homens; votaria pela absolvição, o réu não tinha nenhuma chance, mas votaria pela absolvição porque tinha nojo dos outros jurados, que votariam pela condenação, mas votaria pela condenação se fosse qualquer um dos jurados ou dos advogados ou o promotor ou o juiz que estivesse no banco dos réus, mesmo que fosse inocente, mesmo que fosse inocente, e votaria pela absolvição porque era também a condenação o que a assistência queria; não tinha pena do réu, por que pena dele? estava encolhido de medo e susto, mas matara uma mulher, e na hora de matar não devia estar nada encolhido de medo e susto, a mulher sim, e se fosse solto, era provável que matasse de novo, que matasse com mais facadas ainda, como dissera o promotor, e que talvez a

25

vítima fosse até um dos que estavam ali presentes, não tinha pena dele, solto ou preso, já estava mesmo desgraçado para o resto da vida, não tinha pena, tinha é nojo do resto, de tudo aquilo que estava ali à sua frente, ao seu redor, toda aquela palhaçada ridícula e miserável – então, tendo guardado o lenço no bolso, o promotor, relanceando os olhos pela assistência, que num segundo cessa os ruídos e o zum-zum que ia nascendo das conversas à meia-voz, relanceando os olhos, agora com as duas mãos pousadas na tribuna, recomeça a falar: "Senhores jurados; não quero mais prender-vos a atenção nem tomar o vosso precioso tempo, depois que acabastes de ouvir toda a verdade, crua e insofismável, sobre o mais hediondo dos crimes que vieram abalar a nossa cidade, um crime que, só de imaginar, a nossa mente repugna."

ESPETÁCULO DE FÉ

O espetáculo de fé – notável, admirável, incomparável, como disseram os jornais – estava marcado para as oito horas da noite de sábado, mas já antes, pelas três horas da tarde, haviam começado os preparativos, e até mesmo antes, de manhã, e antes ainda, na véspera, não simplesmente no dia anterior, mas em todos os dias que antecederam de perto aquele sábado e que formavam no coração de milhares de fiéis um só instante dilatado de espera e vibração contida desde que, no púlpito das igrejas e depois na rua, nas faixas e boletins distribuídos nas esquinas, nos jornais, no rádio, se havia anunciado a visita da imagem de Nossa Senhora Aparecida, a Padroeira do Brasil, à cidade, e, embora houvesse aqueles para os quais isso pouco ou nada significasse – os de outras crenças religiosas, os sem crença, os indiferentes –, tal era a atmosfera e a agitação da cidade nesses dias, que se podia dizer, e era o que diziam as faixas, os boletins, os jornais, o rádio, que toda a cidade estava à espera de Nossa Senhora Aparecida, ainda mais que esta cidade era uma das capitais mais tradicionalmente católicas do Brasil.

Houve o dia da chegada – apoteótica, como disseram os jornais – da imagem à cidade, com desfile de carros desde o aeroporto buzinando pelas ruas diante de olhos comovidos e vibrantes que esperavam, ou de olhos simplesmente acidentais, curiosos, indiferentes, irônicos, e os foguetes, e o alto-falante anunciando na frente, tendo logo atrás o Cadillac preto com a imagem, demasiado rápido, embora não corresse, demasiado rápido, como no instante em que no striptease a dançarina despe a última peça o tempo todo esperada, para em seguida, demasiado rápido, desaparecer por trás da cortina do palco, o arcebispo e demais autoridades numa mistura pomposa de vestes e cores, cabeças eretas, rostos impassíveis, sagrados, gloriosos, inacessíveis, com a imagem que, reza a tradição, foi encontrada num rio por um pescador pobre. Houve esse dia, essa noite da chegada, em que "milhares de fiéis se acotovelaram nas esquinas para assistir à passagem da imagem milagrosa da Padroeira do Brasil, numa comovente demonstração de fé", como noticiou um jornal, "dia esse tão caro aos nossos corações, em que nossa mãe celeste, numa graça especial, visita a nossa cidade".

Essa visita durou uma semana, "durante a qual Nossa Senhora Aparecida prodigalizou suas inefáveis bênçãos sobre as nossas cabeças", como disse outro jornal. E então chegou sábado, o esperado dia em que toda a cidade se reuniria para receber a bênção, prestar a homenagem e dar o seu adeus à imagem milagrosa, que sairia de uma igreja no centro da cidade e percorreria a avenida mais importante, em direção à catedral onde se realizaria a concentração. Às três horas da tarde já estavam varrendo a escadaria da catedral, onde se celebravam as solenidades ao ar livre, enfeitando o altar, experimentando o alto-falante, a voz dizendo "alô; alô", e depois repetindo espaçadamente "a-lô; a-lô", até que parou, e, passado um pouco, começaram a tocar hinos religiosos a Nossa Senhora. Às cinco horas chegou o carrinho de pipoca, que se instalou na esquina. Às seis já havia algumas pessoas na praça, pequenos grupos conversando, crianças correndo na grama, rostos debruçados nas janelas das casas, nesse instante parado em que falta meia hora para o jantar e o dia se imobiliza, antes de caminhar para a noite. Às sete as luzes da rua já estavam acesas e toda a praça iluminada por um colar de lâmpadas suspenso nas árvores, o altar pronto para a missa, a praça cheia, o pipoqueiro mal tendo tempo de conferir o dinheiro, enquanto a pipoca estala no fogareiro e cheira no frio da noite fria de maio.

"Viva Nossa Senhora Aparecida!", gritou o padre quando a procissão apontou na esquina, e todos gritaram "viva!", não como milhares de vozes partindo de milhares de pontos da praça, mas como uma só voz deflagrada num só instante, calorosa e forte, por sobre as milhares de cabeças, como se estivesse preparada para aquele instante, encolhida no silêncio e na espera como um gato encolhido antes do pulo, desde as primeiras vozes ouvidas na distância cantando hinos, encolhendo-se mais à medida que estas vozes iam se tornando mais nítidas e mais próximas, encolhendo-se até o instante fechado e tenso deflagrado pela voz do padre, quando toda a praça se alastrou em palmas: "Viva Nossa Senhora Aparecida!", tornou a gritar o padre, e todos responderam um "viva!" ainda mais caloroso e mais forte, e a procissão a essa altura já ia entrando na praça, totalmente lotada daquele lado. "Nossa Senhora se aproxima, irmãos, Nossa Senhora está chegando, vamos gritar mais alto ainda, todos juntos: "viva Nossa Senhora Aparecida!", "Viva!", "Mais alto ainda, bem alto, para que ela nos ouça: viva Nossa Senhora Aparecida!" Dessa vez a voz do padre saiu rouca e desafinada, e a resposta da multidão não foi tão forte, e então ele, com a voz rouca e desafinada, começou a cantar o hino a Nossa Senhora Aparecida, pedindo à multidão que cantasse com ele, e a multidão cantou com ele, que então parou de cantar e pôs-se a dirigir do microfone a chegada da procissão, que já havia entrado na alameda da praça, em direção ao altar: pedia para que as pessoas que fossem chegando se distribuíssem pelos lados, onde havia mais espaço, para não se aglomerarem ali e dificultar a chegada dos demais e do andor com a imagem quando ele chegasse, e depois de uma pausa, em que supervisionou a multidão ali de cima, retomou o hino no ponto em que estava, para novamente interromper e pedir que deixassem livre o espaço ali diante do altar, reservado para as congregações religiosas, e recomeçou o hino que a multidão já havia terminado, parando novamente em seguida e dessa vez descendo a escadaria e indo em direção à multidão, num passo rápido e decidido, abrindo os braços e dizendo "afasta, afasta, afasta", enquanto com os braços fazia o gesto de afastá-los, de empurrá-los quase, fosse isso preciso, não o sendo, porém, já que era logo obedecido, mas a multidão, lentamente e talvez inconscientemente, tornou a avançar o espaço deixado livre, mas a essa altura as congregações religiosas haviam começado a chegar e ocupar aquele espaço, e o padre tinha a atenção voltada para elas, pedindo que fizessem filas, dizendo em seguida – tudo isso no microfone de novo – que pedira que fizessem filas e não estava vendo fila nenhuma, e dizendo logo depois, quando todas as congregações já estavam ali – filhas de Maria, congregados marianos, apostolado da oração, legionárias de Maria, vicentinos, e outras menos numerosas –, que fizessem filas bem-feitas, para agradar a Nossa Senhora, que já vinha entrando triunfalmente na praça, e então, após uma pausa, tornou a gritar, com a voz rouca e desafinada: "Viva Nossa Senhora Aparecida!", e a multidão respondeu: "Viva!", e o padre disse que estava muito fraco, que era preciso gritar bem alto, para que Nossa Senhora visse como era grande a fé daquele povo, e então gritou com tanta força que deve ter perdido o equilíbrio, pois oscilou, batendo com o braço no microfone, que tombou, batendo na cabeça dum coroinha, que gritou de susto e dor, mas o padre, ato contínuo, apanhou o microfone e teve tempo ainda de gritar "palmas! palmas! palmas para Nossa Senhora!", quando o andor com a imagem já caminhava por entre a multidão, em direção ao altar, e toda a praça se alastrou em palmas, que iam diminuindo e tornavam a crescer e de novo iam diminuindo, até que foram cessando, e por fim cessaram, e a praça se tornou um só silêncio e uma só espera: então uma voz infantil subiu musicalmente no ar, saudando a imagem. Quando a saudação terminou, seguiu-se novo silêncio, em que o arcebispo se aproximou do microfone, com o passo solene do ator principal, cônscio do seu papel principal, de uma empolgante peça de teatro, dando entrada no palco; de cabeça erguida, mãos cruzadas à frente, depois de passar solenemente o olhar pela multidão silenciosa e atenta, ele começou: "Caríssimos irmãos em Nosso Senhor Jesus Cristo; hoje é um dia de júbilo sem-par em nossos corações; um dia de incomparável felicidade; um dia em que toda esta cidade se irmana numa festa de devoção e amor àquela que é a melhor de todas as mães, nossa Mãe Santíssima, Nossa Senhora Aparecida, a Padroeira do Brasil." Nesse instante, o padre do microfone já havia se afastado do altar e entrado na igreja, ouvindo aquela voz lá fora enquanto caminhava para os seus aposentos. Deitado, ouvia ainda a voz, mas sem ter consciência disso, pensando como estava no que lhe acontecera, não propriamente preocupado – o rosto, habitualmente muito vermelho, estava um pouco pálido, mas os olhos, fixos no teto, não revelavam preocupação –, e sim contrafeito por se ver tão inesperadamente excluído da solenidade, no momento em que ela apenas se iniciava, quando passara todos os dias da véspera esperando-a, preparando-a – e certamente era isso, o trabalho excessivo daquela movimentada semana, que provocara aquela tonteira, um embaçamento da vista, que o fez perder por um instante o equilíbrio. A outra vez que tivera aquilo – e se não fosse agora, nem teria mais se lembrado dela – fora algo mais sério, e tiveram razão de chamar o médico, que lhe disse tratar-se da ameaça de um enfarte e lhe recomendou rigorosa dieta na alimentação, dieta que ele seguiu somente nos primeiros dias, abandonando-a depois; recomendou-lhe também que trabalhasse menos – "sim, sim, compreendo", ele dizia, mas por dentro, como criança travessa, ria para si mesmo, pois era uma recomendação que jamais poderia aceitar: trabalhar menos, quando tanta coisa precisava ser feita, quando um minuto de descanso era um minuto perdido para fazer o bem e um minuto ganho talvez pelas forças do mal? Vigiai e orai, dissera o Mestre, e repreendera os discípulos porque haviam dormido – a quantos esta mesma repreensão não será feita no Dia do Juízo? Para descansar havia, de prêmio para os que viveram e morreram na lei do Senhor, toda a eternidade, mas o mundo é um campo de batalha em que uma hora de descanso pode significar incalculável perda; "sim, sim", dizia sério às palavras do médico, mas nunca seguiria tal recomendação, e se a morte viesse surpreendê-lo no trabalho, tanto melhor, pois era exatamente essa a morte que pedia a Deus em suas orações: morrer trabalhando por sua maior glória; não queria morrer na cama como um preguiçoso ou um inválido. E não seria agora, não, não seria dessa vez que o Senhor o chamaria, com aquele simples mal-estar, que certamente passaria quando tomasse chá; por coincidência, apenas havia pensado isso, ouviu as batidinhas na porta; sentou-se na cama e mandou entrar: a empregada entrou, com a bandeja na mão, caminhou em direção à cama, e, colocando-a sobre a mesinha, perguntou sorrindo se ele estava melhor, ao que ele, sorrindo também, respondeu que sim – e então tornou-se repentinamente sério, vislumbrando a nudez da empregada no gesto de ela curvar-se sobre a mesinha, sério e nervoso, a empregada não percebendo nada, porque olhava para o açucareiro, dizendo que esquecera de pôr mais açúcar, será que aquele dava – respondeu que dava, mas então não estava mais olhando para ela nem para a nudez vislumbrada, olhava para dentro de si, naquele fogo que o incendiava, repetindo-se mentalmente que fora um descuido, um grave descuido, um descuido imperdoável. "O senhor não vai tomar o chá, Padre Dimas?", ela perguntou; sem responder, ele pegou a chávena. "Se precisar de mim, estou lá na cozinha", ela disse sorrindo, e se afastou, fechando a porta. Ele ouviu os sapatos de salto alto caminhando pelo corredor. Ouviu-os ainda milhares de vezes na cozinha, andando para cá e para lá. E, depois de um certo tempo, em que tudo parou – a voz do arcebispo lá fora, o chá no bule, os livros na estante, o crucifixo na parede –, ouviu-os caminhando de volta pelo corredor, em direção ao quarto, inapeláveis. "Resolvi trazer mais açúcar", disse ela, entrando no quarto: "achei que o senhor podia querer."

    A campainha soou, anunciando a consagração. Centenas de pessoas comungaram, a fila parecia não ter fim. A missa só foi terminar às nove e meia, quando a multidão se dispersou pelos quatro cantos da praça, que às dez horas, com as luzes ainda acesas, já estava deserta.

    Foi um espetáculo de fé notável, admirável, incomparável, como disseram os jornais no dia seguinte, embora se registrasse uma notícia desagradável, como a da morte do Padre Dimas, ocorrida de maneira súbita na hora da missa, a se calcular pela hora em que foi encontrado morto em

33

seu leito, ao qual se recolhera por não estar sentindo-se bem. Registrou-se também – isso na última página – o roubo de uma bolsa contendo cem mil cruzeiros, o roubo de um Volkswagen, o desaparecimento de um menino chamado Sérgio, de um débil mental que atende pelo nome de Biduca, e, mais tarde, por volta das onze horas, quando a solenidade já havia terminado, uma tentativa de estupro de João de tal, pedreiro, com Maria de tal, doméstica, os quais, após terem assistido à missa, ficaram num dos cantos menos iluminados da praça, conversando em atitude suspeita, segundo declarou o senhor José de tal, que por ali ia passando aquela hora.

DEUS SABE O QUE FAZ

Deus sabe o que faz, e por isso a criança nasceu cega, mas Deus sabe o que faz, e ela cresceu forte e sadia, não teve coqueluche nem bronquite como os outros filhos – o mais velho, aos vinte e poucos anos já vivia na pinga, cometeu um crime e foi parar na cadeia; a menina cresceu, virou moça, casou, traiu o marido, separou, virou prostituta; o cego tinha o ouvido bom e aprendeu a tocar violão, e aos quinze anos já tocava violão como ninguém, um verdadeiro artista, porque Deus sabe o que faz, e para tudo nesse mundo há uma compensação, e assim, enquanto o irmão estava na cadeia e a irmã no bordel, o cego foi ganhando nome e dinheiro com seu violão e seu ouvido, que era melhor do que o ouvido de qualquer pessoa normal, e os pais, que eram pobres e às vezes não tinham nem o que comer, tinham agora dinheiro bastante para se darem ao luxo de comprar um rádio, onde escutaram transmitido da cidade vizinha o programa do Mozart do violão, como o batizara o chefe da banda de música local, que, tão logo conheceu o rapaz, tornou-se seu empresário, deixando a banda para revelar aos quatro cantos do mundo o maior gênio do violão de todos os tempos, até que um dia sumiu para os quatro cantos do mundo com o dinheiro das apresentações, mas Deus sabe o que faz, e se o empresário fugiu, uma linda moça se apaixonou pelo rapaz e prometeu fazer a felicidade dele para o resto da vida, e assim, enquanto os dois, casados e morando numa modesta casinha, viviam felizes, a irmã, que era perfeita e bonita, envelhecia prematuramente no bordel, e o irmão, que era perfeito e bonitão, saíra da cadeia, não achara emprego e vivia ao léu, até que conheceu a mulher do cego e se apaixonou loucamente por ela: o cego tocava na maior altura, para não ouvir os beijos dos dois na sala – até que as cordas rebentaram, até que ele rebentou o ouvido com um tiro.

UM DIA IGUAL AOS OUTROS

Hoje, um dia igual aos outros. Nada de extraordinário aconteceu. Levantei-me um pouco mais tarde, fiquei lendo até a hora do almoço um livrinho policial, que comprei ontem numa banca, depois fui almoçar, e depois fui para o serviço; hoje, por causa de uns papéis velhos que resolvi pôr em ordem, saí um pouco mais tarde. Depois jantei, dei um giro pela avenida, e aqui estou, de volta. Não sei até quando manterei esse diário; quando o comecei, tive a sensação de uma grande novidade: contar as coisas acontecidas no dia tinha um sabor todo especial; era como se, ao escrever, eu descobrisse uma série de coisas interessantes que não tinha visto antes de escrever. Mas, aos poucos, isso foi diminuindo. Com o passar dos dias e das páginas do caderno, fui observando como essas coisas variavam pouco, como eram quase sempre as mesmas. Ao mesmo tempo, observei como certas frases minhas começavam a se repetir, certas expressões; era uma consequência natural. Às vezes, no instante mesmo em que ia escrever uma frase, lembrava-me de que a havia escrito no dia anterior, ou alguns dias antes; parava então nessa desagradável interrupção, e não sabia o que fazer, pois minha vontade era continuar escrevendo. É por isso também que, ao mesmo tempo que me pergunto até quando continuarei o diário, penso que não o interromperei, pois isso de escrever aqui à noite, quando chego da rua, é algo que me distrai e também me ajuda a trazer o sono, que nunca tenho muito. Quando há alguma novidade, algum acontecimento interessante, às vezes vou até mais tarde escrevendo; mas isso é raro. Geralmente os dias diferem pouco. Hoje, por exemplo, nada aconteceu de extraordinário. Foram as coisas de sempre, e as pessoas de sempre. No serviço, saí um pouco mais tarde, mas isso não chega a ser novidade, pois é uma coisa que faço de tempos em tempos. Estou me lembrando agora de Canarinho, a hora que fui no mictório e dei com ele lá chorando; mas isso é novidade? Quantas vezes já não dei com essa mesma cena? A única diferença é que hoje isso me impressionou mais, embora eu não saiba por que, pois não havia nada de diferente, até o modo de chorar era o mesmo, aquele modo de chorar que me faz lembrar esses meninos que vão chorar sozinhos no fundo do quintal, para a mãe não ver; só que o quintal de Canarinho é o mictório, e, distraído como ele é, sempre deixa a porta aberta; ou é de propósito, não sei. No começo, quando entrei para a seção, ficava muito preocupado com ele, impressionado. Lembro-me ainda do que senti a primeira vez vendo aquele homem magrinho e descabelado sentado no vaso sanitário e chorando com a cabeça enfiada nas mãos: foi uma das cenas mais estranhas que já presenciei em minha vida. Eu queria fazer alguma coisa, perguntar se ele estava sentindo-se mal ou qualquer coisa, mas não sabia o que fazer naquela situação; então afastei-me sem que ele me visse, achei que essa era a melhor atitude. Depois contei a coisa para João, que foi o primeiro no serviço com quem travei amizade, o que se deve certamente ao seu gênio expansivo; João é dessas pessoas que fazem amizade logo e com todo mundo. Ele foi logo dando uma de suas risadonas, o que me deixou surpreso e um pouco irritado, pois não via motivo para uma risada daquelas, apesar da situação insólita; mas era uma situação mais triste do que engraçada. Ele aí me contou tudo. Aquilo era novidade apenas para mim; o choro de Canarinho era coisa antiga na seção, já fazia parte do "folclore da seção", como ele disse; havia já três anos que aquilo se dava. "Três anos que ele chora assim?", lembro-me que perguntei espantado, e João disse, dando tapinhas no meu ombro e falando com aquele ar displicente de sujeito já antigo no serviço: "Você está espantado à toa, você ainda não viu nada; você precisa ver os tipos que tem aqui na Companhia: cada qual mais louco que o outro; a gente vê de tudo aqui, você vai ver; Canarinho até que não é dos mais doidos não, há outros muito piores do que ele: há uns que são louquinhos, podiam ir direto daqui pro hospício – o Romão, por exemplo, você já viu o Romão? já te mostraram o Romão?" Eu ainda não tinha conhecido o Romão; era um sujeito que cismava que era locomotiva e de vez em quando apitava feito locomotiva; um pobre coitado que, de tanto guiar locomotiva, tinha ficado doido; fiquei conhecendo ele depois; um infeliz, ou melhor, um feliz, que iria direto para o céu quando morresse. Continuando o diálogo: perguntei se Canarinho também era meio biruta, pois já tinha conversado ligeiramente com ele uma vez e não me dera essa impressão. João: "Então um cara que faz o que você viu hoje pode ser um sujeito normal? Um sujeito normal fica sentado assim numa privada, chorando de porta aberta? Isso é coisa de gente normal?" Eu: "Ele pode ter se distraído." Ele: "Bem, vamos que seja distração, que ele tenha se distraído: é normal um sujeito na idade dele, um adulto, um velho, já se pode dizer, ficar assim de tempos em tempos chorando feito uma criancinha? Agora te pergunto: isso é normal? Um sujeito que faz isso pode ser chamado de sujeito normal? Claro que ele não é doido feito o Romão, ou feito o Galego, um outro que esteve aqui e já saiu; mas é, só que um doido de tipo diferente." Perguntei se Canarinho já tinha sido visto antes naquela mesma situação em que o vira; João disse que sim, uma outra vez; mas no mictório, sem ser exatamente naquela situação, já tinha sido visto várias vezes. Mas ninguém mais ligava para isso, já se tornara comum, rotineiro – já fizera parte do folclore da seção –, só os funcionários novos é que notavam, estranhavam, mas depois de certo tempo aquilo virava rotina para eles também. "A gente acostuma", ele explicou. "A gente acostuma. Por exemplo: quando a gente escuta uma carreira de peidos lá na privada, pode saber que é o Canguçu que está lá dentro; se um chorinho miúdo de criança, é o Canarinho; mas ninguém liga mais nem pros peidos nem pro choro, entende? Ninguém para pra pensar nisso. A gente se habitua. Passa a fazer parte do folclore da seção." Essa expressão, "folclore da seção", João usou-a não sei quantas vezes; parecia que isso resumia tudo para ele, explicava tudo, encerrava tudo. Mas eu não estava satisfeito e queria saber mais. Continuei perguntando. Perguntei: "Mas por que afinal que ele chora assim? Qual o motivo? É por causa de alguma coisa? Já perguntaram pra ele? Ele já falou alguma vez por quê?" João: "Não. Perguntaram? Já, já perguntamos pra ele, mas ele não diz; quer dizer: diz, mas dá na mesma; ele diz que não é nada; ele diz assim: não é nada, é um resfriado; eu morro de rir; resfriado, o modo como ele fala, e a coisa, o cara está chorando e diz que é resfriado, quando todo mundo está vendo que ele está é chorando mesmo; mas principalmente o modo como ele fala: resfriado, não é nada, é um resfriado; não é engraçado? É um louco, mas uma boa alma, coitado, um bom coração, incapaz de matar uma mosca. E sabe que ele é um bom funcionário?

Sabia disso, que ele é um bom funcionário? Um dos melhores funcionários que nós temos aqui, acredita?" Não sei por que João perguntava isso; eu não pensara que Canarinho fosse mau funcionário, isso nem me passara pela cabeça, como nem me passara pela cabeça que ele era doido, só porque o vira no vaso daquele jeito; então, só porque via uma pessoa assim, ia pensar que ela era mau funcionário? Que tinha uma coisa a ver com outra? Mas João é dessas pessoas que conversam muito e que vão falando sem parar, sem refletir um pouco se a gente está pensando desse ou daquele jeito. Eu ainda perguntei outras coisas a respeito da vida de Canarinho, onde morava, se tinha parentes etc... João me deu informações vagas: ele morava num bairro longe, morava com uma tia velha paralítica, ou irmã, não sabia direito, sabia que era velha e paralítica; Canarinho já falara com ele sobre ela, mas não lembrava direito se era tia ou irmã, esses detalhes assim ele não era bom para guardar, sua memória não era boa para isso. Notei que João já estava meio cansado do assunto e não espichei a conversa. Isso foi tudo o que consegui saber a respeito dele, e até hoje ainda é tudo o que sei sobre ele, por vários motivos: primeiro, que João era o que mais sabia a respeito de todos os funcionários, e se era só aquilo o que ele sabia, os outros certamente sabiam menos ainda, ou só sabiam aquilo que João sabia; segundo, que, fora João, eu quase não conversava sobre assuntos assim, e com o próprio Canarinho, nas poucas vezes que conversei com ele, conversas sempre resumidas e rápidas, nunca lhe fiz perguntas dessa natureza; e o motivo final, de que eu não via razão para fazer essas perguntas, uma vez que não tinha ideias de ir na casa dele ou chamá-lo para vir onde moro. Lá na seção é assim: quando nos despedimos, cada qual vai para o seu lado, e é como se cada um deixasse de existir para o outro; a gente só se vê de novo no dia seguinte, a não ser por um acaso na rua. Eu é porque arranjei esse hábito de ficar escrevendo de noite depois que chego em casa, senão eu me esqueceria logo deles; ou será que é para não me esquecer deles que eu escrevo? Ou então ainda: é porque não me esqueço deles que escrevo. Não sei. Não sei também se gosto ou não gosto de me lembrar deles. Só sei que em casa, à noite, quando abro esse caderno para escrever, vou me lembrando de todos eles. Às vezes me lembro mais de um, outras vezes de outro; isso é de acordo com as coisas que aconteceram no dia e também com o meu estado de espírito. Hoje, por exemplo, estou falando mais de Canarinho porque o vi lá no mictório chorando, mas já disse que isso não é novidade, já o vi várias vezes lá assim, depois daquela primeira vez. Outro que, depois de João, me falou mais sobre Canarinho foi Haroldo – o qual, diga-se de passagem, não topo muito. Haroldo é formado em Psicologia, e, só por isso, parece achar-se o sujeito mais inteligente do mundo; é o intelectual da seção, vê-se logo; qualquer novato logo vê isso pela sua cara fria, os óculos grossos, o peito raquítico, os braços finos, a palidez. Quando olho para ele, sempre penso que é um sujeito que nunca diz uma frase como: "Hoje está um solzinho bacana." Ou: "Olha que ventinho gostoso." Ou: "Olha que mulher boa." Frases assim. Eu não duvido que ele seja o mais inteligente de nós; um sujeito que pensa o tempo todo, como ele pensa, que não faz outra coisa a não ser pensar, e que lê como ele lê, tem de forçosamente ficar sendo o mais inteligente; mas quê que ele vai fazer com tanta inteligência, se ele não vive? Ele sabe tudo, sabe que isso é isso, e aquilo é aquilo; mas de quê que serve isso, se ele não se interessa por isso ou por aquilo senão para dizer que isso é isso e aquilo é aquilo? João diz que na seção há todo tipo de doido; é verdade; mas um sujeito como Haroldo me parece mais doido, muito mais doido do que Romão; Romão em todo o caso era um sujeito que ria, chorava, xingava, bebia, mesmo se julgando uma locomotiva. Eu sei que Haroldo nunca vai se julgar uma locomotiva, isso nunca vai acontecer com ele; pois eu vou dizer: se acontecesse, acho que eu simpatizaria muito mais com ele. Sem querer exagerar, às vezes até as locomotivas me parecem mais vivas do que Haroldo; com seus ferros, seus ruídos, sua força, sua sujeira, sua fumaça, seu sino, seu apito, me parecem mais vivas do que ele com sua palidez, seus olhos fixos, suas palavras que ninguém entende. Romão pelo menos não humilhava a gente, e Haroldo parece estar sempre querendo fazer isso. Não me esqueço do dia em que ele me perguntou se eu sabia o que era um esquizoide; eu perguntei se era um tipo de inseto parecido com besouro, e ele deu um risinho de deboche: esse risinho que ele sempre parece ter, mesmo com a cara morta que tem. Ele não me explicou quê que era, ele só disse assim: "Esquizoide é você, por exemplo." E foi cuidar do serviço. Eu achei melhor não perguntar, e deixar para olhar em casa, no dicionário; olhei e até anotei no caderno, está aqui atrás: "pessoas de natureza concentrada, inquieta, contraditória consigo própria". De fato é mais ou menos assim que eu sou, reconheço, não vou negar. Mas não precisava ele dizer isso do modo como disse, como se estivesse dizendo, por exemplo, que eu era um canceroso. Essas coisas a gente não diz. Mas não é só comigo, é assim que ele fala com todo mundo e de todo mundo. Para ele parece que nós todos somos uns cancerosos, a humanidade inteira uma cancerosa. Vamos que seja, e, para ser sincero, eu também às vezes penso isso; mas a gente não devia dizer essas coisas com aquele risinho de deboche; não é coisa para rir ou debochar, é uma coisa triste, é uma coisa muito triste a gente pensar isso, e eu acho que nem se devia dizer, como não se deve dizer a um canceroso que ele é canceroso. Não sei, não tenho ideias firmes sobre isso; mas, de qualquer modo, a maneira como ele diz não me agrada, não me parece certa. A gente pode dizer a um canceroso que ele é canceroso, de um modo que dizer isso não o faça sofrer mais; às vezes, conforme o jeito, pode dar-se até o contrário, ele sofrer menos. Tudo está no modo como se fala, no olhar ou no sorriso que a gente tem na hora de falar; e às vezes nem é preciso falar, basta o olhar ou o sorriso. Por outro lado, se a gente diz para um sujeito que não é canceroso, que ele é, para quê que serve isso? Não serve para nada, ou serve, no máximo, para criar inimizades. Não sei, às vezes fico pensando que Haroldo tem necessidade de que as pessoas não gostem dele como a gente tem necessidade de que gostem da gente; e se é assim, não posso deixar de pensar que ele próprio é um dos mais doentes dessa humanidade de cancerosos. Fico pensando como ele será com os seus parentes mais chegados. Ele é solteiro, e não posso ter a menor ideia de que ele se case um dia. Alguns na seção dizem que ele é impotente, mas eu sei como pessoas do tipo dele dão margem a mexericos dessa espécie; não é por isso que estou dizendo que não posso ter ideia de ele se casar; não é por causa desses boatos; é porque não posso imaginá-lo dando beijinhos de despedida na esposa, ou brincando de cavalinho com o filho; o máximo que posso imaginar é o filho brincando sozinho no quarto e ele num canto, parado, duro, com os olhos fixos detrás das lentes grossas, analisando o menino para descobrir se ele é um esquizoide ou um esquizofrênico. Já o imaginei também apresentando a família a alguém, e até ri sozinho quando imaginei isso – um tipo como ele acaba é ficando cômico de tanta seriedade, e a gente acaba rindo. Seria assim: "Esse é meu pai, esquizoide; essa é minha mãe, esquizofrênica; esse é meu irmão, oligofrênico" – e assim por diante. A gente teria é que rir. No dia seguinte, depois daquele dia em que ele me perguntou se eu sabia o que era um esquizoide, ele, uma hora que estávamos tomando café, me disse que Bethoven (acho que é com dois "e": Beethoven) também era um esquizoide. Hoje o que me deixa mais danado da vida, quando me lembro disso, é o fato de eu ter entendido a coisa como um elogio; o que é a vaidade da gente; na mesma hora senti-me assim mais ou menos como se estivéssemos eu e Beethoven de mãos dadas de um lado, e o resto da humanidade do outro lado. Usando de uma comparação que me vem agora, é como se, só pelo fato de usarmos os dois a mesma marca de chapéu, eu pensasse que tivéssemos também a mesma cabeça; é ridículo, a vaidade nos deixa totalmente cegos; como não pensei nessa hora no tudo que Beethoven tinha feito e no nada que eu tinha feito? na distância abismal que há entre um gênio como ele e um obscuro barnabé como eu? É um monstro a nossa vaidade, meu Deus. Depois é que percebi a intenção com que ele dissera aquilo, e aí senti o ridículo do que eu havia pensado. Que elogio coisa nenhuma; ele quis dizer com aquilo é que mesmo um grande artista como Beethoven, que criou tanta beleza, era no fundo outro canceroso; era isso o que ele queria dizer. Que mesmo os grandes homens, os que mais fizeram pela humanidade, eram também outros tantos doentes sem cura. Foi antes dessas coisas que ele me falou sobre Canarinho; eu ainda não o conhecia direito. O que ele me falou foi uma explicação complicada, cheia de palavras difíceis que eu não entendia; no fim ele trocou a coisa mais ou menos em miúdos para mim, e era isso: que Canarinho fazia aquilo para se castigar de uma falta grave que ele tinha cometido na infância, algo sujo e proibido que ninguém, provavelmente nem o próprio Canarinho, sabia o quê. Eu dizia: "Sei; sei", e devia estar com uma cara muito séria e atenta, impressionado com aquelas palavras complicadas que eu não entendia e com a cara fria e os óculos grossos de Haroldo. Fiquei depois em casa mastigando a coisa e me lembrando daquela cena que eu tinha presenciado aquele dia. Era difícil relacionar as duas coisas, a coisa suja e proibida e a cara em choro daquele homem franzininho. Eu não punha em dúvida a explicação; Haroldo era o intelectual da seção, formado em Psicologia, e eu, um modesto barnabé que não passou do ginásio, não ia pôr em dúvida a sabedoria do mestre. Mas, como não entendia bem a coisa, achei melhor não pensar mais nela e ficar calado. Depois disso não perguntei a mais ninguém sobre Canarinho. Da segunda vez que o vi em situação semelhante – eu tinha ido urinar e encontrei-o lá, de costas, olhando para o basculante, e então o observei e vi que ele estava chorando –, tentei manter uma conversa com ele, mas foi mesmo como João me havia dito; quando perguntei a ele o que era, se estava se sentindo mal, ele, meio sem jeito e assoando o nariz, disse que era um resfriado – do jeitinho que João falara – e foi logo saindo dali. Tornei a vê-lo assim outras vezes, mas não perguntava mais nada; eu tinha vontade, mas não sabia o que dizer, sentia-me paralisado. Imaginava o que as outras pessoas no serviço já deviam ter perguntado a ele, as dezenas de perguntas que já deviam ter feito sobre sua vida, João perguntando com aquela cara de boi sonso, Haroldo examinando-o, fazendo-lhe perguntas com aquelas palavras difíceis e dizendo-lhe talvez o que me disse, a coisa suja e proibida, tentando fazê-lo lembrar-se ali na privada, Canarinho com os olhos ainda molhados e sem entender nada, de uma coisa suja que ele tinha feito cinquenta anos atrás; pensava em tudo isso e pensava no que ele sentiria quando "mais um", eu, começasse a fazer perguntas sobre sua vida. Eu não faria. Mas não podia acostumar-me com aquilo, quer dizer, ficar simplesmente olhando sem sentir nada, sem querer fazer nada. São coisas de esquizoide. João não sabia que eu era esquizoide, por isso disse que eu me acostumaria logo; mas João não estudou Psicologia. Pensando bem, é um troço besta eu ficar assim preocupado com um sujeito que nunca foi nada para mim, além de um mero colega de serviço; nunca fez nada para mim, nunca veio puxar conversa comigo, nada; a única coisa que aconteceu é que eu o vi chorando. Mas quem me dirá que Haroldo também, ou João, não chora no mictório, por trás da porta fechada? Pode ser, pode perfeitamente, por que não? Não são homens também? Não sofrem também? Em todo o caso, Haroldo tem a sua inteligência, arranja um nome complicado para o choro, e pronto, passou, já está bom; e João manda uma dúzia de palavrões, e pronto também, já passou, e ele já está dando uma de suas risadonas e conversando com todo mundo. Mas Canarinho, não vejo como ele pode fazer; ele não tem a inteligência de um nem a saúde do outro. Quando ele chora, ele só tem o choro dele, não tem mais nada onde se segurar, o choro o carrega como se ele fosse uma folhinha de árvore. Hoje, quando o vi lá assim, quase tornei a conversar com ele, mas de novo não soube o que falar, tive de novo aqueles pensamentos que me paralisam; a única coisa que falei foi na hora que ele saiu do mictório, mostrar para ele que havia esquecido a braguilha aberta; ele me agradeceu como se eu tivesse acabado de salvar sua vida. Depois, até na hora de sair, fiquei pensando nele. Acho que a ideia de ficar mais um pouco para pôr em ordem os papéis velhos foi, em parte, um pretexto para ter a oportunidade de ficar a sós com ele, que é geralmente o último a sair; então puxar conversa, talvez chamá-lo para tomar uma pinga no bar. Ficamos uns cinco minutos sozinhos, os dois na sala, ele lá num canto e eu cá no outro. Falar me parecia tão difícil quanta falar a primeira vez com a primeira namorada. Difícil não é bem a palavra: é que eu não achava jeito. E não falei. Ele se levantou, despediu-se, e eu não falei. Eu ainda corri até a porta para chamá-lo; mas não chamei; fiquei só olhando, até que ele ficou fora de alcance. Agora me vem esse pensamento: por causa de uma palavra que não pronunciei, uma vida deixou talvez de ser salva. Porque essa é a ideia que está zumbindo há alguns minutos na minha cabeça: a de que ele vai suicidar-se – e, quem sabe, talvez a essas horas até já tenha se suicidado. Agora percebo que deve ter sido isso o que fez com que ele me impressionasse mais hoje. Havia qualquer coisa de diferente nele sim, agora percebo que havia: um ar estranho, fechado. Por que então ele hoje me impressionou mais do que nas outras vezes? Por que nas outras vezes eu não pensara nisso? É como um pressentimento, uma previsão. Posso quase ver João, que é sempre o primeiro a saber das notícias, entrando na seção e comunicando para a turma, com aquele ar de quem foi o primeiro a saber de uma novidade importante. E o pessoal dizendo: "O Canarinho? Não é possível, ontem ele estava normal aqui, que será que houve com ele?" Normal. E eles ficarão imaginando quê que houve com ele, que coisa rara e terrível terá acontecido com aquele homem que o teria levado ao suicídio. Fico imaginando o seguinte: um homem, durante muito tempo, necessita da ajuda dos outros, mas recusa, por orgulho, ou timidez, ou medo, ninguém sabe, a mão que se estende para ajudá-lo; um dia ele precisa desesperadamente dessa ajuda, sua vida fica dependendo disso, da mão que se estenda para ele e que ele agora irá aceitar; mas nesse dia mão nenhuma se estende: então ele se mata. Essa mão é a minha que não estendi hoje para ele. Bastaria chamá-lo talvez, bastaria pronunciar o seu nome para que ele se sentisse salvo, bastaria isso, e isso não foi feito. Por quê?

"Por falta de jeito." Simplesmente isso: falta de jeito. Bolas, dane-se. Isso mesmo: dane-se. Que tenho eu afinal com a vida de Canarinho? Que tenho eu com a vida de todo mundo? Querem matar-se? Matem-se. Por que tenho de salvar· a vida dos outros? Não sou médico, nem santo, nem benfeitor da humanidade, e não pretendo ser nada disso. Sou só um obscuro barnabé e é o que serei a minha vida inteira e não penso nem quero ser outra coisa. E se um outro obscuro barnabé dá na telha de se matar, eu vou atormentar-me com isso e considerar-me culpado? Dane-se. Imagino se fosse preocupar-me com todos os Canarinhos que existem no mundo. Quantos existirão, espalhados por aí nas seções do mundo inteiro? Imagino uma multidão de Canarinhos chorando num gigantesco mictório: o choro ainda seria mais baixo que os peidos de uns três Joãos. Dane-se. Matou-se? Pensando bem, quê que de melhor ele podia fazer? Um de menos para sofrer, um a mais para ser esquecido. E o serviço continua, a seção continua, a vida continua. É o folclore do mundo, como diria João. E dane-se, dane-se.

TREMOR DE TERRA

Tinha um rostinho que me encantou, um rostinho lindo como – não sei como o quê, não encontro nada que possa dar uma ideia de como era lindo o rostinho dela, um rostinho maravilhoso, e eu apaixonei-me por ela como se eu fosse um rapazinho de quinze anos e ela uma garota de quinze, mas eu não tinha quinze anos, tinha quase vinte, e ela mais de vinte e era casada e mãe e dona de casa e professora, uma mulher com todos os requisitos necessários para isso. Apaixonei-me de cara, no primeiro dia, no primeiro instante, foi um troço doido, eu não escutei uma vírgula do que ela falou na aula, não despregava os olhos dela, era uma coisa maluca, um desatino. O que eu senti, não parava de escrever se fosse falar nisso, algumas coisas nem ia ter jeito de falar, de tão estranhas e incompreensíveis. Era como se eu, durante toda a minha vida, desde criança, estivesse procurando uma coisa decisiva para mim, e para isso tivesse batido milhares de vezes diferentes em portas fechadas, por trás das quais estava o que eu procurava, nem sabia o que era, e continuava procurando; mas de repente ela havia entrado na sala, entrado como entraria em qualquer outro dia e do modo como qualquer outra pessoa entraria, e eu descobria que era ela o que eu havia procurado todo aquele tempo, a coisa decisiva, a mais importante, a que daria sentido a todas as outras, a peça fundamental que estava faltando para tudo funcionar. Isso foi só uma das muitas coisas que senti. Nessa noite eu ainda não sabia nada sobre ela, nem pensei se ela era casada ou não, estava tão embevecido nela que não olhei para a aliança no dedo; como iria lembrar dum detalhe desses naquela hora? E que diferença faria se visse a aliança? Isso era tão sem importância quanto a cor dos sapatos dela, que eu também não vi. Ela estava ali, tinha aparecido, tinha surgido do fundo do nada, estava ali na minha frente, bem ali na frente, diante dos meus olhos maravilhados, em carne e osso, movendo-se, falando, piscando, sorrindo, passando a mão nos cabelos, estava ali depois de uma eternidade de espera, eu podia fechar os olhos, que ela estava ali, podia sair pra rua e ver e ouvir e falar e fazer todas as coisas que tinha feito ontem, quando ela ainda não existia, e voltar e chegar na porta da sala e olhar, que ela estava ali, podia ir pra casa entristecer-me, desesperar-me, gritar, chorar, e eu saberia que ela estava ali, que ela existia, que ali ou em outro lugar, mesmo o mais distante do mundo, havia agora um espaço em que ela estava, havia um corpo se movendo que era o dela, e uns olhos e uma boca e uma voz e um modo de olhar e de sorrir e de falar que eram os dela, que eram ela, desde agora e para sempre ela.

Essa noite eu não dormi, é óbvio. Fiquei pensando nela o tempo todo, se bem que "pensando" é um modo de dizer, porque a coisa era muito mais vasta, muito mais profunda, era como uma dança louca de todas as células do meu corpo. Amanheci pregado, incapaz de levantar da cama. E durante o dia aconteceu aquele negócio que é chato pra burro e que já tinha me acontecido de outras vezes: eu não conseguia ver direito o rosto dela na memória; a hora que eu fixava bem uma parte, os olhos, por exemplo, o resto apagava, se deformava, e eu tinha de correr para pegá-lo, e aí perdia o que já conseguira – um troço exasperante. E eu não sabia o que fazer para esperar passar um dia inteiro, pois a próxima aula dela só seria na noite do dia seguinte, e só então a veria de novo. Nessa espera, eu não pensei, não analisei, não refleti sobre o que estava acontecendo, não fiz nada disso, só podia mesmo esperar, e isso já não era fácil.

Na segunda noite, embora o maravilhamento fosse o mesmo, já comecei a descobrir os detalhes, o primeiro dos quais que ela era casada; mas não foi pela aliança, foi depois da aula, quando a vi saindo com um sujeito, que logo vi ser seu marido. Um cara boa-pinta, de terno. Ele era cônsul, fiquei sabendo depois. Soube também que tinham filhos; e aí comecei a querer saber de tudo, onde moravam, de onde tinham vindo, onde ela estudara, quando casara, tudo que se relacionava com a vida dela, mesmo coisas pequenas. Ia sabendo isso através de conversas com os outros. Não sei que interesse eu tinha nisso, mas era uma sensação engraçada: cada vez que eu sabia um dado novo, era como se eu me aproximasse mais dela, como se ela fosse mais minha. Por outro lado, o que eu ia sabendo me mostrava, com um terrível sadismo, como ela era de outro e como era infantil e maluco o que estava acontecendo comigo. "O ano passado os dois estavam viajando pela Europa" – como se houvesse uma risadinha sádica por trás disso. Ela dizia: "O Ricardo diz que eu sou muito apressada"; eu não pensava nela, na pressa dela, pensava no Ricardo, e morria de ódio dele, nunca odiei tanto um cara assim, e um cara que nunca me tinha dito uma só palavra, para ele eu nem existia. Como que ele podia estar com a mulher que nascera para mim? Quê que eles estavam fazendo juntos? Ela era minha!

Ela era minha, mas eu nunca fiz nada para tê-la. Não, não é isso, é o tipo da frase que eu detesto, o tipo da frase falsa; ela não era "minha"; nem eu queria tê-la; isso é influência das histórias de amor que andei lendo, lá sempre tem um sujeito que diz de uma mulher que "ela é minha", como se estivesse falando de sua escova de dentes; pois um cara desses merece é mesmo uma dona que seja como uma escova de dentes. Mas ninguém é de ninguém, e ninguém jamais, nunca, never, poderá ter alguém ou ser de alguém, a não ser nas imbecilidades do tipo *O Direito de Nascer* e nos filmes da Pelmex, *yo soy tuya hasta la muerte*, aquele trem. Mas não e só isso: eu não queria tê-la também apenas fisicamente; não tinha intenções escusas, para falar difícil. Não procurava um caso, uma aventura; nada disso. Tem gente que precisa ter pelo menos uma vez na vida pegado a mulher de outro, para sentir-se realizado como homem; mas eu não, eu sou mais modesto, procuro me realizar por outros modos, além do que esse negócio de mexer com mulher dos outros só dá complicação, e das complicações quero distância, basta as que já tenho dentro de mim. A não ser quando a mulher do outro já não é bem do outro, reconhecidamente do outro, aí ela é como qualquer prostituta, só que faz a coisa por diletantismo e não por profissão. Mas, ainda assim, prefiro a profissional: a gente vai, trepa, paga, não fica devendo favor, nem amor, nem amizade, volta para casa e esquece, não lembra mais o nome; Dalva ou Glória ou Marlene ou Valéria ou Paula ou Maura, tudo é a mesma coisa, o mesmo buraco, pernas, peitos, boca, palavrões, gemidos, uma explosão no escuro, a nota em cima da mesa, acabou-se, de volta para casa dormir, nenhum problema, remorso, aflição, saudade, nada, o corpo sossega, a alma não incomoda, e o animal ronca feliz.

Não era isso o que eu queria com ela. Para dizer a verdade, a ideia de sexo com relação a ela só servia para atrapalhar, para estragar. Era estranho: a gente bate o olho numa mulher e vai logo imaginando-a pelada, mas com ela eu não fiz isso, não fazia isso, porque não quis ou sei lá por quê, o fato é que eu não fazia. Era assim como uma garotinha de quatro anos: a gente olha e não vai pensar nela pelada, se bem que tem muitos que não perdoam nem garotinha de quatro anos. Às vezes eu tentava pensar nela com o marido – como ela seria naquela hora, na cama, os dois, tudo; mas era como se eu mastigasse uma borracha, a borracha afundava, depois voltava; era assim. O pensamento durava pouco, de repente eu lembrava dela como a via na Escola, e o pensamento sumia.

Bolas, se não era sexo, o quê que eu queria com ela? O quê que eu queria: era isso que eu me perguntava. E eu não sabia responder. Nem sei ainda. É outra coisa das histórias de amor: tudo é claro, o sujeito sempre sabe por que faz isso ou por que deixa de fazer, porque gosta duma dona ou por que não gosta. Pode ser que seja assim mesmo na realidade, com os outros, mas eu, eu não sou assim, eu sou confuso e complicado, e então tudo fica confuso e complicado, as coisas, as pessoas, o mundo todo, e começa a sair tudo errado, e a gente começa a ter medo e a encolher-se num cantinho escuro, porque se a gente mexe o dedinho, cai um elefante na cabeça da gente, e então a gente não mexe nem o dedinho, e fica bem quieto lá no escuro, olhando as pessoas que passam juntas lá fora, alegres e rindo, e sem entender por que as pessoas estão lá fora e eu estou aqui escondido e com vontade de estar lá fora também com as pessoas, e então vai dando uma tristeza muito grande na gente e uma vontade de nunca mais sair do escuro, e, quando vê, a gente já está mexendo o dedinho para um elefante cair na cabeça, mas nenhum elefante cai, nenhum, e então o céu fica vazio de arrebentar o coração, e tudo fica mais escuro ainda.

Eu não sabia o que queria com ela. Não sabia. Amor platônico? À primeira vista parecia ser isso, mas não era, era diferente, era uma coisa muito mais profunda, dolorosa, desesperada, violenta, única, irremediável, absoluta, era um desejo de abraçá-la, estreitá-la no meu peito, o rosto no meu rosto, esmagá-la tão fortemente contra mim que, quando abrisse os braços, ela tombasse morta como uma criancinha morta, ou tivesse repentinamente desaparecido para sempre, como desaparecera a menina loira na noite de circo dos meus dez anos, deixando no cheiro de pipoca e na marchinha que foi ficando para trás toda a tristeza da vida. Não era amor platônico. Amor platônico é um negócio meio besta, de fresco. Às vezes pode ser até bom no começo, mas depois acaba virando um troço chato e irritante. "Acaba virando" – é isso, é isso que mata o amor. Acaba virando tédio. Acaba virando desespero. Acaba virando ódio. Acaba virando angústia. Acaba virando infelicidade. E é isso que não haveria com ela. Não haveria "acaba virando", porque seria um momento só, mas um momento no qual entraria tudo o que eu pensara, sentira, imaginara, desejara, lembrara, esquecera, sonhara, sofrera, tudo, um momento tão forte, tão profundo, tão vasto, tão absoluto, que depois dele só poderia haver o suicídio ou a resignação total. Seria algo maravilhoso e terrível – como um tremor de terra. Exato: como um tremor de terra. É o que desde criança espero, um tremor de terra, algo que abalasse, que tremesse, que sacudisse tudo. Uma vez, quando tinha sete anos, fiquei horas acordado esperando o tremor, que, na minha imaginação, devia ocorrer aquela noite. Eu não estava com medo, o interessante é isso; esperava-o como esperava a chegada de Papai Noel na noite de Natal, quando era menor. O tremor não veio, e até hoje o espero, e em certas noites quase rezo, implorando a Deus que ele venha – nessas noites em que ando pela rua sem vontade de ir a nenhum lugar e de conversar com ninguém e de ficar em casa e de andar e de viver e de morrer, quando não há nenhum problema, quando tudo está assim e vai ficar desse jeito como dois mais dois igual a quatro, e um outro dia vai vir e depois outra noite e depois outro dia e outra noite, e tudo mudando e nada mudando, enquanto uns estão nascendo e outros crescendo e outros envelhecendo e outros morrendo e outros nascendo, e hoje é o século vinte e amanhã o século vinte e um e depois de amanhã o século vinte e dois, quando eu já estarei tão morto e inexistente como estou no século dez, e outros estarão vivos e outros morrendo e outros nascendo e crescendo e envelhecendo e morrendo sob o mesmo sol do homem de Neanderthal e dos assírios e dos fenícios e dos egípcios e dos gregos e dos romanos e dos hunos e de Átila e de São Francisco e de Lucrécia Bórgia e de Colombo e de Lutero e de Descartes e da Marquesa de Pompadour e de Byron e de Napoleão e de Beethoven e de Abraão Lincoln e de Van Gogh e de Marx e de Machado de Assis e de Kafka e de Greta Garbo e de Carlitos e de Hitler e de Marilyn Monroe e de Brigitte Bardot e de minha bisavó e de meu avô e de meu pai e minha mãe e meu, meu sol, o sol que olho hoje e que amanhã olhará para a minha sepultura, quando eu estarei no escuro da terra, virando escuro e terra, um punhado de terra, que restará de tudo o que eu sou nesse instante, desse coração que está batendo, desse peito que está respirando, dessas veias que estão pulsando, dessa voz, dessas mãos, desse pensar, desse sentir, desse querer, desse viver, dessa carne, desse osso, só um punhado de terra, nada mais do que isso, punhado, punhadinho, terra, partículas de terra, átomos, prótons e elétrons; nessas noites eu quase imploro a Deus um tremor de terra. Talvez esse tremor de terra será minha morte, que virá um dia, e aquele momento o prelúdio, o ensaio para esse outro, maior e definitivo.

Tudo parece claro dizendo assim – mas nada era claro. Às vezes pensava em conversar com ela depois da aula, mas não fazia isso, e não era por timidez nem nada, era como se eu tivesse medo, um medo indecifrável. Um dia quase conversei: ela ia descendo a escada, e eu atrás, pronto para chamá-la; mas comecei a pensar: diabo, quê que eu quero com ela? pra quê que eu vou conversar com ela? vou falar de minha vida e saber da dela? mas pra quê? e depois? vou mostrar pra ela o que sinto por ela? mas e daí? eu nem sei direito o que sinto por ela – ia pensando tudo isso numa espécie de febre fria, e então chegamos ao saguão, e o marido dela estava esperando-a: ele envolveu-a com o braço, e os dois saíram. Tinha chovido, e a rua estava molhada. Eles foram andando abraçados, de capa, conversando e rindo. Às vezes ela ria mais alto, jogando a cabeça para trás, num gesto bem dela. Uma hora pararam em frente a uma vitrine e ficaram olhando, ela apontando para as roupas, ele naquela indiferença tranquila e sorridente do esposo que tem ao lado a mulher amada, como se tivesse Deus e todas as legiões de anjos. Ele era simpático – por que tenho vergonha de dizer bonito? Pois bem: ele era bonito; alto, forte, elegante. Cônsul. Rico. Inteligente. Inteligente eu também sou, às vezes tão inteligente, que sou completamente doido. Mas não sou bonito, nem tenho pinta de galã, sou todo desengonçado, e principalmente não sou rico nem cônsul; não sou merda nenhuma. Isso: merda nenhuma. E se eu caísse aquela hora na rua, a enxurrada podia me carregar sem susto para o bueiro: eu não ia nem entupir. Se eu tivesse um revólver aquela hora, eu a teria matado – mas não tinha revólver, e também, se tivesse, não teria feito nada (preciso ler menos a última página do jornal). Eu ia seguindo-os de longe, sem nenhuma intenção; começara a segui-los na saída da Escola e ia seguindo. Era bonito os dois juntos assim, abraçados, rindo, andando pela calçada molhada de chuva, as vitrines iluminadas. Era uma cena comum mas tão maravilhosa que se tornava quase insuportável para mim vê-la. Era aquilo que eu queria, que eu sonhava para mim um dia? Não sei, já sonhei tudo, foi a coisa que mais fiz até hoje, e é por isso decerto que eu não tenho nada e que eu vivo levando na cabeça. Pois de agora em diante não vou sonhar mais. Juro.

    Depois eles entraram em casa, e a porta se fechou. Eu falei sozinho: merda, qualquer mulher é igual a qualquer mulher (não, não é, não é, não é – ou é?). Continuei andando e, quando vi, estava na zona, e uma mulher me beijava, me chamando de amorzinho – "quem é amorzinho?", eu falei; "com que direito você me chama de amorzinho? quê que é amor? essa esfregação, essa mexeção, essa afobação?"; "ê", ela falou, "você é bicha?"; "me diga, me diga quê que é amor!" Eu só falava aquilo, eu estava possesso. Estava é morrendo: aquilo eram os gritos de minha agonia. Deixei-a lá no quarto, me chamando de bicha, e fui saindo sem dar bola pra nada; houve um cara que me segurou, sei lá quem e para quê, mas eu tirei o corpo, ou foi ele que tirou o dele, não sei, e fui andando, ninguém podia me segurar aquela hora; fui andando, e depois eu estava no meio da rua, na chuva, e não havia mais ninguém perto; continuei andando e passei por um bar e pensei: vou encher a cara; mas depois pensei: não, não vou encher a cara, vou pra casa dormir – isso: vou pra casa dormir, vou pôr o pijama, escovar os dentes, deitar, rezar uma ave-maria, e amanhã vou arranjar uma namorada, Sônia ou Lúcia ou Marta ou Regina ou Beatriz ou Marisa, e vou chamá-la de meu bem, e ela vai me chamar de meu bem, e vou dar presentes pra ela, e ela vai dar presentes pra mim, e vamos ao cinema e vamos beijar e vamos ficar noivos e casar e ter filhos e engordar e envelhecer e ter netos e morrer e ser enterrados na terra que nos seja leve.

TRISTE

Aconteceu num segundo: ela debruçou-se sobre a carteira, ele olhou para trás, e então passou a mão nos seios dela, que recuou bruscamente, gritando "descarado! descarado!"

Não sabia direito o que acontecera depois: sentira o rosto pegando fogo, como no dia em que bebera escondido a pinga do avô, tudo foi ficando cinzento e sumindo, a voz de Dona Yara sumiu, a carteira sumiu, a classe sumiu.

Agora ela estava lá na frente, escrevendo no quadro-negro.

– É pra copiar o ponto? – alguém perguntou.

– É.

Leu no quadro: "O cão", escrito com letras grandes em cima, e embaixo três linhas já. Começou a copiar: "O cão é um animal irracional, vertebrado, mamífero" – o lápis ia escrevendo, mas ele não pensava no ponto, pensava em Roberto lhe acenando, pensava naquela sensação macia em sua mão rápida, pensava em Dona Yara de olhos arregalados, "descarado! descarado!", o mundo escurecendo e sumindo.

Olhou para o relógio na parede: quase quatro e meia, tinha de correr para acabar o ponto. Olhou também para

Dona Yara, agora ao lado do basculante, olhando para o pátio. Em que pensava? No que acontecera? Não tinha mais a cara de espanto e raiva que o aterrara. Já fazia uns cinco minutos que estava ali, parada daquele jeito, o giz na mão. Parecia ter se esquecido da sala, dos alunos.

– Dona Yara, é só isso? – um aluno perguntou.

Ela não respondeu, nem se mexeu – como se não tivesse escutado.

– Dona Yara...

O aluno ia repetir, quando ela se voltou e disse:

– O quê?...

– O ponto é só isso?

– É. É sim. Só isso.

Falava de um modo estranho, como se somente sua boca estivesse falando, enquanto ela permanecia longe, distante da sala.

– É um ponto pequeno, não é?

Ela falou, e todos perceberam que ela não falara aquilo para ninguém ali, que ela só falara, que ela estava longe dali, o olhar perdido, a boca falando sozinha.

– Alguns pontos são pequenos... Uns são grandes, mas outros são pequenos...

O sino bateu. Ele ajeitou os cadernos para sair. – Podem sair.

Os alunos se levantaram – e então os olhos dos dois se encontraram: os dela com uma expressão que ele nunca vira antes, uma expressão que não era de maldade ou de vingança, mas que fez seu coração se apertar de medo e seus olhos se desviarem numa confusa sensação de vergonha.

– Você fica.

O barulho dos meninos, ecoando no corredor, chegava até a sala: ele na carteira, olhando para os cadernos, e ela na mesa, olhando para o livro.

Escurecia depressa. Escuridão de chuva. Pela porta aberta ele viu as nuvens escuras cobrindo o céu. Fazia calor. Prestou atenção, para ver se ainda escutava voz ou barulho de gente lá fora, mas tudo estava silencioso. Ia chover muito. Se fosse embora agora, era capaz de chegar em casa antes da chuva, mas se ficasse ali mais tempo, teria de esperar ela passar. Para que Dona Yara o mandara ficar? Não lhe dera linhas para copiar, não fizera nada, nenhum castigo, estava quieta lá na mesa, quê que ela queria? Você fica – a voz enérgica, mas não zangada, era para ele ficar, ia haver qualquer coisa, ela lhe diria alguma coisa, ou faria alguma coisa: mas já fazia meia hora que estavam ali, e não tinha havido nada. Olhou para o rosto dela, buscando uma explicação: ela passava devagar as paginas do livro, mas percebeu que ela não lia, só passava, como ele fazia quando tinha de estudar e não estava com vontade e ficava pensando noutras coisas – em quê que ela estava pensando? Por fim desistiu, aceitou o silêncio, a imobilidade dela, e ele ter de ficar ali esperando sem saber o quê. Cruzou os braços sobre a carteira.

Talvez o castigo fosse aquilo: ele ficar ali esperando. Uma vez Dona Fernanda fez os alunos ficarem de pé a aula inteira, enquanto ela, sentada, lia um livro; depois o sino bateu, e ela foi embora sem dizer palavra. No dia seguinte ficaram sabendo pela diretora que aquilo tinha sido o castigo por terem matado a aula da véspera. Talvez Dona Yara estivesse fazendo a mesma coisa, e então era só esperar, não tinha de copiar linhas nem nada. Procuraria uma coisa em que pensar, para o tempo passar depressa. Lembrou-se do recreio: "Você é medroso, Eduardo." "Medroso é a avó." "Então quero ver você passar a mão nos peitos de Dona Yara." "À hora que você quiser." "Passa nada." "À hora que você quiser." "Na aula." Mas não pensara que fosse acontecer aquilo, os olhos arregalados, "descarado! descarado!" Estava arrependido. Mas se não tivesse feito, todo mundo ia pensar que ele era medroso – ele não era medroso. Roberto fizera aquilo só para provocá-lo. É uma coisa que ele nunca teria feito, se não tivesse sido provocado. Devia contar tudo isso para Dona Yara. Ela precisava saber. E agora, quê que ela pensaria dele? Um dia ela lhe dissera que ele era o aluno de que mais gostava. E agora? E seus pais, quando ficassem sabendo? Não queria nem pensar.

Sentia as gotinhas de suor escorrendo nas costas. Se pudesse tirar o blusão – mas não teve coragem de pedir a ela. Trovões, a ventania lutando com as árvores, papéis e folhas secas rodopiando em nuvens de poeira. Arriscou nova olhada à mesa: Dona Yara estava olhando para o pátio, com aquela mesma expressão perdida. Lembrou-se do que o pai dissera: "Dona Yara parece ser uma moça triste." Depois disso, sempre a achara triste. Era alguma coisa nos olhos, aquele modo de olhar, como se ela estivesse olhando para longe, uma coisa que estivesse muito longe, perdida. Sentia-a isolada num outro mundo, diferente e distante, e então a achava triste. Era no entanto essa tristeza que o ligava misteriosamente a ela. Às vezes, sem que ninguém mais na sala o percebesse, ela olhava de modo mais demorado para ele, e nesses instantes era como se ela descerrasse um pouco as cortinas daquele mundo distante e solitário que ele percebia por trás de sua tristeza.

A mãe dissera: "Há qualquer coisa de errado na vida dessa moça...". "Só pelo fato dela ser triste?", perguntara o pai. "Não é por isso. Acho muito esquisito uma moça morar sozinha num quarto de hotel." "Antigamente podia ser, hoje as coisas mudaram muito, não é mais como no nosso tempo." "Mudaram, mas nem tanto. Uma moça morando sozinha num quarto de hotel é sempre esquisito. Não é certo." "Você vive imaginando coisas, Alice." Quê que o pai queria dizer com isso? "Você vive imaginando coisas." O pai sempre dizia que a mãe vivia imaginando coisas. Mas era esquisito mesmo uma moça morando sozinha assim num quarto de hotel. Esquisito e triste. Dona Yara tinha vindo de outra cidade. Ele nunca soubera se ela tinha pais, irmãos, ela nunca falou nisso. Quase não conversava fora do assunto da aula. Mas não era chata nem ruim, como Dona Fernanda, que também conversava pouco: "Meninos, menos conversa e mais estudo." Dona Fernanda era a mulher mais chata do mundo, disso não tinha a menor dúvida. E o pior é que ela nunca ficava doente. Já tinha rezado muitas vezes para ela ficar doente, mas ela nunca ficava. Dona Yara não. Era calada mas boazinha, todos gostavam dela, nem parecia ser professora, parecia ser uma irmã mais velha dos alunos.

E fizera aquilo. Como era aborrecido: ter feito uma coisa que a gente queria não mais ter feito. Podia pelo menos ter sido com Dona Fernanda. O castigo decerto ia ser muito pior, mas ele não estaria com aquele arrependimento doendo, era até capaz de rir, de ser engraçado. Como Dona Yara não fora nada engraçado, ele ficara apavorado, não pensara que fosse acontecer aquilo, sentia-se até mal lembrando. Mas Roberto não ia escolher Dona Fernanda, porque ela era feia e além disso quase não tinha seio. Tinha dia que ela parecia não ter nenhum e tinha dia que ela parecia ter um pouco. Roberto falou que era seio postiço, seio de borracha, que as mulheres compravam nas lojas. Dona Yara não. Quando ela vinha com aquele vestido vermelho decotado e curvava-se sobre a carteira para corrigir os exercícios, ele podia ver quase tudo: dava vontade de enfiar a mão lá dentro. Mas tinha medo até de olhar e ela ver que ele estava olhando. Seu coração batia tanto que ele tinha a impressão de que o blusão mexia e que se ela olhasse para ele, veria isso – mas ela ficava curvada sobre a carteira e só olhava para ele no fim, para dizer alguma coisa sobre os exercícios. Será que ela não percebia que ele ficava olhando? Ou percebia e não se importava? Ou fazia de propósito para ele ver? Quando pensava que era de propósito, sentia um arrepio no corpo.

Mas não, não, não era isso que ele quisera fazer, não tinha nada a ver com isso, fizera porque fora provocado, para não ser chamado de medroso, Dona Yara precisava saber disso, precisava contar tudo a ela, como acontecera: não foi por querer, Dona Yara, foi o Roberto, eu não queria fazer isso – mas nunca teria coragem de falar, pois só de pensar suas mãos já estavam frias. Se ao menos ela falasse alguma coisa, começasse a conversar com ele, aí era capaz de ter coragem – mas ela continuava quieta lá na frente, olhando para fora.

A chuva caiu pesada. Pingava na porta, e Dona Yara levantou-se para fechá-la. A sala ficou quase escura. Ela foi acender a luz: a luz não acendeu, devia ser a chuva. Voltou para a mesa. Agora nem ele nem ela podiam olhar para o pátio. Ele cruzou os braços sobre a carteira e afundou o rosto neles. Ficou ouvindo o barulho da chuva.

De repente ergueu a cabeça: fora a chuva? Olhou para Dona Yara:

– A senhora me chamou?
– Chamei. Venha cá.
Levantou-se e foi.
– Chegue mais perto.
Chegou.
– Por que você não olha para mim? Está com vergonha?... Não precisa ficar com vergonha.
– Dona Yara, eu...
Não sabia como dizer.
– O que aconteceu...
– Eu compreendo, não precisa dizer.

— Eu não queria...
— Eu sei, eu não fiquei com raiva.
Não fiquei com raiva? Mas não era isso o que esperava ela dizer — não fiquei com raiva?
— Não ia ficar com raiva de você, um menino tão bonzinho...
Não, não era isso, ela não entendera, não devia estar falando assim, sorrindo, não era isso: não é isso, Dona Yara.
— Eu não queria.
— Eu sei, bem, não tem importância, eu não me importei; foi uma coisa à toa; se ainda tivesse sido um outro, mas você, um menino tão bonzinho...
Ela segurou-lhe o queixo.
— Não é mesmo? Um menino tão bonitinho...
Ele baixou os olhos, ruborizando.
— Sabe que você é muito bonitinho?...
Olhou para ela: não a conhecia, aquela não era Dona Yara, não havia mais Dona Yara.
— Você é um amorzinho...
Acariciou-lhe os cabelos.
— Um amorzinho ...
— Dona Yara, eu quero ir embora.
— Embora?
Ela deixou-o.
— Quer dizer que você não quer ficar aqui comigo? Não respondeu. Olhava para o chão.
— Hem? Você não quer ficar aqui comigo?
Respondeu que não com a cabeça. Sentiu lágrimas nos olhos.
— Bobinho. Você não entendeu nada, hem? Pensei que você já fosse mais sabido.
Ele mordeu o lábio, tentando reter as lágrimas, que escorriam quentes pelo rosto.

— Pensei que você já entendesse mais as coisas. Vai, pode ir. Não estou te segurando. A chuva já parou.

Ele caminhou até a carteira e pegou os livros. Não olhou para ela, foi saindo, não queria olhar para ela, nunca mais queria olhar para ela.

DOMINGO

Mesa, prato com resto de comida, faca, pedaço de pão na cesta, garrafa térmica, homem sentado com a mão amparando o queixo e olhando para o ar, quadro impressionista, "depois do jantar", ou "restos", ou "o homem e seu domingo", "domingo e solidão", "domingo oito horas", domingo, solidão, eu, as coisas, coisas, coi-sas, quando era pequeno, conversar com as coisas, ficar assim parado olhando, estranho, as coisas, por exemplo essa garrafa térmica, essa garrafa aí, essa garrafa! tou ficando maluco falando sozinho comunicação com as coisas delírio imaginação de criança, a comunicação com as coisas é impossível porque elas não têm subjetividade e a comunicação com as pessoas e impossível porque elas têm subjetividade, falando com uma garrafa, louquinho da silva, conheço um que começou assim, garrafa, gar-ra-fa, fá, dó ré mi fá sol lá si dó, dó, dóooooooo, maluco doido louco varrido psicopata esquizoide esquizofrênico tudo, ai meu Deus meu Deus, ê pronto virou Pelmex? yo soy una desgraciada, Libertad Lamarque cantando Ma-dre-sil-va! Hipócrita! Perdida! e o brasileiro, aquela piada, é o máximo, conhece a piada do pato? pato não pia seu bobo, um pato botou um ovo na fronteira do Brasil com o Paraguai de quem é o ovo? pato não bota seu bobo, quem bota é a pata, Ovomaltine um produto Nestlé, Maizena Maizena é excelente pura e nutritiva e faz bem pra gente, Dio mio, o miado de Deus, Deus está miando por nossos pecados na noite da tua amargura mas essa é a noite do meu bem e eu quero a paz de flores dormindo e o amor de uma bolinha de papel, a loucura entendendo a loucura, nesse momento solene, minha pobre cabeça frágil e meu coração que era de vidro e se quebrou e nosso amor que era pouco e se acabou, não, não tem solução, não tem problema, não tem nada, não tem nada, não, assim já sei onde vou parar, meu Deus ajudai-me, help me, amor solidão tristeza desencanto angústia aflição vazio desespero nostalgia são os secos e molhados de meu armazém, fechado amanhã para um balanço, entenda eu sou um artista eu vejo o mundo através do meu pince-nerfs, como você queria que eu, tic-tac tic-tac tic-tac bum! explodiu a bomba do tempo e lá estavas linda Inês Ignês Iphygenia pharmacia escryptorio, ó que saudades que eu tenho da minha casa paterna tão terna, minha infância, Freud, psicanálise, Freud explica por que Freud explica tudo, a psicanálise é a metafísica do inferno, a psicanálise é o inferno da metafísica, o inferno é a metafísica da psicanálise, o inferno é a psicanálise da metafísica, minhocas metafísicas pulverizadas com Gesarol-63 o creme das multidões cantando os últimos excessos da temporada crítica que tem em Biatômico Fontoura o seu mais lídimo representante o qual por ordem de el rey Miguelim das Meninas de saiote e coiote nas regiões misteriosas da selva amazonense decreta na forma da lei, abrir parágrafo, minhas emoções sem gramática, meus pensamentos sem dicionário, minha loucura sem cura, minha poesia sem pó, minha vida sempre ida, minha dor sem cor, meu amor sem flor, minha esperança rança, minha dança cansa, minha lembrança balança, vem minha pajem, minha miragem, minha bobagem, minha coragem, minha fé nos altos intestinos da pátria amada idolatrada salve salve, porque uns fé demais e outros fé de menos, a fé fecunda, a fé febunda, a fé basta a fé besta a fé bosta, para! stop, quieto, assim, imóvel, isso, devagar, começar tudo de novo, domingo, oito horas, quase, quinze pras oito, ainda dá tempo, não ia ao cinema? vou? não foi para isso que fiz a barba e pus a roupa? cinema, encontrar com os amigos no bar, você está calado, por que você está calado? porque já falei comigo tudo o que tinha para falar com os outros e agora não tenho mais nada para falar com os outros nem comigo, Nietzsche dizia que se trata de a gente devorar o próprio coração ou de deixar que os outros o devorem, sinto muito, meus amigos, mas já devorei o meu, estava com fome, vocês me deixaram com fome, não mataram minha fome, devorei-me para não morrer de fome, e agora morro de fastio, de náusea, não, não vou sair, pra quê? fiz a barba, pus roupa, mas não vou, não quero, não quero me encontrar com os outros, não quero falar não quero ouvir não quero conversar com ninguém, quero ficar aqui sentado sozinho, quero apenas isso, quero ficar aqui sentado sozinho.

UM CAIXOTE DE LIXO

Sadaó guardava o caixote de lixo no beco. Era um caixotão sujo e feio e tinha um dos lados quebrado. Toda noite, depois de fechar o mercadinho, Sadaó tirava ele do passeio e levava pra lá. Ficava no beco até de manhã cedo, e quem quisesse roubar era a coisa mais fácil do mundo, mas decerto ninguém queria porque era um caixotão sujo e feio e tinha um dos lados quebrado.

Uma tarde estávamos brincando, e Milton falou: "Vamos esconder o caixote de lixo do Sadaó?" Eu perguntei pra quê, e ele falou que ia ser muito divertido e começou a arremedar Sadaó dando falta do caixote, e então eu pensei que ia ser mesmo muito divertido quando Sadaó fosse procurar o caixote de manhã e não encontrasse e começasse a coçar a cabeça como ele fazia quando ficava nervoso e falasse daquele jeito que ninguém entendia, xingando brasileiro misturado com japonês; ou então Dona Mikiko, com aquela cara feito uma batata – a gente quase não via os olhos dela –, falando, naquela vozinha fina, "a que aconteceu? a que aconteceu?" e andando de um lado pra outro feito barata zonza. A gente esconderia o caixote no matinho e na noite seguinte a gente trazia ele pro beco outra vez, e aí é que ia ser gozado: quando Sadaó de manhã achasse o caixote de novo; decerto ia até fazer ferida na cabeça de tanto coçar. Falei que ia ser mesmo muito divertido, e nós combinamos tudo e de noite nós fomos lá. Eram mais de dez horas, Sadaó já tinha fechado o mercadinho e ido embora. Não tinha ninguém ali perto, quase todo mundo já tinha ido dormir. Pegamos o caixote, cada um segurou de um lado. Eu estava pensando em Sadaó no dia seguinte e não aguentei e comecei a rir; Milton estrilou comigo, mas eu não aguentava e ria mais ainda, nem tinha força pra carregar o caixote; só com muito custo é que consegui parar de rir. Escondemos o caixote no matinho e fomos pra casa dormir.

No outro dia, de tarde, estava brincando com Milton no quintal da casa dele, e já tinha até esquecido do caixote, quando nós vimos Dona Mikiko passando lá na rua e entrando no portão. Na mesma hora lembrei de tudo. Milton falou que decerto ela estava procurando o caixote, e começou a arremedar o jeito dela falar, mas foi esquisito, eu não tive vontade de rir. Milton, vendo minha cara, parou de arremedar Dona Mikiko e falou: "Que será que ela está fazendo aqui?" Eu fiquei com medo. "Será que alguém viu a gente e contou pra ela?" – ele falou, e eu senti uma coisa ruim na barriga igual quando alguém grita com a gente. "Não sei" – quis falar, mas não falei nada. Eu estava lembrando do dia em que vi Dona Mikiko com calça de homem e um chapelão de palha e eu pensei que era o Sadaó, e quando vi que não era, não aguentei e caí na risada, e ela ficou me olhando com uma cara horrível que me deixou amarelo de medo e que nunca esqueci. De tarde ela foi lá em casa contar pra Papai que eu tinha rido dela, e por causa disso eu fiquei de castigo. Eu estava com medo feito aquele dia, quando ela ficou me olhando com aquela cara; sentia uma coisa ruim por dentro. De repente Dona Mikiko passou de volta na rua. Pouco depois a mãe de Milton apareceu na varanda e gritou pra ele ir lá, e quando ela gritou, pensei que eu ia sofrer alguma coisa, minhas pernas ficaram bambas. Milton olhou pra mim com uma cara de medo e, sem falar nada, foi andando pra casa. Fiquei sozinho no quintal. Meu coração batia depressa, e eu estava pensando que Dona Mikiko devia estar lá em casa aquela hora contando tudo pra Papai. Esperei um pouco, e Milton não apareceu. Decerto está apanhando, pensei, porque a mão dele gostava de bater nele. Era de tardezinha, e estava escurecendo. Eu estava sozinho e com medo. Queria ir pra casa – a casa da gente é tão boa depois que aconteceu alguma coisa ruim –, mas agora eu tinha medo de ir pra lá. Eu estava com fome também, e então pensei em ir na Vovó e fui.

Na Vovó eu jantei e fiquei lá até de noite. Fiquei vendo revistas e conversando, mas não prestava atenção nas revistas nem tinha vontade de conversar; eu estava pensando o tempo todo no que ia acontecer quando fosse chegar em casa. Tinha muita gente na sala: Vovó, Tio Jonas, Tia Tereza, os meninos, e eles riam toda hora. Eu tinha vontade de rir também, de estar alegre feito eles, mas não tinha jeito, só sentia aquela coisa ruim me apertando por dentro. Teve uma hora que até pensei que ia chorar. Eu estava vendo sempre a cara de Dona Mikiko, como se ela estivesse na minha frente, me olhando feito aquele dia. Toda hora eu olhava pro relógio, vendo o tempo passar e achando tão ruim, pois, não demorava, o pessoal de Vovó tinha de dormir, e pra onde que eu ia? Tinha de ir é pra casa, não tinha outro lugar, não podia ficar na rua. Imaginei como seria bom se nada daquilo tivesse acontecido, se eu estivesse lá em casa aquela hora, com Mamãe e Papai, todos rindo e conversando alegremente. Por que tinha feito aquilo? Por que tinha escondido o caixote? Quem teve a ideia foi Milton, ele falou que ia ser muito divertido. Pois eu pensei em Sadaó procurando o caixote e coçando a cabeça e não achei mais a menor graça nisso.

O tempo passou depressa e tive de despedir de todos. Tio Jonas falou: "Que mão fria!", e eu falei: "Mão fria, coração quente, paixão ardente", brincando pra disfarçar o meu medo. Fui andando devagar pra casa, como se fosse à força. Enquanto andava, ia imaginando Papai no escritório, lendo jornal e me esperando. Tentei imaginar o que ele ia me dizer, mas não consegui; minha cabeça era uma grande confusão e eu estava morrendo de medo. Tinha medo de Papai me pôr de castigo, meia hora de joelhos sozinho no quartinho escuro, como aquele dia em que Dona Mikiko contou que eu tinha rido dela. Eu não sabia que ele ia me pôr de castigo por causa daquilo. Quê que eu tinha feito de mal? A gente não deve rir dos outros, Papai dizia, mas eu não estava rindo de ninguém, não estava rindo de Dona Mikiko, estava rindo por eu estar pensando que ela era o Sadaó e porque de repente achei tão engraçado o meu engano, não era dela que eu estava rindo. Por que tinha de ser castigado agora? Também não tinha feito nada de mal, quis só me divertir, seria tão engraçado Sadaó aflito coçando a cabeça – mas nem isso agora tinha mais graça.

E de repente pensei, já perto de casa: quem sabe se não aconteceu nada, se tudo é só imaginação minha? Mamãe dizia que eu imaginava demais. Tinha visto Dona Mikiko entrar na casa de Milton e sair – quê que tinha isso? Podia não ter acontecido nada, podia ser outra coisa muito diferente. Também a mãe de Milton ter chamado ele podia ser outra coisa muito diferente. E quem sabe eu passara todo aquele medo à toa? Ir até jantar na Vovó! Pelando de medo de voltar pra casa! E vai ver que não tinha acontecido nada, nadinha. Ah, como eu ia rir então, como eu ia rir com vontade! Ia lembrar de tudo aquilo, daquela tarde horrível e ia dar cada gargalhada, achar tudo tão divertido! "De quê que você está rindo, André?" – Mamãe perguntaria, e eu acharia mais graça ainda e falaria que era uma piada que eu estava lembrando. Quando entrei em casa, a sala já estava escura. Papai estava lendo no escritório. Quando passei em frente à porta, ele me chamou, e eu senti um frio ruim me correndo na espinha. Fiquei ali na porta, sem entrar, mexendo na folhinha. "Onde você estava?" – ele perguntou. "Sua mãe já estava preocupada, e eu também. Ela foi ver se você estava na casa do Eduardo. Não saia mais assim sem avisar, a gente fica incomodado." Ele continuou a ler o jornal, e eu vi com uma alegria enorme que não tinha acontecido nada mesmo e como eu tinha sido bobo, como eu tinha sido tão bobo, e fui andando pro quarto – e então Papai me chamou outra vez, e foi como se eu tivesse levado uma pancada na cabeça e ficasse zonzo. Voltei ao escritório sem ver mais nada. Lembro que Papai falou que Dona Mikiko tinha ido lá em casa e contado que eu e Milton tínhamos carregado o caixote de lixo do mercadinho, e então ele falou se eu queria tornar-me um ladrão, e eu respondi: "Ladrão? Eu não roubei nada", e ele ficou nervoso e disse: "Você ainda tem coragem de me responder, menino?" Falei que tínhamos carregado o caixote só de brincadeira, e ele gritou: "Brincadeira? Isso é coisa que se brinque?" E então eu apertei os dentes e decidi não falar mais nada, porque eu sabia que não adiantava falar mais nada e ia ser castigado. Ele continuou a falar, mas eu não escutava mais. Depois eu estava de joelhos no quartinho escuro e ouvi Mamãe chegar e Papai contar pra ela que eu já estava em casa. Ela foi até a porta do quartinho, e eu, de costas, senti que ela ficou me olhando e queria me dizer alguma coisa, mas não disse nada e ficou apenas me olhando e depois saiu dali.

Passado algum tempo, Papai foi ao quartinho e falou que eu podia sair do castigo. Levantei, ele me pôs a mão no ombro e falou: "Não faça mais isso não, viu, meu filho?" Eu não disse nada. Saí do quartinho e fui tomar água. Lá da sala, Papai falou: "André, amanhã vou na fazenda, você quer ir comigo?" Falei que tinha uma prova. Ele falou que domingo ia de novo e então eu poderia ir com ele; eu fiquei calado. Mamãe me perguntou se eu já tinha jantado; eu falei que tinha. Ela falou que tinha feito uns docinhos, se eu queria; falei que não estava com vontade. Fui pro meu quarto. Papai ainda estava na sala, e quando passei, ele falou: "Então domingo nós vamos na fazenda, não vamos?", e quando ele falou assim, eu sabia que ele esperava que eu olhasse pra ele e dissesse alguma coisa; mas não olhei pra ele nem disse nada, apenas balancei de leve a cabeça. Entrei no quarto e fechei a porta. Vesti o pijama, apaguei a luz e deitei. Estava sem um pingo de sono. Fiquei deitado de olhos abertos, escutando o barulho dos pratos que Mamãe lavava na cozinha. Fiquei assim não sei quanto tempo, e foi de repente que eu percebi que estava chorando.

OLHOS VERDES

Ao estender sobre mim o avental, vi suas unhas esmaltadas. Senti-as na nuca quando ele enfiou os dedos atrás, no colarinho, para firmar a dobra. Pegou a máquina elétrica e voltou para atrás de mim, olhando-me pelo espelho e perguntando: "Como é para cortar?"

Pensara mesmo que eu era forasteiro, disse, porque conhecia relativamente bem o pessoal da cidade e não se lembrava de me ter visto nenhuma vez. Viera de mudança ou só de passagem? Só de passagem. Quantos dias ia ficar, muitos dias? Poucos – aquele fim de semana, depois continuaria viagem. "Para onde, desculpando a indiscrição." Para o Rio. O Rio? Ah, tinha inveja de mim... Fora ao Rio só uma vez, mas nunca, jamais se esqueceria dessa viagem: "uma viagem divina..." Parou a máquina no ar, os olhos semicerrados, a boca entreaberta: "um sonho..." Tornou a deslizar a máquina pelo meu cabelo, e por um instante ficou só o gemido da máquina entre nós dois.

Já arranjara hotel? Arranjara, um perto da rodoviária, modesto, apenas para aqueles três dias. Conhecia um bom, modesto também, mas muito confortável e asseado, se eu quisesse – era onde ele morava. "Obrigado, mas já arranjei esse, fiz minha ficha lá; não parece ser mau hotel."

Em todo o caso, podia ser que eu mudasse de opinião, desagradasse de qualquer coisa lá – eu não estava com pressa, estava? Tirou da gaveta a esferográfica e um pedaço de papel, e escreveu. "Aqui, pode ser que o senhor mude de ideia, o endereço é esse; lá há sempre quartos; não é um hotel de luxo, como disse, mas é muito confortável, e o asseio é absoluto." Guardei o papel no bolso da calça, olhando para suas unhas esmaltadas.

"Coisa que não suporto é a sujeira, a falta de asseio; e o senhor?" Eu baixava os olhos quando ele me chamava de senhor: era mais velho do que eu, devia ter uns trinta anos. Eu olhava para os vidros de loção na prateleirinha da parede: para não ver seus olhos verdes. Olhava para a parede: num canto havia, a lápis, um coração trespassado por uma flecha. Havia também um postal com a vista de Copacabana.

Sonhava em voltar lá um dia, quando tivesse mais dinheiro. As noites cariocas, como eram animadas, e como se divertira! Aquilo sim, é que era vida. Um povo alegre, sem preconceitos. Fizera muitas amizades lá. Aqueles dias mesmo ainda recebera a carta de um amigo: mostrou-me o envelope, cor-de-rosa, com um ramalhete desenhado no canto. O amigo contava que estava morto de saudades dele e daquelas noites maravilhosas. Gente que sabia apreciar o que era bom e o que era belo. Ali, naquela cidade, morria de tédio – o povo não sabia o que era viver. Não era cidade para ele. "Nem para um rapaz como o senhor. Certamente o senhor também gosta duma diversão, não é mesmo? Um rapaz como o senhor precisa se divertir, gozar a vida. Se o senhor, por exemplo, quiser se divertir nesses três dias aqui, enquanto espera pela viagem, não encontrará nenhum lugar bom. Pois olha, não é por nada não, mas eu vou dizer para o senhor: a zona boêmia daqui é a pior possível que o senhor pode imaginar. Um nojo. Nem gosto de dizer." Simulou cuspir. "E, além disso, perigosa – não sei se o senhor já ouviu contar os crimes que acontecem lá..."

Os olhos verdes existiam fora dele: enquanto ele falava, gesticulava, cortava o cabelo com a tesoura, eles estavam lá no espelho, silenciosos, atentos, e acesos como olhos de gato parado na escuridão. Eu olhava para suas costeletas, para meu próprio rosto, para o avental, para os pés, para o chão, sabendo que eles estavam lá, à minha espera.

"Crimes horríveis. É preciso ter coragem para ir lá; e não ter nojo, nem amor à saúde. Eu tenho nojo, e além disso prezo muito minha saúde." Estalou os lábios: "Sabe, há mais de mês que não apareço por aqueles lados... Não quero arriscar minha saúde, nem minha vida. Prefiro ficar fechado no quarto, morrendo de tédio."

Não podia esquecer o Rio. Quando tivesse mais dinheiro, voltaria para lá e deixaria de uma vez para sempre aquela cidade nojenta, que para ele já morrera há muito tempo. Economizava de todos os lados. Aquele dia mesmo fizera negócio com um conhecido e pegara um bom dinheiro: abriu a carteira sob meus olhos, mostrando-me as notas novas. Se estivesse no Rio, que farra não faria com aquele dinheiro: os olhos verdes suplicavam. Eu falei: "Não precisa tirar mais aí em cima não, já está bom."

A navalha ia e vinha, amolando o silêncio: "Um dia acabarei passando essa navalha no pescoço, assim é mais fácil" – suspirou, e talvez nesse instante os olhos verdes tenham chorado; mas eles não estavam no espelho, e quando apareceram lá de novo, eram os de antes: ainda havia esperança. Deslizou a costa da mão pela minha barba: "Que barba cerrada, hem? O senhor tem muito cabelo; eu quase não tenho, olha" – arregaçou a manga da camisa; o braço completamente nu e roliço, braço de moça; acariciou-o com a outra mão: "não tem um só fio de cabelo" – seus olhos loucos. Estendi o braço para fora do avental e olhei as horas. Ele não tornou a falar: os olhos apagaram.

Mas a esperança era mais forte, e, na hora de sair, ele tornou a me lembrar o hotel: não era de luxo, mas muito confortável e asseado – "e além disso", acrescentou, "é um lugar bastante discreto."

INFERNO

É meu filho, entende? Quando ele era pequeno, eu carregava ele nos braços, brincava com ele. Ele era tão esperto, que até assustava. Mas eu nunca iria desconfiar, compreende? Eu nunca poderia desconfiar porque era meu filho, meu filhinho que eu carregava nos braços, que vinha correndo me abraçar quando eu chegava do serviço, que me chamava de papá na vozinha mais bonita do mundo. Fazia tantos planos pra ele quando ele crescesse, tanta coisa. No começo, no comecinho, que, quando recordo, parece até que estou sonhando, nós fomos felizes mesmo. Eu não acreditava nisso que chamam de lar, mas eu tive um, era um lar de verdade. Depois o que era lar virou inferno, e depois foi sempre inferno, meu filho assim, minha mulher, minha mulher que eu amei tanto um dia e que hoje é mais estranha pra mim do que uma pessoa que eu encontrasse na rua e nunca tivesse visto. Ela acha que eu odeio o menino, você acredita? Ela até já achou que eu queria matar ele, quê que você quer? Quando chego em casa, a primeira coisa que ela faz é procurar ele e trazer pra perto dela, pra eu não encostar a mão nele. Ele fica me olhando com os olhos arregalados de medo, como se eu fosse o mais horrível dos monstros, eu, seu pai. Mas não importo mais com isso, já acostumei. Só que tem dia que é duro; às vezes chego com vontade de passar a mão na cabeça do menino, como fazia quando ele era menor, só isso, só passar a mão assim na cabeça dele, de leve, num carinho, mas nem isso aquela gata deixa. "Você está bêbado." Pra ela eu estou sempre bêbado. Bêbado de manhã, bêbado de tarde, bêbado de noite, bêbado o dia inteiro, bêbado vinte e quatro horas por dia. Eu não discuto, não tenho mais ânimo pra isso. A última vez que discuti, enfezei e joguei uma lata nela; errei, a lata pegou no menino e fez um corte no rosto: ele ficou chorando o resto do dia, e até hoje esse choro não me saiu dos ouvidos. Estou te contando essas coisas porque você é meu amigo, vai indo a gente não aguenta; se eu não falar com alguém num dia como esse, eu enlouqueço. No quarto ano de casado, ou no quinto – não me lembro direito, minha memória está ficando ruim –, quando a coisa começou a ficar clara pra nós, a doença do menino, teve uma noite que ela me repeliu. Entende o que eu quero dizer? Ela me repeliu. Foi nesse dia que tudo acabou: amor, felicidade, esperança, futuro, tudo; e que eu comecei a beber. Fui pra rua e bebi até de madrugada, e de tarde voltei a beber, e de noite, e depois nunca mais parei. Agora me diga: quê que você acha que um sujeito, não digo eu, mas qualquer um, qualquer sujeito, podia fazer numa situação dessas, senão começar a beber? Você acha que eu ainda estaria vivo aqui se não fosse a bebida? E que eu aguentaria isso, tudo isso, esse inferno, se não fosse a bebida? Por que não desapareço, não sumo daqui, às vezes fico pensando. Poderia perfeitamente fazer isso, dar o pira pra um lugar onde o Judas perdeu a bota. Seria fácil, não teria problema nenhum. E sabe que era até capaz da mulher achar bom? Era bem capaz. Por que então não faço isso? Não sei, pra dizer a verdade, não sei. Acho que é porque ela é minha mulher, a mulher com quem eu casei, é ele meu filho, nosso filho; eles precisam de mim. Mas não, não é por isso, porque se eu não estivesse aqui, eles acabariam dando um jeito sem mim, a gente sempre dá um jeito em tudo. Não é por isso. Acho que no fundo não faço isso é mesmo por covardia. Ou então por desânimo de tomar uma atitude dessas. Pensando bem, quê que eu iria fazer noutro lugar? Começar vida nova, como dizem? Com a lembrança de um filho doido noutra cidade e da mulher? E com um dinheirinho vagabundo e um fígado podre e um coração que já começou a pifar, e nenhum entusiasmo, nenhuma vontade mais de vencer na vida, nenhum interesse por nada? Começar vida nova assim? Melhor continuar aqui no meu inferno – inferno, doce inferno –, esperando que a morte venha e me traga o descanso. E olha, quer saber duma coisa? Eu acho que ela não deve demorar muito não: um dia desses tive um troço, uma dor aqui no peito, que me escureceu a vista e quase me fez cair no chão; uma dor horrível. Minha mulher estava perto e disse que eu estava bêbado. Coitada, ela já acostumou tanto a achar que eu estou bêbado, que o dia que eu estiver morrendo, ela nem vai notar, e só vai saber depois que eu estiver bem morto. E vai ser assim, você vai ver, vai ser assim, com uma dor dessas no peito, que eu vou bater as botas. A mulher já disse que, do jeito que vai, não passo dos quarenta, e as profecias dela costumam dar certo. Mas, antes ou depois dos quarenta, pouco me importa. O que me importa são outras coisas. Sabe, eu não importo nem se minha mulher não chorar quando eu morrer. Eu sei que ela vai chorar porque ela chora à toa, mas não importo nem se ela não chorar. O que me importa é meu filho. Minha mulher me xinga, me toca de casa, mas, depois que eu morrer, ela vai esquecer tudo isso, e é até capaz de sentir falta de mim; é até capaz. Mas ele, não. Ele não esquecerá. Ele me odeia. Meu filho me odeia. Você não sabe o quanto isso é duro, ser odiado assim por um filho. Você não sabe o quanto isso é duro. Ainda mais um filho como ele, doente. Se ele fosse normal; mas assim é diferente. Ele não compreende, ele não pode compreender que eu tenho de fazer isso, não entra pela sua pobre cabeça. E é isso, entende, é isso tudo o que eu queria: que ele compreendesse. Não pediria a ele que me amasse, ou que me tomasse a bênção, nada; não pediria a ele nem que me chamasse de pai. Só queria que ele me compreendesse, compreendesse que sou obrigado a fazer isso, que não há outro jeito, mas que ter de fazer isso me despedaça o coração como se eu morresse uma porção de vezes, é que eu daria tudo pra não ter de fazer isso, daria tudo pra estar noutra cidade, noutro lugar e não ter de enfrentar esse momento, quando ele me olha com os olhos cheios de pavor e de súplica e eu tenho de amarrá-lo com uma corda como se ele fosse um animal selvagem e perigoso e ele me abraça com suas mãos frias e suadas e me chama de paizinho paizinho

piedade Senhor piedade meu pobre filho meu marido bebendo no bar Virgem Santíssima Rainha das Dores piedade quando o momento chegar força e coragem meu Deus quando esse momento quando ele bêbado ele vem bêbado rosto vermelho olhos inchados querendo matar pobrezinho filhinho do meu coração quando ele chegar bêbado querendo matar ele vai matar meu Deus ele está bêbado ele está louco ele vai matar corram acudam socorro meu Deus inferno inferno quem te mandou parir um doido perdoai Virgem Santíssima nossos pecados acha que vou passar a vida inteira preso aqui com um doido tenho cara de bobo de idiota vem cá doidinho vem cá que eu te ensino a fazer arte seu cachorro não paizinho eu gosto docê não bate não eu gosto docê já te ensino a gostar bandido perdão perdão meu Deus salve rainha mãe de misericórdia a vida doçura esperança nossa salve a vós bradamos os degredados filhos de Eva a vós suspiramos gememos e choramos nesse vale de lágrimas nesse inferno meu Deus por que esse sofrimento por que nascemos qual o nosso pecado a nossa culpa perdão meu coração despedaçado meus olhos chorando noite no quarto escuro ele está acordado pensando amanhã amanhã meu filhinho meu pobre filhinho dorme que o bicho vem pegar papai foi pra roça mamãe foi passear bebendo se ele estivesse aqui me abraçasse seus braços fortes peludos chorar no seu peito há quanto tempo meu amor um sonho nunca existiu meu amorzinho minha querida coitadinho lá no fundo do quintal encolhido de medo esperando coitadinho meu filhinho olha ele tem os olhos azuis ele é clarinho puxou o pai eta menino sapeca um pouco demais fora da conta quem sabe se a gente doutor o senhor acha que pode ser a senhora vai observando tudo o que ele faz não poderá ser outra coisa pouco provável a senhora vai observando tudo o que ele faz mesmo as menores coisas quê que você quer ser quando ficar grande quero ser louco não pesadelo onde estou pesadelo não posso dormir não posso ficar acordada não quero implicar com sua vida mas ela diz que já viu ele indo lá várias vezes várias noites isso é boato minha filha ela jura que viu cada um carrega sua cruz Deus prova as almas que ele mais ama não foi uma noite só vi várias vezes posso jurar se fosse você não quero implicar com sua vida começa assim quantos casos desses você está é com despeito, não existe marido melhor no mundo meu amor minha gatinha angorá meu chuchuzinho quem te mandou parir um doido cadela nunca mais juro nunca mais nunca mais ele é nosso filho isso nunca foi meu filho meu Deus estou sozinha não me abandone subindo a escada meu pobre filhinho ó meus Deus ajudai-me Virgem Santíssima força e coragem quando chegar a hora bêbado

rosto vermelho olhos inchados quando ele chegar quando ele aparecer na porta
    não, mãe, não deixa o pai me levar não, não volto pra lá mais não, não volto não, não deixa ele me levar não, eu não gosto do pai, ele é ruim, ele me bate, ele grita comigo, ele me puxa o cabelo, não deixa não mãezinha, eu gosto docê, eu te dou um beijo, eu não faço ocê chorar mais não, não quebro os vidros mais não, não mato galinha mais não, mais nem uma galinha mãezinha, juro, mais nem uma galinha, não bato nos meninos, não dou aqueles gritos, mãezinha, ô mãezinha, tá escutando? não faço ocê chorar mais não mãezinha, ocê não chora mais não, eu te dou um beijo, te dou um beijão assim, ê beijão! pra que ocê tá escondendo a cara? ocê vai chorar? mas eu gosto docê mãezinha, eu tou falando que gosto; eu não gosto é do pai, ele quer me levar pra lá, ele me bate, grita comigo, ele é ruim, um dia vou enfiar o facão na barriga dele e o sangue vai esguichar bonito, e eu faço xixi na boca dele, faço xixi dentro da boca dele, mas docê eu gosto mãezinha, eu só gosto docê, ocê faz sopinha pra mim, ocê faz cosquinha no meu pé, faz uma cosquinha aqui mãezinha, faz, olha, já ranquei a botina, por que ocê não quer fazer? por que ocê tá fazendo bordado, é? ocê vai chorar? não chora não mãezinha, eu te dou um beijão, rê rê, eu gosto de morder sua cara cheirosa, deixa eu pegar no seu mamá, seu mamá e maciinho, não mãezinha, não me bate não, por que ocê quer me bater? ocê não gosta de mim mais não? não sou seu filhinho mais não? auuuuu, auuuuu, vou latir até de noite, ocê não gosta mais de mim, auuuuu, auuu, auuuuu, vou enfiar o espeto no olho, vou beber veneno, vou pular de cima do telhado e virar vento pra ninguém mais me pegar, auuuuu, auuuuu, tou brincando

mãe, tou brincando, não chora não, eu gosto docê, eu não gosto é do pai, ele quer me levar pra lá, não deixa não mãezinha, eu sou seu menininho, eles me põem na cadeia, me amarram com corda igual bicho, eu não sou bicho mãezinha, não sou cachorro não, grrrrr, grrrrr, grrrrr, eles acham que eu sou cachorro de verdade, rê rê, faço assim pra eles pensarem que eu sou cachorro e ficarem com medo, não deixa não mãezinha, eles me batem, eles me deixam no escuro, eu tenho medo do escuro, e os homens de avental, e os homens de avental dão choque, eu tenho medo, e o pretão, ele falou que vai me capar, que vai pôr eu junto com a Mundinha Doida pra ela morder meu, nanão mãezinha, não deixa não, eu alá lálá vem o pai os homens não deixa não mãezinha eu gosto docê eu te dou um beijo eu gosto do pai também eu gosto docê paizinho não me leva não não me leva pra lá não eu gosto docê eu deixo ocê me bater puxar o cabelo não grito mais não eu fico bãozinho me leva não eu gosto docê não deixa não mãezinha não vou não me larga paizinho me larga fedaputa!

NO BAR

Você não está ouvindo, eu digo. Estou sim, diz ele. Você já está bêbado, você não está mais ouvindo o que eu estou falando. Como não estou? diz ele, abrindo muito os olhos; você estava falando naquele troço, como chama, é um nome meio complicado, como que é, e ele fica procurando lembrar a porra desse nome complicado, o imbecil. In-ter-sub-je-ti-vi-da-de mo-na-do-ló-gi-ca, eu digo. Exato, diz ele, arreganhando a boca suja de chope, é isso o que eu queria falar; e aí, quê que aconteceu?

Nós estávamos desesperados porque havíamos descoberto que ela é impossível. Leibniz, já ouviu falar em Leibniz? A comunicação das consciências. As mônadas não têm janelas – por isso são incomunicáveis. Cada um de nós uma mônada, você uma mônada, eu outra, ele outra, e ninguém podendo se comunicar, entende? Se era assim, viver era um inferno, uma porcaria. Aquele dia nós morremos, e quando fomos para casa, é como se cada um tivesse ido para o túmulo. Ele depois ressuscitou, mas eu não, eu continuo morto, entende? Não, não vai dizer que entende, é mentira, como que você me entende, se eu mesmo não me entendo? Mas você não falou? diz ele, arrotando chope na minha cara. Falei sim, mas isso não tem importância nenhuma. O que a gente diz não quer dizer nada. A gente diz porque não há outro jeito, mas dizendo ou não dizendo, dá na mesma. A gente diz porque tem medo. Somos crianças no escuro, que têm medo e falam alto para ouvir a própria voz. Você sabia que a gente só ouve a própria voz? E que eu já chorei por causa disso? E que eu também já ri por causa disso? Ai meu Deus, essa vida é uma merda, por que estou com vontade de chorar e não choro? Por que estou com vontade de morrer e não morro? Meu Deus, meu Deusinho, eu te perdoo porque você não sabe o que faz, e eu também não sei o que faço, e estou bêbado, e cansado, e só.

Aquele dia nós morremos, eu continuo, e ele diz compreendo, mas sei que não compreende, e isso já não me importa. Aquele dia nós morremos. Passamos dois dias sem nos vermos, e então, no terceiro dia, ele ressurgiu dos mortos e subiu ao céu pela chaminé. Encontrei! encontrei! ele berrava feito um louco no telefone. Encontrou o quê, meu Deus? A solução! Solução! solução de quê? Quê que a gente faz, quando não há janelas nem portas? a gente sai pela chaminé! O quê? a gente sai pela chaminé? você ficou maluco? Encontrei! encontrei! Era impossível falar com ele do jeito que estava; fiquei de ir lá de noite e desliguei. Mas de tarde ele me telefonou de novo: vai dizendo os São Franciscos que você lembra. Como? Os São Franciscos, os retratos que você lembra, é urgente, preciso saber qual deles sou eu. Qual deles sou eu? São Francisco? você está regulando, Lúcio? que negócio é esse? Depressa, irmão, é urgente! Irmão? que frescuragem é essa agora? Os São Franciscos, preciso saber, os retratos, as pinturas que você lembra! Eu não estava entendendo nada daquilo, já com vontade de desligar, mas alguma coisa me impedia, não sei, acho que era a voz dele, estava diferente, aquilo não era brincadeira, ele tinha dessas brincadeiras malucas, mas aquilo não era brincadeira. Resolvi tocar a coisa para frente; falei os São Franciscos que lembrava: não, não, ia ele dizendo. Falei todos os de Giotto; o de El Greco: não, não. Olha, já está enchendo sabe? Por favor, irmão, a voz dele implorava. Mas já falei todos, antigos e modernos! Não falou, está faltando um, sei que está, e é esse. Pensei mais um pouco, aí lembrei do de Portinari. Bem, falei, tem também o de Portinari, na Pampulha. É ele! é ele! gritou, tão alto que o telefone até tiniu. É ele! louvado seja Deus! louvado seja o irmão telefone! Bom, eu falei, então tá tudo certo né? pois agora é minha vez: você vai me contar tintim por tintim essa maluqueira toda, tá? Nem acabei de falar direito, ele tinha desligado; fiquei puto da vida. Que diabo era aquilo afinal? Eu não entendera bulufas. Que negócio era aquele de chaminé, de São Francisco? Ele tinha dessas brincadeiras, mas aquilo ultrapassava tudo. Sua voz, sua voz é que começou a me preocupar. Acabei decidindo ir aquela hora mesmo na casa dele, e fui. Ele não estava lá, a empregada disse que ouvira ele falando em Pampulha, acho que ele estava meio grogue, ela falou, mas isso eu sabia que ele não estava, ele não ficava assim quando estava bêbado; bêbado ele não estava. Pampulha. Peguei um táxi e chispei para lá. Fui direto para a igreja. Ele estava lá, como eu imaginara: parado diante do São Francisco. Cheguei perto e falei: ô Lúcio, que negócio é esse de – ele olhou para mim e sorriu; é esse sorriso que eu não posso esquecer, um sorriso tão suave, tão longe de tudo. Eu – ele disse, apontando para o São Francisco. "Eu."

É engraçado o que acontece comigo quando bebo: há um momento em que tudo parece fundir aqui dentro, um calor, um fogo que me queima e me dá vontade de expandir, quebrar as coisas, destruir, uma força selvagem que me impulsa, me empurra, uma claridade que me cega de tão clara, uma febre nos olhos, na testa, na garganta. Depois vem uma calma, um abandono, uma sensação de paz, de que tudo está bem, e parece então que vejo as coisas com maior clareza e que perco aquilo que me segura e me espreita como um olho pelo buraco da fechadura quando começo a falar. Amor, necessidade de amor: era isso o que havia no fundo de tudo. Intersubjetividade monadológica, comunicação das consciências, eram apenas nomes complicados, que tirávamos dos livros que líamos, para encobrir uma coisa simples: amor – e que nós usávamos não sei se por vergonha de confessar nossa carência, nosso desamparo, nossa solidão, ou se por uma espécie de recusa em admitir que nós, sim, nós dois também, os gênios da praça, pagássemos tributo ao que havia de mais banal no mundo, e que o que havia de mais banal no mundo era exatamente o mais importante. Mas éramos muito jovens. Os jovens complicam demais as coisas. Se a gente olha a fundo, a gente vê que as coisas não são assim tão complicadas. A complicação está é em nós, nas palavras que usamos. Perdemo-nos em palavras e perdemos as coisas, eis o que acontece. E não podemos escapar disso. Sabe, chega um tempo em que a gente olha para a palavra como para um sapato gasto, estragado, e sujo, que não adianta mais lavar, nem engraxar, nem consertar. E então a gente sente uma coisa doída, algo que é como que a nostalgia do silêncio. As palavras são um exílio, essa é que é a verdade. Mas naquela época eu não compreendia nada disso. E falávamos, falávamos, falávamos. Mas falar, muitas vezes é apenas um modo de calar – sabia disso? E é o que acontecia conosco: falávamos muito para calar, não tanto um ao outro, mas cada um a si mesmo. Tínhamos medo do silêncio, ele era forte demais para nós. Como falávamos e líamos! Emendávamos o dia com a noite, sempre juntos, amparando uma solidão na outra, como uma carta de baralho na outra, para não cairmos os dois. Quando aconteceu aquilo, foi uma queda terrível para mim. Só me reergui bem depois, com Lídia – mas foi para tornar a cair: assim é a vida.

Lídia tinha o rosto mais lindo que já vi. Pinturas, retratos, atrizes de cinema, ninguém, mas ninguém mesmo tinha um rosto tão bonito como o dela. A boca, o nariz, os olhos, os cabelos sedosos – parece até que estou repetindo um lugar-comum de subliteratura, mas era a verdade, vou fugir à verdade só porque ela é um lugar-comum? Afinal de contas a vida está cheia de subliteratura, e tudo acaba sendo lugar-comum, a própria vida é um lugar-comum, quer lugar-comum mais comum do que a vida? Como gostei de Lídia. Escrevi poemas, bebi, chorei por causa dela. Pensava nela vinte e quatro horas por dia, acordado ou dormindo. Apanhei essas rugas que você vê aqui; antes meu rosto era liso como o de uma criança. Emagreci, pensei em suicídio. Ela era tudo para mim, não havia escolha: ela era Deus, a felicidade, a alegria, a juventude, a vida, tudo. Você vai dizer que isso já nem era mais amor, era doença; mas quem falou que amor não é doença? Veja um sujeito que está amando, mas que está amando mesmo, como eu estava aquela época, e me diga se ele não é um sujeito doente. Claro, há os equilibrados, os normais, os sadios, todos esses tipos nojentos que serão vomitados da boca de Deus no Juízo Final. Eles amam porque amar é uma coisa que um homem tem de fazer, como tem de comer e dormir; arranjam uma mulher porque é uma coisa que eles têm de arranjar um dia, como têm de arranjar uma casa, um filho, uma posição social, para viver em harmonia com o rebanho e morrer na santa paz do Senhor, com missa no sétimo dia e esquecimento no sétimo mês. Amor, dizem eles quando sentem uma coceirinha no peito ou no sexo. "Amor." Amor é uma coisa que queima, que devora, que enlouquece às vezes, que mata. Amor sadio: essa nojeira dos livros sobre a arte de viver. Arte de viver: outra nojeira. Não se esgote, não pense no amanhã, não se preocupe depois das dez da noite, não beba, não fume, sorria sempre, a vida é uma maravilha, Deus me sorri, etcétera. Palhaçada.

Eu estava falando de Lídia. Veja como são as palavras: elas nos carregam, nos embriagam, nos tonteiam. Quando eu era pequeno, ficava tocando de roda para ver as coisas ao meu redor girarem; mas depois era uma sensação horrível: eu parava, e as coisas continuavam girando, queria pará-las, e não tinha jeito; o recurso era fechar os olhos e esperar. Então aquilo passava. As palavras são assim, a gente começa a falar, vai falando, falando, até ficar tonto, até sentir náusea, até querer vomitar. Náusea da palavra – é isso. A gente desejar ficar um dia inteiro sem falar nada, sem pensar nada, sem lembrar nada. Se a gente pudesse ficar morto por um dia inteiro e depois continuar vivendo; mas... Lídia: foi como te falei: uma coisa louca; amor, doença, nem sei mais o quê. E ela – ela era assim: Branco, eu acho que você é meio doido. Hum; meio doido. É assim que ela dizia. E você sabe como é: um sujeito meio doido é divertido até certo ponto; depois começa a aborrecer, a tornar-se incômodo. E então quê que a gente faz? A gente vira-lhe as costas. Foi isso o que ela fez, minha querida Lídia. A gente diz: quê que os outros vão pensar de mim? Ou: você não compreende as coisas. Ou: você acha que eu preciso de você? Ela não precisava. Eu é que precisava dela.

O amor é o que existe de mais solitário no homem. A gente costuma pensar no amor como algo que estivesse aí no ar e aparecesse de repente para unir duas pessoas – mas não, não é assim, não é nada disso. O amor é solitário, é uma coisa que está aqui dentro, uma coisa que a gente sente pelos outros e que os outros podem não sentir pela gente. Amar alguém é descobrir a nossa solidão. Isso eu sentia muito com Lídia. Gostava tanto dela, que eu dizia: ela tem de gostar de mim, não e possível que ela não goste de mim. Era possível sim.

Mas por que estou te contando tudo isso? Não tem nada de extraordinário, é uma coisa que está acontecendo todo dia em todo lugar do mundo, a gente está cansado de ler nos jornais, fui apenas um caso entre mil. E além disso, já passou, esse amor foi uma espécie de despedida, de adeus à minha adolescência. Sinto que estou mudando, que muitas coisas em mim estão ficando para trás e que outras estão vindo: uma nova maneira de viver, mais fria, mais dura, mais contida. Pena que Lúcio não tenha podido ver nada disso. Pena? Não sei. É engraçado: eu de certo modo já sabia que aquilo acabaria acontecendo. Várias vezes eu disse para ele: olha, desse jeito você vai acabar virando santo. Perto dele, o que eu entendia por amor era apenas egoísmo disfarçado. Para ele a comunicação devia haver não somente entre as consciências, mas também entre as consciências e as coisas; não devia haver separação entre nada no mundo; gente, animal, planta, pedra, vento, tudo devia se comunicar. Comunicação, quer dizer: amor – a palavra que não dizíamos. Depois li Bergson, Heidegger, Whitehead: eles diziam quase a mesma coisa, só que de maneira mais complicada. Lúcio dizia: você acha que eu posso me comunicar com outra consciência, se não me comunico primeiro com essa cadeira aqui? Irmã Cadeira – ele diria depois. Irmão Rádio, irmão Telefone, irmão Gato, irmão Cachorro, irmã Barata, irmã Pulga, irmão Antônio, irmão Pedro, irmão Branco, irmã Flor, irmã Fumaça, irmã Lua, irmão Sol, o universo inteiro uma irmandade inseparável. Uma vez ele chegou debaixo duma laranjeira e disse: irmã Laranjeira, estou com vontade de chupar uma laranja – e parou a mão: uma laranja caiu bem em cima da mão dele. Você não acredita, né? Mas eu vi.

E depois, como que foi? pergunta meu amigo, enquanto olho para a rua, que começa a ficar deserta; é meia-noite, a pilha dos cartões de chope está alta, e começo a sentir sono. Depois do quê? Depois da igreja, o que aconteceu depois disso. Bem: fui com ele para a casa dele. Voltamos de lotação. Ele veio cantando cânticos de São Francisco, e todo mundo olhando para nós. Acenei que meu amigo era gira, depois tive remorso: por que não disse a verdade? Em casa os pais já haviam chegado, não estavam sabendo de nada, foi um rebuliço, uma confusão, gritos, essa coisa toda, não vou contar tudo, é muito grande, e já estou com sono. Levaram-no a um psiquiatra, o psiquiatra disse que era um caso muito sério, mas que com uns choques talvez ele ficasse bom. O animal. Queria estar lá na hora para dar um murro na fuça dele. Deram os choques, mas Lúcio não ficou "bom". Felizmente. O médico, por fim, disse que era um caso irrecuperável, que a psiquiatria, apesar de altamente evoluída, não podia fazer nada naquele caso; arrumou uns nomes complicados, embrulhou o pessoal, pegou os seus cobrinhos e foi dormir o sono dos justos. Tentaram outros médicos também, outros lugares, mas a opinião era sempre a mesma: um caso irrecuperável. Está vendo como eles não entenderam nada?

No começo ele vivia solto. Passava o dia no quintal, conversando com as árvores e os passarinhos. Era maravilhoso, uma coisa maravilhosa. Depois é que começou a sair na rua e fazer pregações sobre o amor – não tinha mais medo da palavra, que era repetida milhares de vezes. Parava no meio da Avenida, em qualquer lugar, e começava a falar. Logo juntava de gente. Uma vez prenderam-no como agitador comunista. Nome: Francisco. Lugar onde nasceu: Assis. Estado de São Paulo? Não, Toscana. Itália. Itália? Olha aqui, moço, não vem fazer hora com a minha cara não, que eu te desço o braço, ouviu? Era triste e cômico ao mesmo tempo. Depois ele começou a dar tudo o que tinha para os pobres. Passou às coisas da casa, chegou a levar a televisão para um favelado que não tinha onde cair morto; coisas assim. Foi então que resolveram mantê-lo permanentemente trancado num quarto – um quarto com janelas gradeadas, para ele não fugir. Não compreenderam que já não podia haver mais prisões para ele.

UMA NAMORADA

O difícil eram as noites. De dia não havia problema, pois eu tinha o escritório: entrava no serviço às oito e saía para almoçar às onze; à uma hora entrava de novo e ficava até as cinco e meia, quando voltava para casa, e é então que começava o problema. No escritório eu tinha apenas que fazer o meu serviço, e felizmente havia sempre muito. Uma vez, não me lembro mais por quê, fiquei com medo de que viesse a faltar serviço um dia; mas não, não há esse perigo, o Doutor é muito procurado, e nunca faltará serviço.

Toda tarde, antes de fechar a porta e ir para casa, olho para as pilhas intermináveis de manuscritos que tenho de datilografar, e ao pensar que só ali há trabalho para uma vida inteira, sinto uma alegria indescritível e uma profunda gratidão para com o Doutor, que me arranjou esse serviço. Nunca lhe disse isso porque tenho vergonha, mas considero-o como um segundo pai. Não é só por ter me arranjado o serviço; é principalmente pelo modo como me trata: ele jamais conversa comigo, a não ser para dar ordens e informações a respeito do serviço. Isso é uma qualidade muito rara, pois, pelo que ouço dizer, os patrões geralmente gostam de conversar com os empregados, procuram saber de sua vida, o que fazem, do que gostam, essas coisas todas – e às vezes até fazem visitas, o que deve ser horrível. Mas esse medo eu não tenho, sei que o Doutor nunca me visitará; mesmo se souber que estou à morte, ele não me visitará; talvez mande alguém em seu lugar, mas ele mesmo não irá. Essa certeza me dá uma grande tranquilidade de espírito. Mesmo para as ordens ele fala cada vez menos, pois sabe que basta o modo como coloca os papéis sobre a mesinha para eu entender o que devo fazer com eles. Já houve dia em que, fora os cumprimentos da chegada e da saída, ele não me disse mais nem uma só palavra. É um homem extraordinário. Pena que eu tenha vergonha de dizer a ele que o considero como um segundo pai. Gostaria de dizer-lhe também que fizesse regime, pois é muito gordo, e as pessoas gordas acabam morrendo do coração; foi o caso de Tio Paulo, que morreu de repente em plena rua. Mas tinha medo de, com isso, ele começar a falar mais comigo e perder o que eu considero a sua maior qualidade.

Só duas vezes ele falou mais comigo. Uma foi logo no primeiro mês em que vim trabalhar para ele; ele disse: "Você é um datilógrafo perfeito; é como se fosse uma máquina." Não preciso dizer que isso me deixou quase tonto de alegria: foi o maior elogio que recebi em toda a minha vida. Nem consegui jantar direito esse dia, de tanta felicidade. Ser um datilógrafo perfeito era a maior ambição de minha vida. E depois, eu sempre invejara as máquinas, que podem fazer durante anos uma mesma coisa, sem mudar; estou falando de máquinas boas, como é o caso de minha máquina de escrever, no escritório: ela nunca me falhou, e eu só falhei a ela três vezes, a mais grave das quais foi bater um *e* no lugar de um *w*; as outras duas foram com acentos. Três vezes. Depois disso não houve mais nenhuma vez, e acredito que não haverá mais. Fiquei tão contente com o que o Doutor disse, que, se não tivesse vergonha, eu lhe daria um abraço.

A outra coisa que ele me disse – mas isso foi bem depois – foi no Dia dos Namorados. Eu não sabia que aquele dia era o Dia dos Namorados, ele é que me falou, e então ele perguntou quê que eu ia dar de presente para minha namorada. Eu falei que não tinha namorada. Ele falou: "Achei que você tivesse." Depois falou: "Você não sente falta de uma namorada?" Eu respondi: "Não sei." Foi uma resposta meio esquisita, mas acho que foi uma resposta boa, pois ele não tornou a falar. Pelo menos foi uma resposta verdadeira, pois eu não sabia mesmo. Eu sempre pensara que como todo mundo tinha sua namorada, eu também acabaria por ter uma um dia, e não me preocupava com isso. Mas naquela noite comecei a me preocupar, e nas noites seguintes quase cheguei a detestar o Doutor por me ter feito aquela pergunta. Foi aí que as noites se tornaram um problema.

Antes era muito simples: eu jantava, deitava um pouco até as sete e meia para descansar, e então ia ao cinema. Nunca me faltaria cinema, pois a quantidade deles era maior que os dias da semana, e esse fato me dava um contentamento tão grande como quando olho para as pilhas intermináveis de manuscritos que tenho de datilografar. Depois do cinema vinha para casa, mas antes passava num bar e tomava um copo de leite; nunca bebidas alcoólicas, nem café, pois tanto um como o outro prejudicam os nervos, o que influiria no meu serviço. Pela mesma razão é que não fumo, e é ainda por isso que sempre deito cedo.

Esqueci-me de dizer que nessa época eu já havia mudado para o apartamento. Antes eu morava numa pensão velha, de dois andares. O aluguel era barato, mas não é por isso que fui para lá; fui para lá porque foi a primeira pensão que encontrei. Eu morava no segundo andar, e para ir lá em cima havia uma escada de madeira que fazia muito barulho; foi por causa dela que mudei; não exatamente por causa do barulho, mas porque, deitado, eu ficava escutando as pessoas subindo os degraus e pensava que elas vinham bater em minha porta, embora eu não tivesse relações com ninguém na pensão e fora dela, a não ser o Doutor, mas já disse que ele nunca iria me visitar. Eu ficava num estado quase intolerável, meu coração batia muito e minhas mãos esfriavam. Só melhorava quando ouvia a pessoa entrando noutro quarto; mas logo outra aparecia, e tudo recomeçava. Eu só ia dormir pela madrugada. Resolvi então mudar-me para o apartamento, que é onde moro hoje. É um apartamento num edifício de dez andares; o meu fica exatamente no décimo. Não há escadas de madeira, os corredores são atapetados, e a fechadura é muito mais segura que a da pensão, além de ter um pega-ladrão. Se, portanto, alguém vier ao meu quarto na hora em que estou aqui – mas não há esse perigo –, será de repente, não escutarei aqueles terríveis passos subindo a escada e caminhando pelo corredor.

Bem; nessa noite foi diferente: fui a um cinema, mas, em vez de prestar atenção no filme, comecei a reparar nos casais de namorados que havia à minha frente. Alguns estavam mais juntos, as cabeças quase unidas; outros, sentados normalmente, e eu só percebia que eram namorados porque de vez em quando um olhava para o outro e dizia alguma coisa de um modo muito característico. Claro, eu sempre tinha visto esses casais, pois ia toda noite ao cinema, mas nunca havia reparado neles como agora. Não era só no cinema: em qualquer lugar e qualquer hora do dia em que visse um casal de namorados, reparava neles, nos seus gestos, seus olhares, seus sorrisos, suas palavras, e à noite, deitado, ficava recordando tudo o que vira e ouvira. Custava a dormir. Comecei a perceber então que estava acontecendo alguma coisa nova comigo. Foi nessas ocasiões que quase cheguei a detestar o Doutor, pois sua pergunta é que provocara tudo. As noites tornaram-se insuportáveis para mim. Esforçava-me para não pensar naquilo, concentrar-me em outras coisas, mas era impossível. No serviço, tinha de fazer um esforço enorme para afastar aqueles pensamentos; depois de um certo tempo eu o conseguia, mas quando voltava para casa, quando chegava a noite, era horrível. A coisa foi virando obsessão. Sentia-me como se estivesse muito doente. Cheguei a um ponto em que não aguentei mais; tinha de arranjar uma namorada.

Pensei logo na moça que morava na esquina. Era uma moça muito bonita, de cabelos loiros; os olhos eu nunca consegui saber se eram verdes ou azuis; tinha dia que eu achava que eram verdes, outro dia achava que eram azuis; pensei até que eles mudavam de cor, como já ouvi dizer que acontece com os olhos de certos animais. Ela chamava-se Ana. Lembrei-me de que uma vez ela me sorrira e pensei que talvez ela tivesse gostado do meu tipo. Para ir no serviço, eu tinha de passar em frente à casa dela todo dia, quatro vezes por dia, contando as idas e as vindas, e ainda havia as duas da noite: seis vezes, portanto. Tinha, pois, muitas oportunidades de vê-la. Às vezes eu a via mais de três vezes num mesmo dia, mas às vezes não a via nem uma vez, e quando isso acontecia, eu ficava um pouco triste. Não entendia bem é por que ela ora me cumprimentava, ora não cumprimentava, parecendo nunca me ter visto. Se fosse artimanha para fazer com que eu ficasse mais apaixonado por ela, estava perdendo tempo, pois eu já estava tão apaixonado, que não podia ficar mais. O menor sorriso dela, o gesto mais insignificante, me encantavam ao extremo. À noite, deitado, eu relembrava uma por uma todas as vezes em que a tinha visto, e nunca me cansava disso, podia ficar assim horas e horas. Costumava imaginar o nosso namoro, nós dois conversando, passeando, fazendo planos para o futuro, como fazem os namorados. Sentia-me inteiramente feliz nesses instantes. Uma coisa que eu sempre imaginava também era de levá-la ao Doutor, para que ele ficasse conhecendo-a, quando ela fosse minha namorada. Só faltaria a alegria dele para completar minha felicidade.

Mas às vezes eu ficava bastante apreensivo também: é quando eu imaginava a coisa de certo modo mais próxima; como se, por exemplo, eu fosse começar a namorá-la na noite seguinte. Eu então pensava: que conversaremos? Quê que eu falarei com ela? Era uma sensação muito desagradável, e eu tinha de repente vontade de desistir e esquecer de tudo. Parecia-me uma situação terrível demais para eu enfrentar. E mesmo depois que esse primeiro dia tivesse passado: se, por exemplo, – e isso era perfeitamente certo que acontecesse –, ela me chamasse para ir a um baile e eu tivesse de dizer que nunca fora a um baile? Era horrível. Mas eu não parava aí: depois que tivesse vencido esses primeiros incidentes, e a coisa estivesse correndo bem, que conversaríamos quando estivéssemos juntos? Essa era a minha pergunta principal: que conversaríamos? Pois, na verdade, eu só conhecia bem uma coisa e só dela poderia falar com prazer: a datilografia, o meu serviço. Fora disso eu não sabia praticamente nada. Não ia às festas, não praticava esportes, não fazia quase nenhuma das coisas que um sujeito de minha idade normalmente faz. Ler também, eu quase não lia; quer dizer, lia diariamente os jornais, porque não havia outra coisa a fazer, mas as notícias que todo mundo comentava – uma revolução num país estrangeiro ou um foguete lançado ao espaço – não tinham para mim o menor interesse, eram como se fossem pura fantasia, coisas que não existem. Admiro como as pessoas podem se interessar tanto por essas coisas, discutir, e até brigar: dão-me a impressão de crianças grandes, que ainda acreditam em fadas e dragões. Mesmo quando era uma notícia sobre uma nova bomba mais poderosa que haviam feito; isso deixava, pelo que eu podia ver, muita gente preocupada. Por quê? Que diferença há entre morrer com a explosão de uma bomba e morrer com a picada de um inseto venenoso, por exemplo? Não é a mesma coisa? A gente não acaba morrendo de um jeito ou de outro? E além disso, a bomba é uma coisa tão fora do nosso alcance, quê que adianta a gente falar contra ela? É como escutei um sujeito comentando um dia na fila do cinema: noventa por cento falam contra, vem o um por cento, fica doido, aperta um botão, e era uma vez o mundo. É isso.

Bem: havia o cinema, ao cinema eu ia sempre; mas não guardava os nomes dos artistas nem dos filmes – como iria interessar-me por isso? – e não saberia o que falar numa conversa. A única coisa mesmo de que eu poderia falar era do meu serviço; não do que eu datilografava, do que o Doutor escrevia, pois, apesar de o ler enquanto datilografava, era só com os olhos que o fazia, e não com o espírito, e se, depois de pronto o serviço, me perguntassem o que eu datilografara, eu não saberia responder com certeza. Não disso, pois, mas da datilografia, do meu serviço, do ato de datilografar, da minha máquina: sobre isso eu poderia falar horas seguidas, e o faria com prazer. Mas e ela? Se interessaria por isso? Como que uma moça bonita e alegre iria se interessar por conversar sobre datilografia? Essas perguntas me deixavam tão deprimido, que havia momentos em que eu tinha vontade de chorar. Pensava então que eu estava desejando o impossível, o que nunca poderia ter, nunca, e que o melhor era desistir o mais cedo possível e jamais voltar a pensar nisso. Tinha até vontade de rezar; mas não cheguei a fazer isso. A última vez que rezei foi quando era criança; depois nunca mais rezei, não sei por quê.

    Um pensamento me dava forças para continuar: eu estava disposto, se ela me namorasse, a mudar inteiramente minha vida. Com a ajuda dela, eu aprenderia tudo. Eu seria dócil e obediente como uma criancinha, e com a força de vontade e a aplicação que eu tenho – e que me permitiram ser o datilógrafo que sou – tenho certeza que conseguiria tudo. Mesmo que ela, por qualquer razão, me pedisse para deixar o serviço, eu o faria; seria muito difícil para mim, nem preciso dizer, mas eu faria tudo por ela. Seria como se eu nascesse de novo. Penso que era esse o significado de um sonho que tive numa daquelas noites: eu estava no fundo de uma cisterna seca: – por que será que sonho tanto com cisternas secas? – e então Ana apareceu lá em cima. Estava com um vestido branco; parecia ser um dia muito claro lá fora, pois o vestido e os cabelos dela até faiscavam. Ela olhou para dentro da cisterna e me viu, e então sorriu e me estendeu a mão. A cisterna era muito funda, e comecei a subir; mas acordei aí, e o sonho ficou interrompido. Achei ruim ter acordado e tentei dormir de novo, para ver se reatava o sonho; dormi, mas o sonho não voltou, e quando acordei de novo, já era hora de ir para o serviço. Na noite seguinte, antes de deitar, fiquei pensando muito tempo nele, esperando com isso fazê-lo voltar durante o sono; mas ele nunca mais voltou.

    Não disse ainda, mas uma das primeiras coisas que fiz foi observar se Ana já tinha namorado; observei durante muitos dias e descobri que não tinha. Depois disso tomei a decisão firme de dar o primeiro passo para o namoro, logo que tivesse uma boa oportunidade. Não a tive tão cedo. Houve um dia em que, ao ir para o serviço de tarde, cruzei com ela na rua; não havia quase ninguém no passeio, ela vinha sozinha, e pensei que aquela era a oportunidade, mas fiquei tão nervoso, tão sem jeito, que tudo o que fiz foi cumprimentá-la: ela ficou me olhando muito, tenho a impressão de que notou meu nervosismo. Amaldiçoei-me pelo resto do dia e pensei de novo que o melhor era desistir de tudo. Fiquei num estado lamentável. Foi nessa tarde que bati aquele *e* no lugar do *w*. No dia seguinte ainda estava assim, quando a grande oportunidade surgiu. Eu estava no cinema e então – eu já quase não prestava mais atenção nos filmes – a vi entrando com uma amiga e sentando-se duas fileiras à minha frente. Observei bem para ver se era ela mesmo; era, eu não iria confundi-la com outra. Meu coração começou a bater fortemente, eu tinha até a impressão de que a cadeira tremia e que a pessoa ao meu lado o percebia. Havia ao lado de Ana duas cadeiras vagas; era uma quarta-feira, e o cinema estava mais ou menos vazio. O filme tinha apenas começado. Tomei então uma decisão repentina: levantei-me e fui sentar-me na cadeira ao lado dela. Ainda hoje fico pensando quê que me deu na cabeça para fazer isso. Mas no momento não raciocinei nem nada: levantei-me e fui. Apesar de estar quase fora de mim de tanto nervosismo, notei bem o momento em que ela me reconheceu; não foi imediatamente, mas um pouco depois que me sentei. Não olhei para ela, mas percebi que ela ficou alguns instantes com o rosto voltado para mim, me olhando. Notei perfeitamente que ela me reconhecera. Então fiquei esperando o que ia acontecer. O que aconteceu foi bem diferente do que eu imaginara. Ela inclinou-se para a amiga e cochichou qualquer coisa que não ouvi, mas que notei ser sobre mim, e então as duas se levantaram e foram sentar-se noutra fila na frente. Foi o fim. Antes que o filme terminasse, com vergonha de que ela me visse na saída, fui embora. No dia seguinte encontrei-a na rua: ela vinha em sentido contrário ao meu e me viu; eu quis atravessar a rua, para não ter de passar por ela, mas, antes que o fizesse, ela já o tinha feito; foi melhor assim.

Antes disso houve outra cena, que não contei: foi depois que saí do cinema. Achava-me num tal estado em que nunca me achara antes, parecia-me ter perdido a razão, pois não conseguia pensar em nada. Caminhava para casa como um animal, por instinto. Então me deu um repente na cabeça: jogar-me na frente do primeiro lotação que passasse. Eu nunca pensara em suicídio antes; mesmo dessa vez não foi bem um pensamento, foi um impulso, e mal o tive, um lotação apontou na esquina. Joguei-me à sua frente, mas ele, nem sei como, se desviou de mim, e fui esbarrar num poste. Fiquei ali meio atordoado, agarrado ao poste, enquanto o chofer, que apenas diminuíra a velocidade, gritava para mim alguns nomes que se podem imaginar. Ele pensou que eu fosse algum bêbado. Na hora fiquei apenas espantado, como se tudo aquilo estivesse acontecendo com um outro e não comigo. Depois, à medida que o espanto foi passando, fui ficando alegre, cada vez mais alegre; vi que estupidez ia fazendo: suicidar-me; perder o escritório, minha máquina, o Doutor, perder tudo isso... Fiquei tão alegre que meus olhos umedeceram de lágrimas. Sentia-me infinitamente grato ao chofer, que me salvara a vida, e agora achava até graça nos seus xingatórios. Aquele lotação foi o princípio da minha cura. Em casa ainda voltei a lembrar-me do cinema e quase fiquei triste de novo, mas a certeza de que tudo havia acabado definitivamente e eu não tinha mais nada a esperar, me trouxe a tranquilidade e pude dormir.

Os primeiros dias depois disso não foram fáceis. Às vezes, sem que eu percebesse, começava a pensar em Ana outra vez. Tive então que usar uma série de expedientes para que isso não acontecesse. Um deles, por exemplo, foi a mudança de meu trajeto para o serviço; como já disse, para ir no serviço eu tinha de passar em frente à casa dela: passei, então, a contornar o quarteirão. Mas o mais difícil era à noite: os casais de namorados, o cinema. Quanto a isso, adotei uma medida que foi muito eficiente. Já contei que não gostava de ler; pois como são as coisas: comprei uma enciclopédia em doze volumes e cheguei a ler três deles. Não que a leitura me interessasse – não me interessava de modo algum –, mas é que, enquanto lia, o tempo ia passando e chegava a hora de dormir; era como o cinema antes. Quis também, um dia que senti meus olhos cansados de ler, comprar uma televisão. Tinha dinheiro para isso, mas fiquei com medo de que o vizinho – o morador do quarto em frente ao meu –, que não tinha televisão, como ele me falara um dia sem que eu lhe perguntasse, pois nunca pergunto nada a ninguém, soubesse disso e procurasse fazer amizade comigo para vir assistir aos programas em meu quarto. Desisti da televisão, e, em seu lugar, comprei um vidro de colírios, para usar quando a vista doesse.

Não cheguei nem a acabar com o vidro: uma noite resolvi sair para ver como me sentia, e, para surpresa e alegria minhas, não aconteceu nada do que eu temia; sentia-me outra vez como antigamente. Tinha ido a um cinema, e de repente percebi que estava prestando atenção no filme e não mais nos namorados. Vi então que eu já estava curado e que poderia ir ao cinema toda noite outra vez. Quando voltei para casa, empilhei os volumes da enciclopédia num canto, e lá estão até hoje, cobertos de poeira. As noites deixaram de ser um problema. Uma ou outra vez ainda reparava nos casais de namorados que via, mas era apenas o resto de um hábito, que desapareceria com o tempo; quando ia deitar, já não ficava mais relembrando o que vira e ouvira: dormia logo, só acordando no

105

dia seguinte, na hora do serviço; e no serviço não precisava mais de esforçar-me para me concentrar: depois daquele dia nunca mais errei na máquina. Em suma: minha vida voltou ao que era antes.

    Quanto a Ana, depois disso só tornei a vê-la uma vez: estava com um rapaz de camisa esporte listrada, e como estavam de mãos dadas, vi logo que era seu namorado; devia tê-lo arranjado aqueles dias. Pensei então que se eu também usasse camisas esporte listradas, talvez ela tivesse se apaixonado por mim. Mas, claro, foi só o pensamento de um instante, e logo o esqueci.

APRENDIZADO

— A arte é um longo aprendizado, e a vida dos grandes escritores está cheia de lutas e de sacrifícios.

Padre Ângelo olhou um instante pelo vitrô que dava para a rua; depois voltou-se de novo para a classe e olhou para ele:

— Meu filho, Deus te deu uma vocação; cultive-a com carinho. Um grande futuro te espera.

O resto da aula ele mal vira — nada mais tinha importância, nada mais existia a não ser aquele mundo dentro dele, aquela coisa maior do que tudo lá fora.

Agora ia pela rua, a caminho de casa. Quando chegou no Jardim, teve uma vontade doida de sair correndo, gritando e saltando sob as árvores.

Tirou a redação da pasta e olhou mais uma vez: no canto da página, em cima, um dez grande, escrito com tinta vermelha, seguido de um ponto de exclamação. E seus pais, quando ele mostrasse e contasse?

Não podia mais, e já ia correr, quando foi olhar para trás e viu Jordão e Grilo: Jordão fez-lhe um sinal para esperar. Ele ficou parado, olhando para os dois, que vinham contra o fundo da tarde que morria: Jordão gordo e gingando, e Grilo comprido e curvo. Alguma coisa ia encolhendo dentro dele.

— Como é, escritor... — Jordão abraçou-o.
Ele procurou sorrir.
Grilo vinha meio atrás, sem falar nada.
— Fiquei contente pra burro — disse Jordão: — tenho um colega gênio... Cadê a redação?...
— Está aqui na pasta.
— Deixa eu ver...
— Amanhã te mostro; estou com pressa agora, Mamãe pediu para eu chegar mais cedo hoje — ele mentiu.
— Num instantinho eu leio.
— Amanhã eu levo no colégio.
Vinha trazendo a pasta dependurada pela mão; passou-a para debaixo do braço e ficou segurando com força. Sentia seu coração bater contra ela.
Jordão tirava uma pedrinha do sapato, apoiado em Grilo.
— Enchem o saco essas pedrinhas.
Recomeçaram a andar.
— Você não foi na festa ontem — disse Jordão. — Foi bacana, dançamos e bebemos pra burro. Por que você não foi?...
— Não deu.
— Você estava escrevendo?
— Não.
— É verdade que sua mãe te ajuda a escrever?
— Quem disse isso?
— Ouvi dizer lá no colégio.
— Quem disse?
— Ouvi dizer. Você também não ouviu, Grilo?
— Ouvi.
— Quero saber quem disse isso.
— Quê que tem? Acho que não tem nada de mais a mãe da gente ajudar.
— Minha mãe não me ajuda — ele disse.

– Pois minha mãe me ajuda. De vez em quando eu peço a ela. Não é porque eu tenho preguiça; é que mulher é que tem jeito pra essas coisas.
Ele ficou calado.
– Eu não tenho jeito nenhum – continuou Jordão. – Meu negócio é ser macho – virou-se e deu uns socos em Grilo, provocando-o.
– Você não dá nem pro começo – disse Grilo.
– Uma esquerda só, e eu te amasso, Grilo.
– Você não dá nem pra começar – disse Grilo.
Jordão atirou a esquerda, não com tanta força que machucasse; Grilo desviou-se e deu-lhe uma gravata.
– Agora – disse Grilo, segurando-o com o braço ossudo, os olhos brilhantes.
– Me larga – Jordão tossiu sufocado, – você tá me enforcando...
Grilo ainda deu uma apertada, provando sua força, depois soltou-o.
– Você quase me mata – choramingou Jordão, passando a mão pelo pescoço, que estava vermelho.
Grilo ria contente.
– Filho duma égua – Jordão ameaçou avançar de novo, e Grilo deu uma corridinha rindo. – Vem, vem agora, se você é homem...
– Eu não, bem, você é muito gorda...
Jordão riu.
– Cavalo...
Ele esperava, olhando para os dois.
Jordão foi andando com ele. Olhou para trás:
– Olha que coisa mais esquisita, olha se isso é gente; eu, se tivesse nascido assim, suicidava...
– Quê que foi aí, gorda? – Grilo se aproximou. – Tá querendo me dar?...
– Aqui quê que eu tou querendo te dar – Jordão balançou para ele.

109

— Deixa eu ver se tem alguma coisa aí...
Jordão empurrou-o com o corpo.
— Hum, bruta...
Jordão riu.
Os três iam andando. Tinham atravessado metade do Jardim.
— Acho que é uma sacanagem. — disse Jordão.
— Sacanagem o quê? — ele perguntou, e seu coração começou a bater depressa de novo.
— Você não vai deixar a gente ler agora a redação...
— Já te falei que amanhã eu levo no colégio; amanhã você lê.
— Amanhã está longe, queria ler é agora...
Ele apertava a pasta contra o corpo.

Na calçada em frente, por entre as árvores do Jardim, viu seu tio passando: ia calmamente, as mãos atrás, olhando para a tarde, e se tivesse virado um pouco a cabeça, também o teria visto; mas foi passando calmamente, olhando para a tarde, e então chegou na esquina, olhou se vinha carro, atravessou a rua e desapareceu.

— Só dar uma lida rápida, Eduardo...
— Não! — explodiu. — Que merda!
Os dois pararam assustados.
— Você fica enchendo o saco! Já te falei que agora não dá, que amanhã eu levo no colégio! Que diabo!
— Tá bem — disse Jordão, — não é caso de briga não...
Recomeçaram a andar.
— Falei que não dá, e você fica insistindo. Se desse, eu mostrava.
— Tá certo — disse Jordão. — Não tem problema não; você não quer, não quer; estava só pedindo...
Grilo vinha atrás e parecia mais curvado ainda.
— Só por uma questão de amizade; você tinha mostrado para os outros, e então pensei que...

– Está bem – ele parou de repente: – eu vou mostrar; mas vê se lê rápido, em dois minutos, tá?
– Em dois minutos – concordou Jordão.
Apoiou a pasta no peito, abriu-a e tirou a redação. Se tivesse olhado um minuto antes, teria visto Jordão fazer um sinal para Grilo; agora, um minuto depois, a redação com eles, o que viu foi os olhos brilhantes de Grilo e Jordão sorrindo – e então compreendeu tudo.
– Me dá minha redação – avançou, mas Jordão puxou a mão para trás.
– Calma... Eu não li ainda...
– Eu também não li – disse Grilo, no mesmo tom.
Seu rosto queimava, e ele só via aqueles dois na frente, rindo.
– Vocês são uns sacanas.
– Como é que é?... – Jordão pôs a mão no ouvido.
– Ele disse que nós somos uns sacanas, Jordão.
– Você disse isso, Eduardo?
Seus olhos embaçavam de desespero e ódio.
– Tadinho – Jordão riu, – olha como ele está. Você acreditou mesmo que eu queria ler sua redação, benzinho?...
– Você é um sacana.
– Olha lá, hem – Jordão ameaçou: – para de me chamar disso.
– Sacana.
– Eu rasgo essa bosta aqui, Eduardo.
– Sacana.
– Eu tou avisando, Eduardo.
– Sacana.
– Para, Eduardo!
– Sacana.
Jordão rasgou a folha e tornou a rasgar e a rasgar.
– Fedaputa! – e Eduardo deu um murro com tanta força, que Jordão foi cair sentado no chão.

Na mesma hora foi agarrado por trás; tentou escapar, mas Grilo o segurava com força. E então viu Jordão se aproximando, com os punhos fechados:
— Você vai aprender agora.

OUSADIA

O homem pôs a revista na mesa, sem fazer nenhum ruído. Depois desviou a luz do abajur para o chão, ficando a cama quase no escuro. Mas o travesseiro ele ainda deixou como estava, encostado em pé na cabeceira da cama; e ele também continuou na posição de antes, agora olhando para o que tinha à frente, na direção de seu olhar: apenas a elevação dos pés no lençol. Virou-se ligeiramente para olhar a mulher: ela estava voltada para o outro lado, o lençol puxado até o queixo. Parecia já estar dormindo.

"Zazá...", falou, meio baixo, de tal forma que ela responderia se ainda estivesse acordada, mas de tal forma que ela não acordaria se já estivesse dormindo.

"Hum...", gemeu a mulher, sem se mexer.

"Você já está dormindo?...", perguntou o homem no mesmo tom.

"Não...", respondeu a mulher, também no mesmo tom, não estava ainda, mas, pela voz, parecia quase. Continuou imóvel, e o homem notou no lençol a respiração calma e espaçada de quem já estava prestes a dormir.

Ele cruzou as mãos por trás da cabeça, entre a cabeça e o travesseiro.

"Zazá, eu estive pensando..."

"O quê?...", gemeu a mulher.

Ele virou-se, curvando-se por cima, a mão pousada nos quadris dela e acariciando-os sobre o lençol.

"Você já está dormindo, bem?..."

A mulher abriu os olhos, sem mexer a cabeça.

"Estou não... Estou só com os olhos fechados..."

"Não durma ainda não...", ele disse, dando uma palmadinha nos quadris dela.

A mulher mexeu a cabeça no travesseiro, concordando, e tornou a fechar os olhos. O homem voltou a se encostar no travesseiro e a cruzar as mãos atrás da cabeça, depois de deixá-las um instante abandonadas sobre o corpo.

"Sabe, hoje eu estive pensando... Está escutando, Zazá?..."

"Estou...", gemeu a mulher.

"Estive pensando uma porção de coisas...". O homem falava olhando na direção dos pés sob o lençol; de vez em quando, como que acompanhando as voltas de seu pensamento, mexia com eles, mas sem perceber isso. "Precisamos movimentar mais a nossa vida, Zazá; precisamos fazer coisas novas, diferentes... Sair dessa rotina. É a rotina que envenena a vida da gente. A rotina é um dos maiores males da vida. É ela que mata, que nos envelhece prematuramente. Deixemos ela para quando formos velhos; não somos ainda; temos ainda uns bons anos na nossa frente. Lembre-se: a vida começa aos quarenta. Estamos só com sete anos. Estamos ainda na infância." Olhou de lado para a mulher: "Zazá, você está me escutando ou já está dormindo?..."

A mulher gemeu, para dizer que estava escutando.

"Precisamos movimentar a nossa vida. Inventar, criar coisas novas. Usar aquilo que ainda temos em nós da juventude: a fome pela novidade, pela variedade. Pelas coisas exóticas." O homem parou um pouco: parecia escolher entre várias coisas qual a próxima que diria. Olhou de novo para a mulher, mas dessa vez não falou nada com ela.

"Isso, mesmo nas menores coisas, ou mesmo nas coisas mais..." – hesitou, porque lhe faltavam as palavras ou porque achou melhor não dizer; começou outra frase: "É isso que faz a gente viver, permanecer sempre jovem. A gente precisa ter coragem... a gente tem que ter ousadia..." Novamente parecia não saber o que falar ou ter medo de falar.

Olhou para a mulher e ficou algum tempo observando-a, observando o seu corpo, cujas curvas o lençol branco e fino delineava. E então se ergueu para fazer algum gesto, mas um suspiro mais fundo da mulher o deteve a meio do caminho, ficando ele com a mão suspensa sobre os quadris dela; mas foi apenas o suspiro, ela não se mexeu. Assim mesmo, ele voltou à sua posição. Ela então mexeu um pouco as pernas – mas não se virou, como ele pensou, e pareceu temer, que ela fosse fazer; seu rosto então se descontraiu, como se ele tivesse acabado de escapar de um perigo.

Agora estava olhando realmente para os pés e mexendo-os, no calmo e contido nervosismo de um gato mexendo o rabo.

"Zazá, lembra do Manuelino?", perguntou.

A mulher não respondeu. Ele virou um pouco a cabeça no travesseiro e repetiu, numa voz concentrada na direção da mulher: "Zazá..."

"O quê..."

"Lembra do Manuelino?..."

"Manuelino?..." Ela demorou-se algum tempo, depois disse: "Lembro" – e confirmou, menos para ela do que para ele, para dispensá-lo de perguntar de novo se ela estava dormindo: "aquele seu amigo...", e, contente por se lembrar, acrescentou: "aquele do banco..."

"Do banco?... Não, Zazá, aquele é o Marcolino; estou falando é o Manuelino, aquele que veio aqui aquela vez; aquele do chapéu; você até riu..."

115

A mulher não falou nada.
"Não está lembrada? Aquele do chapéu, Zazá..."
"Lembro... lembro sim; o do chapéu..."
"Pois é. Nós estávamos conversando sobre isso que estou falando. Boa praça o Manuelino...", o homem teve um sorriso. "Bom companheiro. Nós estávamos conversando sobre isso, falando sobre essas coisas. Depois eu fiquei pensando... Sabe, Zazá, há uma porção de coisas que nós não fizemos – nós que eu estou dizendo é você e eu; as coisas que a gente ainda não fez nessa vida, e que poderia fazer. Sim, que poderia fazer; que ainda pode – aí é que está. Porque tem umas que a gente não pode mesmo; mesmo querendo. Por exemplo: quê que adianta eu querer ir no Japão, se eu não tenho dinheiro para isso?"
"Japão?...", gemeu a mulher.
"Estou dizendo: quê que adianta eu querer ir no Japão, se eu não tenho dinheiro para isso? Ou então eu querer ter um Impala. Quê que adianta? Ou querer..." Não se lembrou de outra coisa. "Enfim: querer as coisas impossíveis. Isso é bobagem. Besteira. Infantilidade. Mas o que é possível eu posso querer. A própria palavra o diz: possível, quer dizer: que pode. Essas eu posso querer, e não apenas posso: devo. Há tantas coisas que a gente pode fazer – coisas boas que eu estou dizendo, é evidente; tantas coisas, e que a gente não faz. E por quê? Por que não faz? Por medo; por negligência; por costume; por preconceito. Nós conversamos muito sobre isso, eu e o Manuelino – o Manuelino e eu", corrigiu-se, como um homem habituado a respeitar as mínimas regras da etiqueta. "Falamos muito sobre isso – o preconceito. Os preconceitos. São eles que nos impedem de fazer uma porção de coisas. São como correntes que atam os nossos gestos, como disse o Manuelino; ou então, como ele disse também: os preconceitos reinam sobre nossas vidas. Há preconceito de todo tipo:

social, político, religioso, moral. Uma infinidade deles. Há preconceito de toda espécie, desde a mais baixa até a mais alta."

A mulher se mexeu, ele parou de falar e ficou olhando: mas em vez de virar-se, como ele achou que fosse acontecer, ela enroscou-se mais para dentro, ficando na posição exata entre de lado e de bruço; seus quadris destacaram-se mais ainda.

O homem recomeçou a falar, mas agora continuava olhando para a mulher, para a sua silhueta: "Há até preconceitos sexuais; ou melhor: existem muitos preconceitos sexuais...; parecia ter lhe voltado o nervosismo de antes, e ele seguidamente passava, com um quê de aflito, a mão na cabeça, ajeitando o cabelo, que era liso e já começava a rarear. "Às vezes existem esses preconceitos até entre casais; quer dizer: até entre aqueles onde não devia haver nenhum preconceito, onde a intimidade devia ser absoluta; onde devia haver liberdade para fazer o que quisessem, aquilo que bem entendessem; afinal é para isso que a gente casa, para poder fazer essas coisas, para fazer tudo aquilo que o corpo da gente pede."

O homem curvou-se de novo sobre a mulher e acariciou com mais determinação agora os seus quadris.

"Estou tão cansada hoje, bem...", gemeu a mulher, sem abrir os olhos.

Ele continuou acariciando-a. "Não é isso; é outra coisa...", murmurou, estendendo-se por trás, ao longo do corpo dela – quando ela se virou de costas:

"Quê que é?...", ela perguntou, fazendo força para acabar de acordar.

Ele ficou na posição em que estava, olhando-a, e então voltou bruscamente a deitar-se de costas.

"Quê que é?...", ela perguntou de novo.

"Você não me dá atenção", disse ele, com uma irrita-

117

ção muito maior do que a frase comportava, mas a mulher estava muito sonolenta para percebê-lo; "estou falando com você tem mais de meia hora, e você não me escuta, não me dá atenção..."

"Eu não estava dando? Estava sim, bem; não estava respondendo a tudo o que você falava? Estava só de olhos fechados; não estava dormindo", a mulher falava, erguida na cama, apoiando-se nos cotovelos. "Você quer que eu diga tudo o que você falou, desde o começo?... Posso dizer tudo, desde o começo, quer que eu diga?..."

"Vê se isso é ideia", ele falou, com ironia.

"Trabalhei tanto hoje, bem, estou cansada, meus olhos estão doendo do tanto que costurei... Estava só com eles fechados, não estava dormindo; estava escutando tudo o que você estava falando..."

"Está bem", ele falou, encerrando. "Está bem. Agora vamos dormir." Estendeu o braço e apagou a luz. Depois ajeitou o travesseiro e deitou-se de lado, com as costas para a mulher, que também já se havia deitado.

Não fechou logo os olhos; no escuro, ficou olhando para a revista na mesa, lembrando-se de uma fotografia: uma loira de biquíni, deitada de lado e de costas num sofá vermelho.

BÁRBARO

— No começo tava chato pra burro. Pensei: porra, essa festa vai ser uma merda. Cheia de coroa, porra, tava parecendo cemitério... Já tava querendo me mandar, mas aí o Luquinha falou: "Vamos esperar mais um pouco; se não desengrossar, a gente tira o time." "Tá", eu falei, "então vamos; mas se não desengrossar, eu dou o pira." Valeu, porra, o troço depois ficou divertido pra burro, nunca vi uma festa igual...
(Ele pega um cigarro na cadeira ao lado da cama, acende-o, e torna a deitar-se. Eu abro o livro na mesa e começo a ler, mas ele me interrompe:)
— Você conhece o Miranda?
— Miranda?
— O cara da festa.
— Já ouvi falar.
— Porra, tava pensando que o cara era novo: o maior coroa, porra; careca, já puxando os seus cinquenta e cinco; pensei que o cara fosse novo.
— E quê que tem isso? — eu pergunto.
— Isso o quê?
— O cara ser velho.
— Porra, vou pensando que o cara é novo, chego lá, dou de cara com o maior coroa e mais aquela coroada

toda lá dentro, já pensou? A sorte é que já tinha uns lá da turma, senão vou te contar. Depois também melhorou um pouco porque chegou um uísque e uns salgadinhos, umas frescuras lá duns canudinhos com uma meleca dentro, acho que é camarão com palmito, até que é gostoso o troço, e o uísque também não era essas merdas que a gente tá acostumado a beber por aí não; uísque de primeira, troço caro, porra, escocês, o caralho. Aí a gente animou mais a ficar. Mas vem, uma dona fodida lá começou a cantar uns troços do século passado; puta merda... não sei como que aqueles caras aguentam; pior, só ópera. E se a dona resolvesse cantar ópera? Porra, aí não tinha nem graça: eu sumia na hora, nem Deus me segurava.

As mulheres: tinha só umas seis meninas lá; a Lúcia, a Nilza, a Dinorá, aquela veada, ela estava lá também, aquela fedaputa, mulher nojenta, não aguento nem mais olhar pra cara dela, aquela fodida, bagulho, bucho – e ainda veio puxar conversa comigo: sai de mim, porra, vê se me esquece. E umas outras lá, as mulheres dos caras, tudo coroa, porra, só tinha uma boa lá, ela até me deu um pouco de bola, mas não dava pé, claro, o marido dela tava firme lá de lado, um cara fortão, com pinta de Maciste, já pensou? Tirei logo o corpo fora: se o cara visse e embucetasse comigo? Eu tava fodido: um sopapo dele, e eu virava merda. Eu, hem... O papai aqui é vivo, não se mete numa fria dessas não. Tinha lá essa, mas também só essa; uma loura bonita, bonita e boa, queimadinha de piscina, com umas peitarias que apareciam quando ela abaixava um pouco; boa pra burro, mas não dava pé, claro, de jeito nenhum, nem pensa. As outras? Bagulhada. Porra, não sei como que uns caras desses, cheios da grana, arranjam uns bagulhos assim pra casar. Eu, se tivesse dinheiro, a primeira coisa que fazia era arranjar uma mulher boa, mas boa mesmo, material de primeira: tinha de ser sexy das unhas dos pés até os fios de cabelo da cabeça.

Bom; tava lá esse troço quadrado, morno, não dá nem come; até lá pras onze e meia ficou isso. Depois uns começaram a ir embora, outros foram pra outros cômodos da casa – a casa é grande, parece essas mansões de filme americano; não sei pra quê, se o velho só tem o Ronaldo de filho e ele fica a maior parte do tempo fora; só se tem mais alguém morando com eles, isso eu não sei. A mulher – não falei nela ainda; puta merda... Lobisomem puro. Só vi ela uma vez, na hora que cheguei, depois ela sumiu lá pra dentro, e não vi mais: toda pintada, o cabelo da altura de uma montanha, porra, dava até vontade da gente falar pra ela: cuidado, que a senhora despenca daí de cima, hem dona. E a cara? Uma tonelada de rímel, pó de arroz, batom, porra, tava parecendo um bicho, e ainda uns brincos quilométricos, uns ferrinhos dependurados, dessas frescuras parecendo troço de japonês. No duro; se eu desse de cara com uma dona dessas de noite na rua, acho que eu corria três dias sem parar, porra!... Era a própria mulher do Drácula.

    Mas aí a turma começou a ir embora, outros foram pra outros cômodos, e nós ficamos ali na salinha, a turma: o Luquinha, eu, o Zizi, o Alan, o Márcio, a Lúcia, a Nilza, e a fedaputa da Dinorá; o Astrogildo também, aquele chato; porra, não aguento aquele cara, a mania dele de querer cantar igual o Roberto Carlos; porra, se ele canta igual o Roberto Carlos, então eu sou o Frank Sinatra. Tinha outros dois caras lá também, dois universitários de Direito, uns caras chatos pra caralho, depois eles foram embora. Bom; a gente ficou lá bebendo, e o velho, o Miranda, batendo papo com a gente. Foi aí que o troço começou a ficar divertido... Uma hora lá que o velho tava conversando não sei com quem, Luquinha virou pra mim e pro Alan, que tava perto, e falou: "Esse coroa vai me pagar."

    – Pagar? – eu pergunto.

— A festa, porra, a sacanagem que ele fez com a gente.
— Que sacanagem?
— Porra, convidar a gente pra uma fria daquelas, quer sacanagem maior? Então, só porque a gente é amigo do filho dele ele tinha de pôr a gente numa fria dessas?
— Por que vocês não saíram?
— Sair?
— Embora.
— Embora? Porra, com que cara a gente ia embora, se a gente nem tinha acabado de chegar direito? Pegava mal pra burro.
— Você não disse que estava bom, que tinha até uísque?...
— Bom, porra... Tava um cemitério... Só faltava aparecer uma caveira lá... Quem gosta de coroa é defunto, porra... E ainda fazer a gente aguentar aquela dona fodida cantando aqueles troços; quê que ele tava pensando que a gente era? Só a gente ter de aguentar aqueles caras de terno e gravata, superquadrados, tinha um lá, porra, um velho de gravata-borboleta, que acho que se eu olhasse pra ele mais uma vez, eu tinha um filho; um cara que chamou a gente de "rosada juventude" — puta merda, me deu até vômito; imaginou? "Rosada juventude" — porra! nem minha bisavó sairia com uma dessas. É foda. O cara deve ser algum gerente de banco, algum troço assim; tinha cara de bicha inglesa, branquelo, gravata-borboleta, terno preto, uma múmia, porra!... Mas aí o Luquinha falou: "Esse coroa vai me pagar" — o Miranda, não é a múmia não. Não sei quê que o Luquinha tava bolando, mas eu também estava de acordo: o cara tinha de pagar, porra, era sacanagem.
— Quê que ele fez.
— O Luquinha? Bom; o velho tava lá batendo papo com a gente; conversa besta, porra, nem sei quê que era, um troço lá qualquer, e também acho que eu já tava meio

de fogo, já tinha tomado uns uísques e ainda misturei um troço lá forte pra caralho, uma bebida parecida com ponche, mas não é ponche não, é outro troço, não sei quê que é não. Bom, aí o Luquinha começou a puxar conversa com ele: "Sua festa tá bárbara", Luquinha falou, e o coroa riu, mostrando as canjicas. "Bondade sua", e aí perguntou o nome do Luquinha, ele não conhecia o Luquinha não. Luquinha: "Lucas Pão." O velho riu, mas não tinha achado graça nenhuma, tava na cara, mas todo mundo riu, e aí ele teve de rir também. "Vocês são divertidos...", ele falou. "Nada como a juventude..." Luquinha: "Quem vê o senhor falando assim, pensa que o senhor é um velho; o senhor é nosso, o senhor pra nós é um jovem ainda; hoje quem tá com sessenta anos" – manja só a maldade do Luquinha: "hoje quem tá com sessenta anos é jovem ainda." O velho disse logo: – Luquinha já sabia disso, tinha ouvido uma hora lá numa conversa –: "Sessenta? Não, tenho é cinquenta e cinco." "Cinquenta e cinco?", Luquinha fez cara de espanto: "puxa, então o senhor é mais novo ainda do que eu pensava; pensei que o senhor já tivesse uns sessenta..." O velho se abriu mais que sanfona na mão de bêbado, mostrando a canjicada toda. Luquinha é de morte. A turma tava ali ao redor feito numa rinha, só que um galo era novo e o outro velho e não dava mais no couro, e também não havia briga, pois era só um que tava batendo e só um que tava apanhando; tavam ali feito urubu na carniça.

Bom, aí o Luquinha pegou o jarro com a tal bebida forte que eu falei e esticou pro copo do velho; o velho agradeceu, falou que tinha bebido bastante, que não podia beber muito e não sei mais o quê, mas Luquinha: "Besteira, o senhor tá em forma ainda, deixa essa conversa de velho pra lá, tamos aqui todo mundo bebendo, traçando um papo legal...". "Bom, então só mais um pouco", o velho concordou, mas Luquinha, muito vivo, pegou e encheu tudo. "Não", o velho protestou, "era só mais um pouco, não era pra encher não..." Mas agora era tarde, e Luquinha: "Bobagem, isso não vai fazer mal nenhum; se fizer, o senhor toma um Alka-Seltzer, e pronto, num instantinho passa, não é, gente?", Luquinha olhou pra nós, todo mundo delirando com o troço. Porra, Luquinha é demais. Sei que o velho teve de ficar com o copo cheio. "Vocês são um perigo", ele falou, sacudindo o dedo feito uma velhinha de trezentos anos.

Luquinha foi sentar com ele no sofá, deu uns tapinhas no ombro dele, assim na maior intimidade, como se fossem velhos amigos; Luquinha é foda. "No duro mesmo, não é porque tá na presença do senhor não, mas eu juro que nunca encontrei um cara assim, mais velho que a gente, tão boa-praça como o senhor; o senhor dá papo pra gente; quando recebi o convite, fiquei até meio cabreiro, sabe como é, o Ronaldo não estando aqui; pensei: vou lá, e é um desses caras quadrados que nem dão pelota pra gente, convidam só porque a gente é amigo do filho dele e tal, e poxa, chega lá, a gente fica mais por fora que quarto de empregada, não dá; no duro que pensei isso; quando que eu ia imaginar que o senhor é tão boa-praça assim?" Porra, precisava ver o Luquinha ali, passando a conversa no velho, os dois sentados no sofá, o velho vibrando com a coisa. Luquinha é foda; Luquinha devia ser político ou padre, ou então advogado; ele sabe passar a conversa nos outros; porra, quem podia imaginar que aquele velho, com aquela pose e solenidade toda, ia ser engabelado assim por ele? Tava o fino, porra, tava bárbaro. Eu só tava com medo de chegarem outros caras e resolverem ficar por ali também ou chamarem o velho lá pra dentro; teve uma hora que uma dona lá foi chamar ele, mas falamos que a gente tava ali num papo-firme, e o velho confirmou, porra, ele tava mesmo se achando um da turma, essa hora ele deve até ter achado aquela dona uma coroa, nem ligou pra ela direito. Parece que eles tavam jogando algum troço lá dentro, sei lá quê que era, tinha sumido todo mundo pra lá. A coisa tava pra nós. Foi quando Luquinha falou pro velho tirar o paletó – ele tinha falado que tava com muito calor, acho que era a bebida que já tava subindo, e então Luquinha falou pra ele tirar o paletó; foi nessa hora que comecei a manjar quê que o Luquinha tava bolando. Porra, pensei, não é possível: o Luquinha vai fazer o velho tirar a roupa, vai fazer ele fazer um striptease aqui na frente de todo mundo! Porra! E era isso mesmo, o Luquinha depois me falou, era isso que ele ia fazer. Porra, já manjou o velho nu ali na frente de todo mundo, da gente e das meninas? Seria o troço mais original, porra; ele com a pelanqueira toda à mostra ali na frente de todo mundo... Do jeito que ele já tava de fogo, sem ver as coisas, não seria difícil fazer isso. Porra, agora que eu tou pensando: isso podia dar até cadeia. Luquinha é doido, só mesmo um cara de fogo pensa um troço desses; todo mundo ali já tava de fogo, não é possível. Mas que seria um troço bárbaro seria, porra!... Seria genial. Era até capaz da gente virar notícia: "Escândalo na sociedade". Porra, seria bárbaro.

– E quê que houve – pergunto; – quê que houve que não foi até o fim.

– O strip?

– É

– Bom, porra; o velho tirou o paletó e depois a gravata, mas pensa que foi mole ele tirar o resto? Mesmo de fogo, ele resistia, não queria, e também a gente tava meio com medo de aparecer alguém ali na hora. Ele chegou a tirar os sapatos e as meias, e a desabotoar a camisa, mas foi um custo. Ele já tinha bebido mais um copo da bebida forte, e eu tava até com medo dele ter um troço, sei lá se ele tinha algum negócio no coração, porra? Pensou?

A gente ia direto em cana, não tinha nem graça. "Não... não posso... é deselegante... a presença das senhoritas..." Porra, só com muita boa vontade a gente podia chamar de voz o que tava saindo da boca dele, aquele trem enrolado e gosmento. Luquinha continuou insistindo, dando jeito de tirar a camisa dele, com ele protestando, e foi nessa hora que o Alan avisou que vinha gente lá da cozinha, e então viramos um cisco, num segundo tinha evaporado todo mundo, não ficou um só ali. Deixamos o velho lá daquele jeito, sem sapatos, sem meias, camisa desabotoada, bêbado feito uma vaca.

Será que eles pensaram que foi a gente? Ou que foi ele mesmo, que resolveu encher a cara? Tem uns velhos que têm umas maluquices dessas de vez em quando; meu avô mesmo, uma vez que o médico proibiu ele de beber, encheu a cara de tal modo que acho que ele nunca tinha feito na vida dele; mas também, em compensação, na semana seguinte bateu as botas. Podem ter pensado isso. A sorte é que ficou um bom tempo sem aparecer gente ali na salinha, deviam estar entretidos com o tal jogo, baralho ou sei lá o quê; não podem saber se foi mesmo a gente ou se foi o velho. Decerto a hora que ele ficou bom, ele deve ter contado, mas de qualquer jeito que contou, fica ruim pra ele: se falou que foi a gente ou se falou que foi ele mesmo que resolveu encher a cara por conta própria. Não tem saída. Porra, Luquinha é foda, Luquinha é um gênio, aposto que ele pensou em tudo isso. Vou te dizer: com a cabeça do Luquinha, eu ia é estudar Física Nuclear; nunca vi um cara inteligente como ele. Ele calculou tudo. Mas o melhor mesmo a gente não pôde ver, que é a hora que o pessoal deve ter encontrado o velho de fogo; já pensou que bárbaro? Ele vai ficar desmoralizado pro resto da vida. Porra, Luquinha é um capeta, Luquinha é tremendo; tenho até orgulho de ter

um cara desses como amigo; no duro. Ele falou que o velho ia pagar, e pagou mesmo. Luquinha é foda.
— E as meninas? – pergunto.
— Quê que tem as meninas?
— Elas estavam lá também essa hora?
— Que hora? A hora que o velho começou a tirar as coisas?
— É.
— Claro, porra.
— E elas não falaram nada?
— Falar? Sobre o strip?
— É.
— Porra, quem ia falar... Um espetáculo daqueles... Quem tivesse achado ruim, era só ir embora, porra...
— Alguém foi?
— Foi... Você acha que alguém ia? Você acha que alguém ia perder um troço divertido daqueles?... Porra, o jeito que você fala, até parece que a gente tava fazendo algum troço monstruoso, cometendo algum crime... Se a gente tivesse querendo enrabar o velho ou um troço assim, porra, mas só uma brincadeira daquelas, o troço mais inocente do mundo, no dia seguinte todo mundo já teria esquecido... E além disso, o velho tinha de pagar por aquela fria, porra; a gente ainda tava sendo muito bonzinho com ele, quê que há? A gente podia fazer coisa pior, se quisesse. Já pensou se em lugar da gente estivesse lá uma turma de delinquentes, quê que eles faziam? Roubavam, fodiam o velho, faziam os capetas; e a gente só fez uma brincadeira, só tinha gente de família ali, todo mundo boa-praça... Porra, a gente tava só se divertindo um pouco; me diga quando que uma turma deu tanta bola prum coroa assim? Nós távamos sendo até muito legais com ele, távamos mesmo: conversando, abraçando, fazendo cafuné na careca dele; aposto que ele nunca se divertiu assim, nunca teve uma noite tão divertida

como essa; porra, ele tava vibrando, rindo até as orelhas, tava delirando com a coisa...
(Eu volto ao livro e recomeço a ler.)
— Porra, você é um cara esquisito; um troço bacana desses, um troço divertido... Não fizemos nada de mais com o velho, porra; se a gente tivesse enrabado ele ou qualquer troço assim, mas não fizemos nada de mais, só uma brincadeirinha inocente...
(E ele fica repetindo que sou um cara esquisito, e que um troço bacana desses, porra, e que não fizeram nada de mais e que estavam só se divertindo um pouco.)

O SUICIDA

Eu tinha descido para comprar umas coisas, e quando chego lá na praça, está aquele bolo. Pensei logo numa batida, mas não vi nada, e aí notei que o pessoal estava olhando para cima, para o edifício mais alto ali da praça; olhei também, mas também não vi nada, e então perguntei a um sujeito que estava perto: ele disse que achava que era incêndio, mas um outro, um magrinho de gravata, que estava na porta da loja de roupas, falou que não era não, era um sujeito que ia suicidar. Contou que o sujeito telefonara a uma rádio informando que ia saltar daquele edifício às dezessete horas em ponto, mas não se identificara. A rádio divulgou a notícia, um vespertino a dera, e logo todo mundo já estava sabendo – era por isso que estavam ali. O do incêndio: "De qual andar que ele vai pular?". O magrinho disse que isso o sujeito não falara – "deve ser do último, do vigésimo andar: geralmente é de lá que eles pulam, os caras que suicidam; do vigésimo andar não há perigo." "Perigo de quê?" "Do cara não morrer." "Ah."

"É rapaz?", perguntou o do incêndio. Esse do incêndio era um cara já mais velho, vendedor de bilhete de loteria; estava tão empolgado com a coisa, que nem lembrara de nos oferecer bilhete; ainda bem, porque enchem o saco esses caras de loteria: pode comprar que vai dar esse – você não quer ganhar, né? – você está deixando de comprar a sorte, escuta o que eu tou dizendo, hem. Enchem o saco. Uma vez uma velhinha chegou ao ponto de me dizer que tinha pena de mim – pena por quê? porque eu estava recusando a fortuna que ela estava pondo em minhas mãos. Sim senhor: pena. "É rapaz?" – o velho perguntou; era banguelo e ficava mascando as gengivas enquanto escutava. O magrinho disse que isso não se sabia: o sujeito só dissera que ia pular, o lugar e a hora, mais nada. "Deve ser", falou o velho; "briga de namorado, mulher, essas coisas, sabem como é..." – ele deu uma piscada sem-vergonha, e o magrinho coçou o saco, puxando depois a calça para cima. Um freguês chamou-o para perguntar o preço de uma camisa na vitrine. O velho e eu continuamos olhando.

Dizer que a praça estava lotada seria exagero, mas que havia muita gente, havia, a ponto de atrapalhar o trânsito, porque ali na praça mesmo, no chafariz, o espaço para ficar era curto e as pessoas tinham invadido a avenida, despreocupadas com os carros que passavam e tinham de buzinar para abrir caminho; mas também ali, por causa dos sinais de trânsito, eles não podiam correr muito, e o perigo de atropelamento não era grande. Gente, tinha de todo jeito; era o pessoal que se vê normalmente na rua, nessa hora movimentada, quando o dia já vai acabando: homens e mulheres, velhos, moços, crianças, empregados, estudantes, malandros, mulheres em compras etc. Uns, sabendo da notícia, tinham vindo especialmente para ver; outros, como eu, fora por acaso: iam passando, viram o ajuntamento, e ficaram. Nos edifícios da praça também, debruçadas nas janelas e sacadas, havia pessoas esperando ou apenas olhando curiosas a multidão embaixo.

Quatro e meia; estava cedo, e a expectativa ainda não era grande. O pessoal, parado ali, esperava o tempo passar, de braços cruzados, conversando, ou olhando o movimento, porque ficar o tempo todo olhando para cima é que ninguém aguentava.

O magrinho voltou para fora: "O cúmulo do azar é se um freguês me chamar na hora exata que o sujeito pular." O velho olhou para dentro da loja, para ver de quê que era, e ficou mascando as gengivas; depois voltou a olhar para o alto do edifício. Olhou as horas. "Ainda tenho de ir longe daqui", falou; "até as cinco e quinze eu espero; se até essa hora não acontecer nada, eu vou embora, não posso perder tempo." Quando parava de falar, mascava mais depressa ainda. "Bom se a gente tivesse um binóculo aqui", falou o magrinho.

"Já viram alguém suicidar pulando de um edifício?", o velho perguntou, os olhos muito atentos à resposta; dissemos que não, e ele deu um sorriso satisfeito: pois ele já. Apontou para a outra esquina: "Ali, do banco." Ia passando, assim uma tarde, vendendo os seus bilhetes, e de repente – dessas coisas que acontecem de repente, sem a gente saber por quê – olhou para cima e viu: o cara bem lá na pontinha; pois foi a conta de ver, e ele já tinha pulado e já estava espatifado ali no chão. Morreu na hora. Um barulho feio, igual um saco de chumbo. Tinha até afundado um pouco o asfalto no lugar – não sabia se ainda estava assim, já tinha mais de ano isso. "Não lembram desse suicídio? Os jornais deram..." O magrinho coçou o queixo e disse que lembrava sim, estava lembrado; eu não. "Pois é", falou o velho, "foi esse. Até hoje não esqueci. Trem feio, sô. O cara caiu de ponta, não ficou quase nada da cabeça, espirrou miolo pra todo lado, até hoje lembro dos pedacinhos de miolo ali no chão, parecidos com couve-flor; nunca mais pude comer couve-flor, pois era ver e lembrar dos miolos. Trem feio. E esse pessoal ainda fica ali perto, bem embaixo de onde o sujeito vai pular; conforme o jeito que ele cair, não acontece isso, mas se cair de ponta, vai espirrar miolo em todo mundo; eu é que não sou bobo de chegar ali debaixo..."

A tarde estava quente, me deu vontade de tomar uma laranjada. Chamei os dois: o magrinho não podia sair, o velho aceitou e veio, andando com o pescoço virado para trás. Pegou o copo e foi para a porta – sabe lá se o sujeito resolvia pular antes? Perguntei à moça que me servira se ela não ia ver. "Cruiz credo", ela se benzeu. "Diz que é um noivo", falou a outra que também atendia no balcão. "Diz que na hora do casamento, na hora já de ir andando para o altar, a noiva saiu com outro, um que estava apaixonado por ela sem o noivo saber, e os dois saíram dali, assim, nas vistas do navio, imaginem; isso é coisa pra suicidar mesmo; eu morria na hora, nem sei o que acontecia, acho que desmontava ali, já imaginaram?" Uma que foi chegando da rua e tinha ouvido o resto da conversa foi logo dizendo que não era nada de noivo: era um sujeito que tinha roubado no caixa de um banco e depois descobriram, gente de família conhecida na cidade, gente de nome. "Ouvi dizer que é um noivo, que a noiva dele ficou com outro na hora do casamento." "Não é nada disso", insistiu a outra. "Como você sabe que não é? Quem te contou?" As duas ficaram discutindo sobre o que era e o que não era. Eu saí; o velho já tinha saído antes e estava agora na esquina, conversando com um preto. Eu fiquei ali de novo, perto da loja de roupas. O magrinho devia estar lá dentro, atendendo algum freguês.

Duas mulheres pararam perto de mim. "Acho que a hora que o sujeito pular, eu vou ter um desmaio: olha como eu já tou." Estava pingando de suor; era uma gorducha, com cara de solteirona; as papadas dela brilhavam. A outra, que estava com ela, era mais nova e bonitinha. As duas chupando picolé. "Como que pode ter coragem...", falou a gorducha; "pular lá de cima... Só de chegar na janela de um terceiro andar eu já fico tonta, agora imagino o sujeito lá em cima, lá na pontinha, olhando pra baixo e ainda pular; só mesmo um doido; acho que se eu ver, eu sofro um trem; é melhor a gente ir embora, Dorinha." "Não, Titia, vamos esperar, é às cinco, já está quase na hora, faltam só dez minutos..." A gorducha suspirou doridamente, depois deu uma dentada no picolé, rancando de uma vez a metade. "Olha como que eu tou", falou, assobiando um pouco por causa do picolé na boca.

De repente houve uma agitação num montinho mais perto do edifício: uns caras apontando para cima, como se o suicida já estivesse lá, e logo todo mundo estava olhando e procurando, cadê, cadê ele. Mas não havia ninguém, era só gozação. Houve umas risadas, e logo a turma estava com aquela cara de riso, de esse-pessoal-nao-tem-jeito-não. Mas agora já estava mesmo na hora, já eram as dezessete, e as pessoas olhavam com mais atenção para cima: de um instante para outro o suicida podia apontar lá na quina do edifício, contra o céu pálido do entardecer, e se precipitar no espaço. Toda a atenção agora era pouca, ainda mais que não se sabia se ele ia pular do terraço ou de algum dos últimos andares, onde havia várias pessoas olhando – e quem sabe não seria uma delas? Estava ali, uma pessoa entre outras, e de repente um corpo se atirando no ar. O magrinho estava firme lá na porta, e escutei-o lamentar outra vez, com um companheiro de serviço, a falta do binóculo: "Daqui a gente não vê direito, é muito alto; um binóculo quebraria o galho." O velho dos bilhetes de loteria continuava na esquina com o preto – segurava o braço do preto como se estivesse com muito medo. O preto estava com a boca aberta, o queixo pendurado, os olhos escancarados. A gorducha: "Acho que vou ter um trem; não aguento mais essa expectativa." Eu, que não sou besta, saí dali de perto mais que depressa: não estava disposto a carregar ninguém, ainda mais um hipopótamo daqueles. Fui lá para perto do velho; quando cutuquei no ombro dele, ele quase deu um pulo de susto. Os olhos do homem brilhavam: "Tá na hora", falou, me mostrando o relógio; "cinco em ciminha da pinta." O preto nem se mexeu, parecia uma estátua: na boca dele mosquito podia entrar a vontade e sair; nos cantos já havia até um pouco de baba, e, se ele continuasse assim, ia acabar babando na roupa, ali na vista de todo mundo.

Tinha dois estudantes ali perto, dois rapazinhos assanhados, discutindo se o cara ia ou não pular mesmo, já estavam quase brigando por causa disso, quando um deles gritou: "Alá!" O grito foi ouvido ao redor, ao mesmo tempo que outras pessoas também faziam a mesma exclamação e apontavam com o dedo. Dessa vez tinha mesmo um sujeito sozinho lá na última janela do edifício. Não havia dúvida: era ele. Quando pôs uma perna de fora da janela, toda a praça ficou em absoluto silêncio, os rostos todos voltados para cima, olhos paralisados, gargantas secas. O sujeito, de costas, calmamente, pôs a outra perna de fora, na platibanda. Suspense geral. De repente um outro apareceu na janela também e estendeu algo para ele: um balde – era um pedreiro fazendo um conserto ali. Um "ahhhhh..." de decepção se espalhou pela turma, e uma vaia foi se formando em alguns montinhos, assobios houve mesmo uns que xingaram alto o pedreiro. De qualquer modo, houve um certo alívio, e todo mundo pôde abaixar a cabeça um pouco para descansar.

"Cinco e dez já", falou o velho. O preto continuava na mesma posição. Era incrível como ele aguentava ficar aquele tempo todo com o pescoço esticado. Mas de repente deu uma risadona grossa de retardado mental e falou: "Não era ele não, Quinzim; não era o homem não..."

Quinzim era o velho. E logo em seguida, como se não tivesse rido nem nada, o preto já estava firme de novo, a boca aberta e os olhos escancarados. O velho: "Até cinco e quinze eu espero; depois disso, azar; tenho que ir longe daqui, pegar dois lotações e chegar antes das seis ainda." "Já caiu! já caiu! já caiu!", uma turminha começou a gritar ritmadamente para o pedreiro.

"Se pelo menos aquele pedreiro despencasse lá de cima", um dos estudantes falou, o branquinho sardento, de cabelos compridos. "Poxa, a gente mata aula, chega aqui, espera esse tempo todo, e não tem nada?... Sacanagem."

A turma continuava: "Já caiu! já caiu! já caiu!" De repente o pedreiro fez um gesto lá em cima, e houve um corre-corre na rua: despejara o balde, e uma pequena chuvinha caiu embaixo. A turma começou a xingá-lo, enquanto outros riam calados. Logo apareceram dois guardas, e a turma calou. Os guardas ficaram por ali, esperando novas bagunças. Não demorou, o pedreiro voltou a pular a janela para dentro, mas, antes de sumir, ainda parou e deu uma olhada de desprezo para a multidão embaixo; quer dizer: dali a gente não podia ver a cara dele, mas qualquer um podia imaginar a cara que ele fez quando deu aquela paradinha antes de desaparecer.

O sol já sumira, e um belo crepúsculo ia terminando o dia, com a impaciência crescente do pessoal na praça e já o cansaço da espera. A essa hora quase todo mundo já estava descrente de que alguém fosse realmente pular lá de cima, aquilo não passava da invenção de algum engraçadinho querendo se divertir à custa alheia, não era a primeira vez que isso acontecia. "Eu bem que estava desconfiando", falou o velho; "desde o começo que eu estava achando que era mentira: então um sujeito que vai suicidar avisa os outros, telefona pra uma rádio avisando que vai suicidar?"

O pessoal já começava a ir embora, o bolo na praça ia rareando. Cinco e meia, dentro em pouco começaria a escurecer. Alguns prédios já estavam de luz acesa. "Irresponsabilidade; um sujeito desses merece é cadeia; a polícia devia descobrir quem foi e dar umas boas borrachadas nele." O velho estava por conta. Um cara que ia passando parou e, com um ar experimentado de quem conhecia toda a trama e já presenciara aquela mesma situação dezenas de vezes, comentou: "Isso é coisa de comunista." O velho olhou muito para ele, mascando furiosamente as gengivas, depois olhou o relógio e resmungou: "Me fazer perder meia hora" – e foi embora, andando depressa e danado da vida. O preto respondeu ao até logo do velho, mas não despregou os olhos do edifício, só a boca mexera; a impressão que a gente tinha é a de que se passasse por ali à meia-noite, ainda o encontraria no mesmo lugar, com aquela mesma boca aberta e os olhos escancarados. "Sofrer tudo isso para nada", escutei a gorducha falando ao passar por mim; ela também já desistira e ia embora. A decepção era geral, todo mundo se sentia logrado. O único que vi contente com a coisa foi um dos estudantes: tinham apostado uma Brahma, e o que apostara que ninguém ia suicidar ria e gozava o outro, dando soquinhos. Mas o outro ainda não se dera por vencido; ainda não estava escuro, o sujeito ainda podia pular.

Mas ninguém pulou mesmo.

TARDE DA NOITE

Um telefone tocava com insistência no sonho – o homem abriu os olhos: não era no sonho. A mulher também acordou, e os dois se olharam.

"Quem será?...", falou a mulher.

"A essa hora..."

O homem virou-se na cama e estendeu o braço para o telefone, na mesinha ao lado. "Alô." não houve resposta – mas o telefone estava ligado. "Alô", repetiu.

"Pronto", respondeu uma voz de mulher.

"Quem está falando?..."

"Uma mulher." Isso já ficara evidente. "Uma moça", a voz esclareceu melhor.

"Com quem a senhorita deseja falar?...", ele perguntou, e em seguida deu o número de seu telefone.

"O número não importa", falou a voz, "agora eu já disquei. Nem o nome; um nome é apenas um nome."

"Como?...."

"Quem é", perguntou a esposa do homem, erguendo-se nos cotovelos.

Ele, virando o rosto de lado, falou baixinho, para que a voz não saísse no fone: "Sei lá; é uma mulher; uma moça."

"Alô", chamou a voz.

"Pronto."

"Lamento muito, meu senhor, mas você foi o escolhido; a sorte caiu em você."

O homem contraiu o rosto: a sorte?

"A sorte?"

Pensou rapidamente em algum bilhete de loteria ou rifa que tivesse comprado, ou alguma aposta que tivesse feito, mas não se lembrou de nada, sua cabeça girou confusa. Pensou: é um trote.

"Deu o seu número", falou a voz.

O homem pensou de novo em loteria, mas sua memória foi rápida e precisa: há mais de ano que não comprava bilhete de loteria ou de qualquer rifa.

"Você deve estar enganada, senhorita; eu não comprei nenhum bilhete de rifa." Repetiu o número do telefone e o seu nome.

"Bilhete?...", a voz pareceu rir. "Quem falou em bilhete?... Ou talvez, quem sabe, seja bilhete para mim: talvez eu esteja prestes a tirar a sorte grande..."

O homem acendeu a luz. Fez uma cara de não estar entendendo nada.

"Quem é, bem", a esposa insistiu.

Ele tampou o fone com a mão e virou-se para ela: "Não sei, é uma moça, está falando em sorte e não sei mais o quê: não estou entendendo nada."

"Pergunte com quem ela quer falar, com que pessoa."

"Já perguntei." Atendeu o telefone: "Estou sim; estou..." Cansado da posição incômoda em que estava e percebendo que aquilo ainda ia durar mais tempo, sentou-se na cama, sem tirar o lençol, girando sobre o assento: seus pés, muito brancos, pousaram sobre o tapete – um tapete barato, comprado numa loja qualquer. "Como? Não entendi..."

"Estou dizendo que certamente interrompi o senhor..."

"Interrompeu? Interrompeu como?...", ele estranhou.

A voz não respondeu; ficou um instante em silêncio. Depois, como se começasse a falar de outra coisa. "Lamento, mas foi pura sorte sua; ou azar. Eu abri o catálogo, de olhos fechados, corri o dedo, ainda de olhos fechados, parei num telefone, e então abri os olhos: era o seu. Vê como foi pura sorte? Meu medo era de que caísse no Exército de Salvação ou então nas Testemunhas de Jeová."

A esposa tinha se levantado e vindo sentar-se ao lado do marido. Estava de camisola, os cabelos desarranjados. Ficou um pouco em silêncio, e uma hora que o marido encarou-a, ela aproveitou e mostrou as horas no despertador, falando em voz baixa, como se também daquela distância sua voz pudesse ser ouvida no fone; assim mesmo, ele ainda cobriu-o com a mão: fez um aceno com os olhos de quê-que-é? Ela repetiu: "As horas; dá um jeito, fala com ela quê que ela quer, diz que você tem de dormir, que isso não é hora de conversar pelo telefone: duas horas da madrugada, vê se isso é hora de telefonar."

"Senhorita", disse o homem, num tom enérgico e ao mesmo tempo de formal delicadeza: "a senhorita está sabendo do adiantado das horas? Já são duas da madrugada. Não acha que é um pouco tarde para se conversar?"

"O senhor acha que há hora certa para salvar uma vida?"

"Salvar uma vida? A senhorita está pensando que aqui é o Pronto-Socorro?"

"Pronto-Socorro?...", a voz pareceu rir. "Gostei da ironia."

"Não é ironia, senhorita", falou, no tom enérgico e delicado.

"É sério que eu estou falando. Há algum mal-entendido. Acho que a senhorita está equivocada. Ou então isso é uma brincadeira de mau gosto."

A voz não respondeu logo, mas depois falou, parecendo que vinha de muito longe: "Esteja certo de que não é uma brincadeira."

O homem fez uma cara de irritação, perplexidade, e desânimo – tudo ao mesmo tempo. A esposa não soube o que dizer e repetiu a expressão dele.

"Por que", falou o homem mudando repentinamente a fisionomia para melhor – "alô..."

"Pronto", responde uma voz, naquele mesmo tom longínquo.

"Por que a senhorita não me telefona amanhã – ou melhor", olhou para o despertador: "hoje, de manhã, mais tarde; eu estarei em casa, e assim nós poderemos conversar à vontade", falou, num tom muito amável. "A senhorita compreende: é tarde da noite, tenho de dormir, e acredito que a senhorita deseje fazer o mesmo", acrescentou, num tom que não podia ser mais polido.

"Sim, talvez é isso que eu farei..." Muito longe a voz, quase apagada. "Dormir... dormir... Nunca mais acordar..."

O homem contraiu o rosto de novo. Estava agora em silêncio, olhando para o chão, os olhos apertados, muito imóvel, como se ainda continuasse ouvindo aquela voz longe, mas ela agora também havia silenciado.

"Alô", ele falou, e como não atendesse, repetiu: "alô." Havia algo de preocupado em sua voz.

"Pronto", disse a voz, num tom frio, neutro; parecia mais perto agora.

O homem não soube o que ia falar. Era tudo muito esquisito, e ele percebeu como estava confuso, pensando uma porção de coisas ao mesmo tempo. Como a voz parecesse estar esperando, ele falou: "Não entendi direito o que a senhorita falou..."

"Não entendeu o quê?"

"O que a senhorita falou."

"O que eu falei? Eu não falei nada..."

"Estou dizendo há pouco. Quando falei que a senhorita devia dormir, quer dizer" – melhorou: "quando falei

que achava que seria bom que eu e a senhorita fôssemos dormir. Quer dizer" – atrapalhou-se com a frase.
"Até que seria bom... Seria talvez uma boa ideia essa...", falou a voz, gracejando, num tom entre divertido e irônico.
O homem ruborizou, e a esposa notou. "Quê que foi, Mário", ela perguntou.
Ele abanou a cabeça para mostrar que já estava estourando com aquilo, já estava no ponto de mandar às favas.
"O senhor, pela voz, parece ser um homem bonito..."
Ele ruborizou de novo.
"Senhorita", falou – mas não soube como continuar.
"Não se zangue com isso", falou a voz; "por favor; foi só uma brincadeira..."
O homem ficou calado. E viu em sua imaginação a confusa imagem de uma moça delicada e bonita, extremamente simpática e inteligente.
"Mário", falou a esposa, na voz baixa de não ser ouvida no fone: "como é?" – fez um gesto de impaciência e protesto com os braços: ele observou-a e achou aquele gesto feio, grosseiro, masculinizado. Observou-lhe também o rosto, lambuzado de creme, e pensou que aquela era a sua mulher – e sentiu-se profundamente irritado. Acenou como para dizer que bem que ele queria acabar logo com aquilo, desligar, mas como que ia fazer? não havia jeito, a pessoa não dava oportunidade, não iria desligar assim sem mais nem menos, bancar o grosseirão, e além disso – pensou, contente com essa lembrança, que lhe dava razão para o que estava explicando mudamente à mulher –, já tinha dado o número do telefone, a moça tinha o número, e se não sabia o nome dele (dissera não se importar com isso), poderia, no caso de ele ser grosseiro, interessar-se por saber quem era aquele malcriado, aquele imbecil, e isso não ficaria nada bem para ele. A

mulher baixou a cabeça desanimada, e ficou olhando para os chinelos.
"Alô", falou a voz. O homem respondeu. "Está escutando? Quis dizer para o senhor não me levar a mal, falei aquilo só por brincadeira."
"Não levei a mal", ele falou.
"O senhor deve ser um homem casado..."
"Sou", disse, com uma voz neutra.
"Penso que deve ser com a sua esposa que o senhor está falando, de vez em quando..."
"A senhorita ouviu alguma coisa?...", ele perguntou, numa voz curiosa e meio divertida.
"Ouvi. Ouvi? O quê?... Ah; não, estou deduzindo porque o senhor de vez em quando dá umas paradinhas, e pensei que deve ser para falar com ela, com sua esposa."
"É sim", ele sorriu, acrescentando: "A senhorita é inteligente..." Olhou sem querer na direção da esposa, e passou do sorriso a uma careta de desânimo: está difícil. A esposa não falou nada; estava com uma cara azeda de raiva.
"Como é o senhor?... Fisicamente... Eu o imagino de tez clara, olhos castanhos... Os cabelos são anelados..."
O homem quis dizer que os cabelos ela errara, eram lisos: mas os olhos, sim, os olhos eram castanhos; e a tez clara.
"Nem alto, nem baixo", falou a voz, como se a moça estivesse à sua frente, descrevendo-o.
Ele olhou com uma cara meio irritada para a esposa, que arrancava o esmalte das unhas, e desejou que ela fosse dormir, que ela se cansasse de esperar e fosse dormir.
Ele escutava.
"Quê que ela está falando?...", perguntou a esposa, com a cara azeda de raiva.
Ele tampou o fone e repetiu a cara da esposa: "É um caso complicado; se eu fosse você, ia dormir, é um troço

longo, um desses casos, dessas moças cheias de problemas; não fica bem desligar."

"Dá um prazo", falou a esposa. Ele concordou com a cabeça. "Se até duas e meia ela não parar, você desliga, pede desculpas, fala que amanhã ela telefona de novo; do contrário, se você deixar, é bem capaz de isso ir a noite inteira." O homem fez uma cara boa e concordou, sacudindo a cabeça, a mão ainda tampando o fone. A mulher bocejou, abrindo toda a boca e os braços, levantou-se e foi para o outro lado da cama.

"Acertei alguma coisa?", perguntou a voz.

"Quase tudo", disse o homem. "Exceto" – exceto os cabelos e o bigode, ia dizer, mas se calou a tempo; voltou-se e viu a mulher, que já estava deitada, o lençol cobrindo até a cabeça: aquele modo esquisito de dormir cobrindo a cabeça.

"Exceto o quê?", perguntou a voz.

A esposa pôs a cabeça de fora do lençol e torceu o pescoço, virando-se para ele: "Podia apagar a luz..." Ele olhou para o lustre no centro do teto e de repente achou que era uma ideia muito boa, ótima ideia. Apagou-a. A mulher virou-se e cobriu a cabeça de novo.

"Alô", falou o homem.

"Pronto."

"Eu estava..."

"Falando com sua esposa, já sei. Percebo quando é."

"Agora ela" – ele se deteve: ia dizer "agora ela já foi dormir" – mas pensou rapidamente que havia outro jeito de dizer isso: "Estou falando de minha esposa; ela estava aqui também ao meu lado; agora foi dormir; estava com muito sono. Ela queria saber o que era, quem estava falando."

A voz ficou calada: tinha percebido o tom forçado do homem e a situação toda.

"Alô", ele falou.
"Eu estou ouvindo."
"Ela já foi dormir", falou ainda, no mesmo forçado tom impessoal. Olhou para trás, para ver se a mulher já estava dormindo: mas sua cabeça estava coberta. A respiração estava muito lenta: era capaz de já estar dormindo. Dormia depressa. E além disso, estava com muito sono. Sempre tinha muito sono. E então ouviu com satisfação um pequeno e súbito ronco. E teve vontade de dizer: "Ela já esta dormindo; está até roncando."
"Agora sou eu que vou tentar adivinhar", falou, percebendo que seu coração batia com força.
"Como?", perguntou a voz. "Não ouvi..."
Ele ia repetir, mas de repente achou que era muito arriscado. Remediou: "A senhorita é uma boa adivinha..."
A moça não falou nada.
"Mas, voltando ao início da conversa, posso saber agora por que a senhorita telefonou logo a mim?" E de repente pensou, perguntando: "Ou a senhorita me conhece e está brincando, fingindo que não conhece?"
"Não", disse a voz, "não o conheço. Nunca o vi mais gordo."
O homem sorriu. "Mas então", continuou, "por que a senhorita telefonou logo a mim?..."
"Foi como eu disse: na sorte, na pura sorte."
"Mas sorte pra quê, como?... Não estou entendendo..."
"Eu ia suicidar-me", falou a moça.
"Suicidar?", falou alto, e olhou para trás, pensando que poderia ter acordado a mulher.
"Ia tomar dois vidros de bolinhas: quarenta bolinhas, dispostas de cinco em cinco aqui na mesa, formando dois quadrados, parecendo daqueles joguinhos de passar os números, de ordenar de um a quinze, sem tirar as peças do tabuleiro."

"Mas por quê?"
"Por quê? O suicídio? Oh...", a voz pareceu rir, mas um riso esquisito, um riso que não era riso. "Talvez amanhã o senhor saiba pelos jornais."
O homem estava apreensivo, mas pensou rápido e achou que a última frase fora dita num tom muito novelesco: a coisa não devia ser tão séria como parecia; era uma moça, uma dessas meninas complicadas, algum problema sentimental passageiro, uma crise; mostraria que não estava levando-a tão a sério.
"E por que você mudou de ideia?"
"Quem disse que eu mudei de ideia?"
"Você disse que *ia* suicidar..."
"Ia, e talvez vá ainda. As bolinhas estão aqui na minha frente, na mesa; não guardei elas; se não fosse mais, eu guardava elas no vidro, era a primeira coisa que eu fazia."
O homem ficou apreensivo de novo. Pensou em algum estratagema – mas não sabia direito para quê o estratagema.
"Se eu fosse você, não fazia isso...", falou, convencido de que tinha é de ficar falando, não deixar ela pensar muito tempo, prendê-la às suas palavras, e então ir convencendo-a lentamente – se aquilo fosse mesmo sério, e agora já estava achando de novo que era: do contrário, ela guardaria mesmo as bolinhas, seria a primeira coisa que faria. Mas quem disse que tinha mesmo bolinhas? Como podia estar certo disso? "Se eu fosse você, esperava até amanhã – ou seja," tornou a se lembrar: "até hoje mais tarde." Eram duas e meia no relógio: lembrou-se da sugestão da esposa e olhou para ela, que dormia num sono largado, ressonando. "Se eu fosse você, primeiro dormia; dormia bastante; depois, ao levantar, tomava um banho frio, e só então pensava de novo no assunto: se vale a pena ou não o que você quer fazer."

"Vale a pena o suicídio? – título de uma reportagem. Ou então o título de um livro: *Ainda Há Tempo para Morrer*. Não há um livro com o título de *Ainda Há Tempo para Viver*? Pois é, vou escrever esse outro: *Ainda Há Tempo para Morrer*. Mas se for escrevê-lo, não terei tempo para suicidar-me."
"Como?"
"Humor negro."
"Humor o quê?"
"Negro", falou a voz mais alto e com uma certa irritação. "Não sabe o que é isso? Humor negro?"
"Sei", ele falou, meio sem graça diante daquela súbita irritação.
"Então quê que é", perguntou a voz, com ar de quem desconfiava que ele não soubesse.
"Humor negro é um humor macabro; é... um humor pessimista..."
"Que humor não é pessimista?"
"Como?"
"Estou perguntando: existe humor que não seja pessimista?"
O homem pensou um pouco: "Existe. Existe um humor sadio."
"Sadio? Quer dizer que sadio é o que não é pessimista, e pessimista o que não é sadio?"
"Acredito que sim."
"O senhor é protestante? Ou rosa-cruz?"
"Não, senhorita", falou o homem, no tom de quem percebera estar sendo ironizado, e, ofendido, se contraía para se proteger e talvez atacar. "Não sou protestante, nem rosa-cruz. Sou católico."
"Apostólico?"
"Católico", falou mais forte.
"Pois é: católico apostólico."

"Sim senhora."
"Romano também?"
"Também."
"Pensei que o senhor fosse brasileiro."
Não vou perder a esportiva, pensou; vou levar na brincadeira também.
"Mas o senhor não disse o que é humor negro."
"Não disse? Disse sim: falei que era uma espécie de humor macabro, pessimista, sombrio – um humor pelo negativo somente." Ficou satisfeito de ter achado essa expressão: humor pelo negativo somente.
"Não é não", falou a moça.
"Não? E você pode me dizer, por gentileza, o que é? Pode ter essa grata fineza de me dizer o que é humor negro?"
"É o humor que se faz na África."
"Na África", ele repetiu, no tom de quem prossegue a brincadeira – e de repente é que percebeu o trocadilho, e então fez um "ah..." e sorriu, imaginando de novo que era uma moça muito inteligente e simpática e bonita.
"Agora é que eu percebi", falou.
"O senhor demora a perceber", ela falou, num tom que teria irritado qualquer um e só não o irritou porque ele ainda estava embevecido em imaginar como ela era.
"Demoro, mas percebo", falou, ainda sorrindo, e de um jeito que parecia que a moça estava ali mesmo, na sua frente, vendo-o.
"Deus tarda, mas não falta", ela falou.
"Isso."
"O senhor acredita nele?"
"Em Deus?"
"É."
"Acredito."
"Vê-se logo..."

147

"Por que vê-se logo?", irritou-se.
"Se o senhor fala nessa altura, o senhor acorda sua esposa – ela não está dormindo? Ou não está? Ou não é sua esposa?..."
"A senhorita está insinuando alguma coisa?", perguntou, com uma vontade súbita de desligar o telefone, a mesma que tivera no começo. "Olha, senhorita, sabe que eu estou quase desligando o telefone?"
"Pode desligar. A responsabilidade é sua."
"Responsabilidade por quê?", falou irritado.
"Porque minha vida está em suas mãos."
"Ah, é, né?"
"Sério. Não estou brincando. O senhor não percebeu isso ainda? Que minha vida está em suas mãos?"
"Pois olha: estou pouco ligando para isso."
"Não parece."
"Não parece o quê?"
"Que o senhor está pouco ligando; do contrário, já teria desligado."
"É o que eu estou pensando em fazer."
"Pode fazer então."
"E você acha que eu não desligo? Desligo sim. Quê que eu tenho com a senhorita? Não tenho nada. Nem sei quem é a senhorita, nunca a vi. Não tenho nenhuma obrigação com a senhorita."
A voz havia se calado.
"Alô."
"Pronto."
"Está escutando o que eu estou falando?"
"Estou. Estou esperando."
"Esperando o quê?"
"O senhor desligar."
O homem coçou a cabeça com força.
"Senhorita..."

"Não precisa se irritar", disse a voz calmamente. "Eu sei. Compreendo como é. Claro; o senhor não tem nada comigo, não tem nenhuma obrigação. É evidente. O senhor não me conhece, nem eu o conheço. O senhor foi só um número de telefone tirado ao acaso; nem seu nome eu olhei – não sei o seu nome; e mesmo o número já não sei mais: fechei o catálogo, e se eu tivesse de discar de novo o número, eu não saberia mais qual é, não poderia fazê-lo; só se tirasse a sorte de novo e de novo desse o seu número, mas também aí já seria azar demais. O senhor para mim é apenas uma voz, essa voz que eu estou escutando, assim como eu sou apenas uma voz para o senhor, essa que o senhor está escutando; duas vozes em diálogo através de um fio de telefone, é tudo o que nós somos agora nesse momento, mais nada. Tudo o que o senhor é e tudo o que eu sou está nesse momento reduzido a isso: duas vozes em diálogo através de um fio de telefone. Basta o senhor apertar o dedo no aparelho e tudo isso acabará, terá desaparecido. Não há aquele perigo de que eu falei: dar seu número de novo. Não vou discar de novo. Seria apenas uma vez: essa. Não haverá outra. Portanto, está tudo muito fácil: é só um gesto, só o senhor apertar o dedo no aparelho. Não há nada impedindo-o de fazer isso. Nenhuma coisa. Nada."
A voz se calou.
O homem coçou a cabeça com força de novo.
"Senhorita, compreenda", começou, num tom arrastado. "Eu... alô..."
"Pronto. Estou escutando."
"Veja a situação, quero que a senhorita compreenda bem a situação: eu estou tranquilamente dormindo, é alta madrugada, a senhorita me telefona, e eu atendo com a maior boa vontade, depois a senhorita faz piada comigo, faz uma insinuação desagradável..."

"Insinuação? O que eu falei há pouco? Eu estava apenas querendo saber a verdade; saber se sua esposa estava mesmo aí..."

"Mas por que a senhorita queria saber?..."

"Por quê? Bem; seria desagradável que ela estivesse escutando essa conversa, não acha não?..."

"Desagradável por quê?", perguntou, interessado em ver onde é que ia dar aquilo.

"O senhor faz perguntas, hem?"

"Ou é a senhorita?"

"Eu o quê?"

"Que faz."

"Faz?"

"Perguntas."

"Ah. É. Então somos nós dois."

"Então somos: nós dois", repetiu ele, gostando das palavras "nós dois", e no escuro teve um ligeiro sorriso. Depois continuou: "É minha esposa sim. No civil e no religioso", acrescentou, num tom de brincadeira, esperando ouvir a moça dar algum sorriso ou fazer algum comentário no mesmo tom dele – mas não veio nada. "Há nove anos que estamos casados. Não é muita coisa? Às vezes fico pensando: nove anos... nove anos que vejo essa mulher todo dia, nove anos que como com ela, que falo com ela, que deito com ela, que vejo a cara dela, que..." Parou um pouco.

"Estou escutando", disse a voz.

"Que... tudo isso. Nove anos. Tem dia que não aguento nem..." Ele parou de novo.

"Ela está aí ao lado?", perguntou a voz.

"Está. Está dormindo, não tem perigo de ela escutar. Quando ela está dormindo, ela não escuta nada. Ela dorme feito um... feito um animal. É a coisa que ela mais gosta de fazer na vida: dormir."

"Então ela deve ser gorda..."

"Gorda? Ela é uma bola. E está cada dia mais gorda." Pegou o embalo: "E você? Você como é: gorda? magra? Chegou a minha vez de adivinhar..."

"Para quê? Amanhã o senhor lê o jornal e saberá."

"Escuta: você está falando isso a sério mesmo?"

"Isso o quê?"

"O...", evitou a palavra: "essa história das bolinhas; de você..."

"O senhor achou que eu estava brincando?..."

"Achei sim. Eu achei. Uma moça como você, inteligente, simpática, bonita, pensar em suicídio..."

"Como o senhor sabe que eu sou bonita?"

"Não é não?", ele perguntou, um pouco apreensivo.

A voz demorou a responder, mas respondeu: "Sou." Apenas isso: sou. E o coração dele começou a bater depressa de novo. "Você me acha simpática?...", perguntou a moça, num tom diferente, meio divertido.

"Muito. Muito simpática. E inteligente."

"Inteligente eu sei que sou mesmo. É o mal."

"Mal por quê?"

"É outra história longa, não vale a pena contar. Se eu fosse burra e feia, uma hora dessas eu não estava aqui acordada, com essas bolinhas na frente, falando com uma pessoa que eu nunca vi na minha vida e talvez nunca verei."

"Não", disse o homem, sentindo um aperto no coração. "Não deve ser assim."

"Assim como?...", falou a voz; de novo parecia estar muito longe.

"Não nos vermos."

"Que importância tem isso?"

"Muita; muita importância", falou, com a voz meio engasgada.

"Já decidi mesmo."

"Decidiu o quê?"

"O que vou fazer."

"Quê que você vai fazer?"

"Adivinha", falou a voz, num tom que lhe pareceu terrível. Foi então que percebeu como suas mãos estavam suadas.

"Não", ele falou, e tentava conter sua aflição, não deixá-la transparecer na voz: "não seja idiota" – acentuou bem o "idiota", esperando que tivesse o efeito de um tapa no rosto de uma pessoa acometida de histerismo.

Mas ela respondeu num tom quase suave: "Idiota..." A voz estava tão longe que parecia que ia sumir a qualquer momento.

"Não seja boba, você não tem motivo nenhum para suicidar, você é jovem, inteligente, bonita", falava depressa, tentando convencê-la.

"Nenhum motivo...", repetiu a voz, no mesmo tom suave e triste.

"Você tem? Tem algum motivo?"

"Se eu estiver com câncer, por exemplo..."

"Você está?"

A voz não respondeu logo.

Insistiu: "Está?"

"Não. Pelo menos que eu saiba..."

"É algum problema de doença? Posso saber?..."

"Saber? Para quê?... Pode sim; não, não é nenhum problema de doença."

"Quê que é então?"

"É que... 'É inútil, a tristeza jamais me deixaria'".

"Como?..."

"É uma frase de Van Gogh, a frase que ele disse para o irmão, antes de morrer..." Fez uma pausa. "O senhor é o meu irmão..."

O coração do homem batia com toda a força, e ele sentia dificuldade em falar, sua cabeça latejava. "Você está bancando a boba", falou, numa voz opressa, "você não está agindo bem, não seja precipitada, deixe o... deixe essa decisão para amanhã, tem muito tempo, você vai fazer uma besteira, não percebe? Escuta, por que você não me dá seu nome, ou por que você não me telefona amanhã de novo, hoje, mais tarde; não faça nada agora, vai dormir, você..." De repente parou: teve a angustiosa sensação de que não estava sendo mais ouvido, que ela não estava mais ouvindo-o. "Alô", falou. Não houve resposta. "Alô", repetiu, "alô." Esperou um pouco. O telefone foi desligado. Ficou um instante imóvel; depois curvou a cabeça, apertando-a com desespero contra a mão que segurava o fone. Ficou assim durante algum tempo, esperando que o telefone ainda tocasse. Depois, já calmo, passou a outra mão pelos cabelos. Colocou o fone no gancho. Então deitou-se, por cima do lençol, e suspirou profundamente. Sentia-se aniquilado.

De mãos cruzadas sob a cabeça, olhos abertos, de vez em quando virava o rosto na direção do telefone – mas ele continuava mudo. A seu lado, a mulher ressonava. A inspiração lhe parecia excessivamente prolongada, aflitiva: ia até um limite em que dava a impressão de que ia estourar; depois de um segundo, em que parecia parar, baixava num prolongado ronco. Dava-lhe aflição.

Então o telefone tocou. Num salto, ele sentou-se na cama e atendeu. Mas ninguém respondeu, embora o telefone estivesse ligado. Foi desligado. Olhou para suas mãos e, mesmo no escuro, pôde ver o suor brilhando.

De novo o telefone. "Alô", disse. Ninguém atendeu. "Alô", insistiu. O telefone estava ligado, mas ninguém atendia. "Alô, alô", repetia aflito, "alô, alô, alô!"

"Acorda", falou a esposa, "você esta sonhando?"

Acabou de abrir os olhos. Por um segundo pensou que o resto também tinha sido sonho – "tudo foi apenas um pesadelo". Mas não; fora real, muito real.

O quarto estava claro, de persiana levantada. Em pé, diante do espelho do guarda-roupa, a mulher acabava de se aprontar para sair.

"Quê que ficou resolvido?" ela perguntou. "Quê que virou o telefonema..."

"Dei uns conselhos pra ela."

"Afinal quê que era o problema?"

Ele olhou para a janela: fora parecia estar um dia muito claro.

"O problema?... É um caso complicado; uma história longa..."

"Essas moças de hoje, são todas assim", disse a mulher, com desprezo e melancólica resignação. "Nosso mundo está perdido."

COISAS DE HOTEL

Era meu vizinho, morava no quarto ao lado. Hoje de manhã, quando a servente veio fazer a limpeza, encontrou-o morto. Eu não estava na hora, já tinha saído para o trabalho, e de tarde, quando cheguei, já tinham levado o corpo. Morreu durante a noite. Parece que ainda não sabem se foi morte natural ou suicídio.
 Ele chamava-se João. Até ontem pensava que seu nome fosse Alberto. Deve ser porque alguma vez ouvi, por engano, alguém se referir a ele com esse nome. Não me lembro quem ou quando foi, mas só pode ser, porque nunca conversamos e ele nunca teve oportunidade de me dizer o seu nome, ou eu de perguntar. Apesar de vizinhos, nunca fomos um ao quarto do outro. Mas isso não tem nada de mais, é uma situação comum num hotel; há pessoas que passam anos morando em quartos vizinhos e às vezes não trocam nem mesmo uma palavra.
 Havia talvez mais de ano já que ele morava aqui. Lembro-me dele no hotel há um bom tempo, embora não me recorde exatamente da primeira vez em que o vi. A não ser quando é uma pessoa com alguma característica mareante, a gente não presta muita atenção nos hóspedes novos; uma hora a gente cruza no corredor e observa que

a pessoa é nova no hotel; mas pode ser que antes disso, ontem ou anteontem, já tenhamos passado por ela mais de uma vez e nem reparado. E que tem sempre gente chegando e saindo, e quem já mora no hotel há mais tempo se acostuma com esse movimento.

Ele era uma pessoa comum, não se distinguia por nada. A velha do trinta e quatro, por exemplo: esta, desde o primeiro dia em que a vi me chamou a atenção, com aquele vestido quase batendo nos pés, o coque, e a cara fantasmagórica. Até hoje, quando passo por ela, ainda a observo; de maneira discreta, evidentemente. Mas ele, não. Lembrando-me agora das vezes em que o vi, que cruzei com ele no corredor, sei dizer que ele era de estatura média, idade mais ou menos de uns trinta anos, o andar lento, sempre de terno escuro e gravata. Pouco mais do que isso poderia dizer. E não falo assim da cor dos olhos, ou, por exemplo, se ele tinha alguma cicatriz no rosto; falo de sua aparência: era uma pessoa alegre? triste? preocupada? Não saberia dizer, pelo menos com segurança. Cumprimentávamo-nos, e posso dizer que ele era uma pessoa educada. Mas não me lembro de alguma vez que ele tenha me sorrido, além desse vago sorriso que acompanha um bom-dia ou um boa-noite. Mas nem por isso, também, tinha cara de poucos amigos. A impressão que me fica dele, agora que está morto e que me lembro das vezes em que o vi, é a de uma pessoa simpática, educada, calada.

Chego a pensar que poderíamos ter sido bons amigos. É um pensamento que me vem agora dessas impressões; na verdade, não há nada que me garanta isso, pois eu não sabia, nem sei ainda, praticamente nada a respeito dele; nem o seu nome eu sabia. Julgo pelas impressões. É uma pessoa de quem eu teria prazer em me aproximar, puxar conversa, tornar-me amigo. Quanto a ele, não sei, não posso ter ideia do que ele pensava com relação a mim. Mas imagino que ele me encarasse também com alguma simpatia, já que, pelo menos nas aparências, tínhamos alguma coisa em comum: esse mesmo jeito calado. Penso tudo isso agora que ele morreu e que essas coisas não poderão mais acontecer. Mas talvez eu já pensasse antes; apenas não cheguei a expressá-lo claramente para mim, como faço agora. É que nunca dei maior atenção à coisa. Tenho a cabeça sempre muito cheia de preocupações. Meu serviço é muito absorvente; mesmo no hotel, quando chego à noite, é difícil pensar em algo que não esteja relacionado a ele. E quando isso me cansa ou aborrece, o que geralmente faço é ir a um cinema, ou então beber com algum amigo no bar. Se estou com preguiça de sair ou sem vontade, ligo o rádio e fico escutando música, até vir o sono. Nunca, nessas ocasiões, pensei no vizinho.

Para dizer a verdade, era como se ele não existisse, ou que tanto fazia ele existir como não existir. Eu sabia que havia um outro quarto ao lado do meu e que nesse quarto morava outra pessoa que era aquele homem que eu via no corredor e cumprimentava; mas nunca me pus a pensar detidamente nisso. Eu tinha, ali no hotel, o meu quarto para dormir, e fora, na rua, tinha o serviço, os amigos e as diversões: era isso o meu mundo. O homem do quarto vizinho não entrava nele; eu não senti a necessidade dele, e por isso não pensava nele. Pode ser que o mesmo acontecesse com ele: talvez também não sentisse necessidade de mim e não pensasse em mim.

Agora ele morreu, e penso nele; mas é apenas porque sua morte me impressiona: pois, fico lembrando, ontem mesmo passei por ele e o cumprimentei, e agora ele está morto. Mas não sinto nenhuma espécie de tristeza. Não éramos amigos. Não chegávamos a ser nem mesmo conhecidos. Simplesmente vizinhos. Como já houve outros antes dele, que ainda lembro ou já esqueci, e como haverá outros depois dele. Daqui a alguns dias, talvez até amanhã mesmo, outra pessoa virá morar no lugar dele. Há sempre gente procurando quartos, e o hotel não quer perder dinheiro.

O CAIXA

O caixa passou o dinheiro pela abertura do vidro:
— Quinhentos cruzeiros; confira, por favor.
A mulher conferiu, sorriu para ele através do vidro; guardou o dinheiro numa bolsa e foi·embora.
— E o meu? – um rapazinho encostou o número do cheque no vidro.
O caixa verificou a abertura por onde recebia os papéis de dentro; depois percorreu uns cheques na mesa: abanou a cabeça negativamente.
O rapaz resmungou. Foi sentar-se no sofá. Acendeu um cigarro e ficou olhando o movimento na rua: a porta do banco era larga, e dali tinha-se boa visão. Passava gente sem parar e carros. Era uma das ruas mais movimentadas do centro; era a rua principal dos bancos.
O caixa também estava olhando para fora.
— Está uma bela tarde – disse o homem gordo, de terno e gravata, que esperava um cheque, encostado ao balcão de mármore.
O caixa deu um sorriso vago.
— Maio tem umas tardes muito belas – disse o homem.
— É – concordou o caixa.

O homem ficou um minuto observando-o. Observou a camisa branca de mangas compridas, o colarinho bem passado, a gravata. Observou os óculos, a cabeça: o caixa estava quase careca, só um resto de cabelo nos lados, mas esse estava sempre bem penteado. O caixa estava sempre muito bem arrumado. O homem gostava daquele apuro – fazia-o sentir-se bem. Era como todo o banco: tudo muito limpo, arrumado, agradável; até aqueles vasos de plantas na entrada. Sentia-se bem ali.

O rapaz estava com pressa – sempre tinha daqueles apressados; mas ele não: se acontecia de demorar ou atrasar alguma coisa, ele ficava calmamente esperando ali no balcão. Para se distrair, olhava as pessoas que passavam lá fora. Às vezes olhava para o movimento dentro do banco. Era um salão muito grande, com um balcão quadrangular que atendia para todos os lados, com exceção do fundo. Dentro, os funcionários batendo às máquinas, conferindo arquivos, andando de uma mesa para outra. A maioria era de jovens, mas tinha também alguns mais velhos. E algumas moças. A mais bonita era a que atendia no balcão – Janete, uma loira muito bonita, com a blusa sempre muito justa. Ela já o conhecia bem, era cliente velho. Ele, toda vez que entrava no banco, fazia questão de cumprimentá-la. Às vezes fazia alguma brincadeira com ela. Era muito bonita e muito simpática. Uma moça bacana. Os outros funcionários também eram simpáticos. Principalmente o caixa – Alves.

Era um moço muito atencioso, Alves. Muito educado. Sujeito fino. Nunca tivera nada com ele, nunca recebera dele uma palavra ou mesmo uma expressão desagradável – de chateação, irritação, ou o que fosse. E não haveria nada de mais nisso; se ele perdesse a paciência uma hora, seria a coisa mais normal, pois, além do próprio trabalho, que nos dias de maior movimento não devia ser sopa, ainda havia as pessoas, certos tipos que estão a fim de criar caso com os outros: por qualquer coisinha vão engrossando. Aquele rapazinho, por exemplo, a cara que ele fez; teve até vontade de falar pelo caixa: "Você é jovem, meu filho, tem muito tempo para esperar." Mas jovem é assim mesmo, impaciente. O caixa, no entanto, não falara nada. Era sempre assim com todo mundo. Uma flor de pessoa.

Gostava dele. Sentia-se bem só de estar ali ao lado dele, observando-o trabalhar: calmo, educado, os gestos precisos. Às vezes puxava uma prosinha com ele: ele sempre respondia educadamente, mas não era de conversar muito. Era um sujeito mais calado. Temperamento. Conhecia outras pessoas assim. Simpatizava com gente desse tipo. Decerto é porque ele próprio falava muito; não sabia por quê. E eram sempre bons sujeitos. Seu medo era de que um dia, por qualquer motivo, entrasse um outro no lugar dele. Mas isso certamente não aconteceria – havia quase vinte anos que o caixa trabalhava ali no banco, como ele próprio contara. Ele era tão parte do banco como aquele balcão, aquele relógio na parede.

– Seu Olavo – era o caixa: passou-lhe o dinheiro. – Confira, por favor.

– Perfeito... Muito obrigado, Alves. Uma boa tarde para você.

– Para o senhor também – o caixa respondeu.

O homem deu adeusinho para a moça loira no balcão e saiu.

O caixa estava de novo olhando para a rua. Havia mais duas pessoas esperando no balcão. Uma perguntou se o cheque ainda demorava: o caixa respondeu de modo vago. Então saiu do compartimento e foi andando, por entre as mesas com máquinas e as pessoas, até o fundo, desaparecendo por uma porta.

161

Quinze minutos depois, havia umas cinco pessoas esperando, e ele ainda não tinha voltado. As pessoas estavam impacientes. O caixa do lado pôs a cabeça de fora do compartimento e perguntou a uma funcionária que ia passando se não sabia dele. Ela disse que decerto ele tinha ido tomar café.

— Mas ele não falou nada — disse o caixa, e mostrou as pessoas esperando: — olha aí...

— Decerto ele já está vindo; o Alves não é de matar trabalho...

— Por isso mesmo que eu estou estranhando.

— Ele já deve estar vindo.

Foi o que o caixa disse para as pessoas, por cima do vidro; e acrescentou, já se virando para atender um cliente:

— Num instante ele esta aí.

Mas o instante passou, e o caixa se inquietou de novo; agora havia mais gente esperando, alguns já resmungando e reclamando.

— Dorinha — ele chamou a moça: — telefona para a cantina; assim não é possível.

— O Alves não voltou ainda?

— Olha aí... — ele mostrou, e as pessoas aproveitaram para fazer uma cara ruim.

A moça discou:

— Maria? Oi, bem, é a Dorinha. Escuta, o Alves está por aí? Alves, o Felisberto...

A voz pediu que ela esperasse um minuto. Chamou: não estava, nem estivera aquele dia.

— Nem esteve?...

Dorinha voltou ao caixa:

— Não está, nem esteve.

— Não?... Mas... — o caixa olhou desnorteado para as pessoas esperando.

— Ô amigo — disse um que estava mais apressado: — você mesmo não pode pagar isso? Tenho urgência, já faz mais de meia hora que eu estou aqui.
— E eu, que já tem quase uma hora? — entrou o rapazinho.
Um funcionário do balcão, notando a irregularidade, veio até o caixa:
— Quê que houve?
— O Alves — disse a moça.
— Ele saiu sem falar nada e até agora não voltou — contou o caixa. — Olha o tanto de gente que está esperando. Assim não dá. Vê se acha ele aí pra mim, me faz esse favor.
— Na cantina eu já olhei — disse a moça: — ele não está, nem esteve lá hoje.
— Vai ver que ele está no banheiro — disse o do balcão.
— Banheiro? — disse o caixa. — Só se ele estiver com uma diarreia daquelas.
A moça deu um risinho.
— Vai ver que ele está tomando banho — um cliente comentou com outro.
— Me faz esse favor — pediu o caixa: — telefona para outras seções procurando ele.
Voltou-se para o pessoal:
— Por favor, vocês aguardem mais um minutinho, houve um imprevisto, o rapaz estava aqui agora mesmo...
— "Agora mesmo"... — disse o apressado para outro; — só que eu cheguei aqui já tem quase uma meia hora...
Passado mais um pouco, voltou o do balcão:
— Ele não está em nenhum lugar.
— Em nenhum lugar? Essa é boa; então onde que ele está?
— Não sei, uai, não acabei de falar que ele não está em nenhum lugar?
— Você telefonou pra todas as seções?
— Todas.

— Essa não...
O caixa não sabia o que fazer.
— Sô Nilo disse que é para você acumular o caixa até o Alves aparecer — acrescentou o do balcão.
— Acumular? Só faltava essa — o caixa resmungou.
— Quê que houve, hem — um dos clientes quis mostrar atenção.
— O caixa sumiu.
— Sumiu?...
— Vai ver que ele virou fantasma — um outro falou, mas ninguém achou muita graça.
Dentro do banco — a notícia já se espalhara — continuavam a procurar e a telefonar.
Finalmente um telefonema:
— Ele está aqui, no depósito.
— Depósito?... O Alves?...
O faxineiro é que o tinha achado.
— Quê que ele está fazendo aí?
— Sei não. Acho melhor o senhor vir aqui.
— Quê que houve?
— Ele está meio esquisito.
— Meio esquisito?...
O funcionário comunicou ao subgerente. Os dois decidiram ir juntos. No salão, o pessoal ficou comentando, na expectativa.
Chegaram ao depósito, que ficava no subsolo. Era um cômodo largo, no fundo do qual havia um cômodo menor, com uma mesinha e uma cadeira, as paredes cobertas de pastas de cartolina amarradas com barbantes.
— Ele está lá — disse o faxineiro. — É melhor ir chegando devagar... Sô Alves não está bom não...
Os dois foram chegando devagar, o faxineiro atrás. Pararam à porta. Alves estava sentado sob a lâmpada acesa, os olhos fixos na mesinha como se estivesse lendo

alguma coisa – mas não havia nada em cima da mesinha. O subgerente olhou para o funcionário, o funcionário fez uma cara de "ele não está bom mesmo não".
– Você veio fazer alguma coisa aqui, Alves?... – perguntou o subgerente, numa voz jovial.
Alves não se moveu: não disse nada, nem olhou para eles; continuou na mesma posição. O funcionário olhou para o subgerente, com uma cara de "não estou falando que ele não está bom?" O faxineiro olhava por cima dos ombros:
– Desde a hora que eu achei ele que ele está assim.
– Quê que há, Alves?... – o subgerente veio entrando: quando chegou perto, Alves se ergueu de repente, e o subgerente saiu correndo desembalado.
Os companheiros já estavam na escada.
– Ele está louco, o Alves está completamente louco – o subgerente ofegava; – ele quis me dar uma canivetada, vocês viram?
– Canivetada? Eu não vi nada – disse o funcionário; – à hora que vi ele levantando, pus sebo nas canelas.
– Eu falei que era pra ter cuidado – disse o faxineiro, ofegando também.
– Ele está completamente louco – disse o subgerente.
Um outro funcionário tinha chegado.
O Alves enlouqueceu – contou o que já estava lá.
– O Alves? Enlouqueceu? Vocês estão brincando.
– Brincando? – disse o subgerente. – Entra ali dentro, se você for homem; te dou o que você quiser. O Alves quase me mata com uma canivetada.
– Canivetada? – o outro não podia acreditar.
– Eu que descobri ele – contou o faxineiro: – fui varrer aqui e dei com ele lá dentro. Pensei, à hora que vi ele: "Ê, o Sô Alves não tá bom não..." E aí telefonei.
– O Doutor Hermes já está sabendo?

Doutor Hermes era o gerente. Telefonaram dali contando para ele. Ele veio, com mais um outro funcionário. Eram seis agora. E pouco depois chegaram mais três.
Tinham acabado de contar os detalhes para o gerente.
– Mas que coisa mais surpreendente... – disse ele. – E quem o encontrou?
– Eu, seu doutor – disse o faxineiro; – eu que encontrei ele.
– Mas como isso pode ter acontecido?...
– É o que eu pergunto – disse um dos funcionários: – pois ainda há pouco conversei com ele e não notei nada...
– Que coisa mais surpreendente... – repetia o gerente. Ele esta lá dentro?...
– Está; ele está lá, sentado; não fala nada, só fica olhando pra mesa, como se estivesse lendo alguma coisa; ele está completamente doido.
O gerente deu alguns passos, o sub o segurou:
– O senhor está louco? O senhor vai entrar ali? Ele quase me matou com uma canivetada. O Alves está doido varrido.
– Alves! – o gerente chamou daquele lugar. – Ô Alves! Quê que há, rapaz? Está sentindo alguma coisa?
Eles aguardaram um minuto, mas não veio resposta, nem qualquer ruído. Se entreolharam.
– Não estou dizendo? – falou o sub. – Não vai ser mole tirar ele daí não.
– Veremos – disse o gerente. – Se ele não sair por bem, sairá por mal; onde já se viu?
Deu mais um passo:
– Felisberto, meu filho; é o Hermes quem está falando. Quero que você saia. Não é hora de você estar aí; seu caixa está lá esperando.
– Quem diria... – falou o funcionário que não podia acreditar.

— Alves! — o gerente foi mais enfático: — se você não sair, eu vou mandar te tirar daí, hem? Estou falando sério.
O funcionário que não podia acreditar aproximou-se mais, sob o olhar e o consentimento dos outros, prontos para correr ao menor alarme. Chegou até a porta:
— Alves... — falou num tom amigo.
Os outros esperavam: não houve resposta. O funcionário abanou a cabeça para eles.
Alves estava lá, imóvel na mesa, olhando fixo. Não podia acreditar que ele tivesse mesmo ficado louco. Se aproximou mais, e então recuou de repente, os outros correram apavorados, o gerente e o faxineiro chegaram a subir a escada.
— Ele está mesmo com um canivete — contou, de volta.
— Já passou dos limites — disse o gerente, o coração aos pulos. — Gervásio, chama lá os guardas; vamos ver se agora ele não sai.
— Que coisa... — disse o funcionário, que agora acreditava, e estava menos assustado do que chocado.
— Eu disse — falou o subgerente. — Ele está louquinho, completamente.
— Vamos ver agora — disse o gerente.
Os dois PM chegaram; o gerente contou para eles.
— Ele está armado — alertou; — está disposto a tudo; tomem cuidado, rapazes.
Os guardas foram em direção ao cômodo, a turma atrás. Um guarda ficou na porta, pronto para agir, e o outro entrou. A turma ficou olhando.
— Seu canivete — disse o guarda.
Alves olhou para ele e — diferente do que a turma esperava — entregou o canivete sem qualquer reação, sem mesmo se levantar.
— Vamos lá pra fora? — disse o guarda.
Alves se levantou, e veio. Na porta, olhou para os que o olhavam: mas sua boca não falou nada, e seus olhos,

arregalados, tinham uma estranha agudez.
– Alves... – disse o que custara a acreditar.
Alves olhou para ele como se não o conhecesse.
– Nunca pensei que isso pudesse acontecer um dia com o Alves – dizia um funcionário no banco, horas depois, quando todo mundo comentava o caso.
– Talvez ele próprio nunca tivesse pensado – observou um outro, que entendia mais das coisas.
– Ele próprio? Quê que você quer dizer com isso?
– Nada – respondeu o outro. – Só quero dizer que nesse mundo de hoje nunca se sabe o que pode acontecer de uma hora pra outra com a gente.

SURPRESAS DA VIDA

O professor deu um sorriso largo: "Mas que contentamento!"
Eu falei que também estava contente.
"É um prazer!" ele falou.
Eu falei que para mim também.
Isso foi numa tarde quente de dezembro. Tínhamo-nos encontrado em plena rua, e fazia anos que não nos víamos.
"Que tal se tomássemos uma cerveja?", ele falou. "Para comemorar tão importante reencontro."
"Seria ótimo", eu falei.
"Não seria bom uma cervejinha agora?"
"Seria ótimo", eu falei.
Fomos então para o bar mais perto. Sentamo-nos. O professor pediu a cerveja.
A vida é cheia de surpresas. Sinceramente: eu nunca pensara que aquela cena pudesse acontecer um dia, eu com o professor, nós dois sentados num bar em plena tarde, tomando cerveja. Primeiro, que o professor era, como dissera um outro professor, se referindo a ele naqueles tempos de colégio, "uma pessoa muito circunspecta": a gente não podia imaginar que ele, encontrando-se com

169

um ex-aluno na rua, se manifestasse com aquela alegria. Segundo, que eu tinha para mim que o professor jamais pusera na boca uma bebida alcoólica.

Assim que duas também foram as minhas reações. A primeira, me sentir lisonjeado – "desvanecido", como diria o professor – pois aquilo era uma honra. Apesar de todo o tempo decorrido desde o colégio, eu tinha ainda aquele sentimento, que algumas pessoas conservam pela vida inteira, de respeito e veneração pelo antigo mestre. A segunda, foi de surpresa, agradável surpresa por vê-lo tomando cerveja, e olhe lá, não com aquela timidez e certa falta de jeito que se poderiam esperar: quando mal havíamos começado a lembrar os velhos tempos, ele, para meu espanto, havia já esvaziado um copo, e o meu ainda estava pela metade.

Pensei: é estranho como a gente ignora o que as pessoas realmente são. E eu o olhava admirado: seria aquele mesmo professor do meu tempo? Mas era – até fisicamente, pois, a não ser a careca e uma barriga maior (e mais pronunciado aquele vago ar de deboche – ou não seria de deboche?), ele nada mudara. Até aquele terno cinza: eu seria capaz de jurar que era daquele tempo.

Pensando melhor, eu não devia me espantar tanto: era natural que no colégio, em meio aos alunos, o professor mostrasse aquela circunspecção; e, afinal de contas, qual de nós havia deparado com ele em circunstâncias mais banais? Pois, se não estava presente a famosa circunspecção, ali estavam: a mesma atenção, a mesma gentileza, a mesma bondade. E depois, também, fazia um calor infernal, o que certamente ajudava um pouco a descontração.

E é por isso tudo que, enquanto falávamos de A, que se casara, e de B, que estava ficando conhecido na política, e de C, que nunca mais víramos, todos meus colegas e seus alunos, havíamos já chegado ao fim da segunda cerveja e de alguns pastéis – sugestão do professor, que com a mesma rapidez (eu diria sofreguidão, não fosse a palavra inadequada a ele) com que enxugava um copo deglutia um pastel.

A garrafa vazia foi substituída por uma nova, e uma linguiça em pedaços (também sugestão do professor) tomou o lugar dos pastéis. Vou dizer, carne mesmo não existia naquela linguiça, era pura gordura e pimenta, e eu já ia protestar, quando o professor comentou que a linguiça estava "digna dos deuses". Quê que eu fiz: calei a boca e engoli meu protesto junto com a linguiça ruim. Talvez aquele respeito de que eu já falei.

Mas o calor e a cerveja – eu começava a sentir aquela tontura agradável que o álcool provoca – foram me descontraindo também, e eu extravasei um pouco do que estava sentindo:

"Sinceramente, professor, eu nunca pensei que isso pudesse acontecer um dia, eu com o senhor aqui, a gente tomando cerveja; o senhor sempre me pareceu uma pessoa muito circunspecta..."

"Circunspecta?", ele disse. "Eu sou realmente; mas não com os amigos."

Achei a frase meio demagógica; talvez fosse resultado da cerveja. Pois, afinal, qual amizade existia ou existira entre ele e eu, além da relação formal de professor e aluno? Foi o que eu falei para ele.

"Sou apenas um ex-aluno, um ex-aluno como qualquer outro", falei.

"Como qualquer outro...", ele sorriu. "Aí que você se engana... Você não sabe que numa turma de alunos há sempre aqueles de que a gente mais gosta, aqueles que a gente não esquece?..."

Com toda a franqueza: aquilo me surpreendeu mais ainda, ao mesmo tempo que me lisonjeava. Eu nunca percebera a tal predileção. É verdade que eu fora um bom aluno e nem uma vez tivera atritos com ele; mas daí a ser um dos alunos preferidos havia uma distância em branco que eu não via àquela hora como preencher. Mas aceitei a revelação, sem mais indagações, gostando dela, e foi assim que passamos quase que insensivelmente à terceira garrafa – e dessa vez dobradinhas, que eu não aprecio muito, mas que naquele estado de espírito comi e achei ótimo.

Estávamos já num clima de franca cordialidade. O professor então perguntou sobre mim, quê que eu fazia, quê que eu andava fazendo. Falei do emprego que arranjara. Ele me perguntou se era bom. Eu, já meio eufórico, respondi que era ótimo, embora não fosse tão bom assim – para dizer a verdade, era até bem ruim.

Ele falou que ficava contente de saber disso, e aí passou a falar dele, a se queixar da "árdua e ingrata missão do professor"; falou que ganhavam uma miséria, salário de fome, atacou o governo, falou em injustiça social, citou Karl Marx e uma encíclica do Papa, mostrou as mangas poídas do paletó (devia ser daquele tempo mesmo), contou de um tratamento sério que precisava fazer e não tinha dinheiro, havia dias que não tinha dinheiro nem para comprar cigarro.

Eu fui concordando, falando que era assim mesmo, que isso não era certo e tal, o senhor tem toda a razão; mas, não sabia por quê, aquela conversa não estava me agradando, e eu fui ficando cada vez mais calado. E então ele também foi parando de falar. E aí ficamos nós dois em silêncio.

A garrafa estava vazia, e ele perguntou se eu queria tomar mais uma.

"O senhor é que sabe", eu falei.

"Não, você é que sabe", ele falou.

"Já é meio tarde", eu falei, olhando as horas; lá fora começava a escurecer.

"Vamos então embora?..."
"Vamos", eu falei.
Olhamos ao mesmo tempo, procurando o garçom; fiz sinal para ele trazer a conta. Demorou um pouco, e então trouxe.
"Vinte e três cruzeiros", falei, numa voz de velório.
O professor pediu o papelzinho; ficou conferindo.
"É isso mesmo", falou: "está certo; até que ficou barato..."
Me estendeu:
"Você vai pagar?... Estou meio desprovido hoje, e como você está ganhando bem..."
"Hum", eu falei.
Enfiei a mão no bolso. Contei o dinheiro debaixo da mesa: duas notas de dez e uma de cinco: me sobravam dois cruzeiros e alguns miúdos.
O garçom veio, pegou o dinheiro e levou. Trouxe o troco.
"A próxima vez sou eu, hem", falou o professor, se levantando.
Na rua o movimento das seis horas: gente, carros, barulho e agitação.
"Foi um grande prazer", o professor falou.
Eu dei um arroto quase na cara dele. Não pedi desculpa.
"Então até a vista", ele me deu uns tapinhas, e foi andando devagar pela avenida, gordo, satisfeito, feliz; o filho da puta.

PRIMOS

Eu tinha me levantado para ir embora:
– Ainda é cedo – ela disse.
– Já são mais de dez horas – respondi, olhando o relógio; – vou ter que levantar de madrugada amanhã para viajar.
– Nem acabamos essa garrafa – ela disse; – vamos acabar ela primeiro, depois você vai...
– Bem...
– Senta, senta aí...
Acabei cedendo e me sentando novamente. Ela pôs nos copos o que restava da cerveja. Era a segunda garrafa que bebíamos.
– Hoje está bom pra uma cerveja – ela disse.
– É – eu concordei; – com esse calor... Ainda bem que está armando chuva. É por isso que eu queria ir.
Ela pôs as mãos na cintura:
– É, mas você é bobo, hem... Quê que tem se chover? Será que você está na casa de um estranho?
Eu ri.
– Se chover, você dorme aqui; você devia ter vindo para aqui. Ao menos assim eu tenho uma companhia. Acho ruim quando o Lauro está viajando.

– Você tem medo?
– Não é medo: é mais preocupação com as crianças; às vezes uma necessidade...
– Isso é mesmo.
– Medo até que eu não tenho.
Um trovão sacudiu o céu. Houve uma pausa. E então a chuva caiu, uma chuva pesada. Fiz uma careta para Rosana.
– Está vendo? – ela disse. – Você não quis vir para aqui, agora vai ter de ficar. Daqui um pouco já vou até arrumar sua cama...
Fui à janela. Era uma janela grande, dessas de levantar e baixar. Nós estávamos na sala do primeiro andar; Rosana morava num sobradinho. Ela veio à janela também. Ficamos olhando a chuva cair na rua.
– É muita água... – eu disse.
– É – ela disse; – estava precisando.
– Estava mesmo – eu concordei.
A chuva foi mudando de direção, começou a pingar na janela. Rosana foi fechar, eu a ajudei – a janela era meio pesada. Deixou aberto um pedaço em cima: ali não chovia, e o calor continuava forte.
– Nesse tempo, quando chove, parece que o calor aumenta mais ainda – ela observou.
– É sim – eu disse.
– Vou dar uma olhada no quarto dos meninos: às vezes, quando chove muito, entra água na janela; senta aí...
Eu me sentei. Acendi um cigarro. Fiquei fumando e olhando para a chuva através da vidraça. Chovia para valer, com relâmpagos e trovões. Era começo das chuvas, e as primeiras são quase sempre assim, tempestuosas.
Pensei como faria para ir embora. Lauro viajara no carro deles, e não tinham telefone para eu poder chamar um táxi; telefonavam de um armazém perto, que aquela

hora estava fechado. Se é também que eu encontraria táxi, com toda aquela chuva; apesar de que em cidade do interior seja bem mais fácil.

O fato é que eu não estava com ideia de pousar ali. Não que houvesse algo de mais; não havia: eu gostava muito de Rosana e me dava bem com Lauro. Só não tinha muita liberdade com eles – o que não chegava a ser um problema. E quanto ao convite de Rosana, eu sabia que era sincero, pois ela sempre fora muito atenciosa, muito generosa. Eu não queria simplesmente por hábito. Talvez um pouco de timidez também: por maior que seja minha ligação com um amigo ou parente, prefiro sempre ir para um hotel.

– Está tudo certo – ela disse, voltando.
– Eles estão dormindo?
– Estão; eles são bons para dormir. Não dão quase nenhum trabalho.

Ela tinha acabado de sentar-se, mas se levantou de novo:
– Trazer mais uma cerveja, né?...
– Tem? – eu perguntei.
– Tem um estoque aí. A gente sempre guarda para o caso de uma visita, ou então pra gente mesma. O Lauro não é muito de beber, mas eu, se deixasse, acabava com o estoque em pouco tempo...
– Eu seria a mesma coisa...
– Quem sabe a gente acaba com ele hoje, hem?...
– Não seria nada mau... – eu falei.

Ela riu. Foi buscar a cerveja. Seus sapatos, de salto alto, iam descendo os degraus da escada. Escutei depois barulho de garrafas.

Não era meu plano, mas eu até que estava achando bom ali, com aquela chuva lá fora, sentado num sofá macio, fumando e tomando uma cervejinha gelada com uma

prima de que eu gostava muito. Além de gostar, Rosana era de minhas primas a mais bonita. Ela era muito bonita. Desde adolescente eu achava. Diria até que desde menino, pois lembro-me que nessa época eu já a admirava. Rosana era dois anos mais velha do que eu: estava com trinta. Ela vinha subindo a escada.
— Demorei?...
— Não.
Ela abriu, encheu os copos. Sentou-se. Nós bebemos. A cerveja estava ótima.
— Você não sabe em quê que eu estava pensando — eu falei.
— Pensando? Na viagem...
— Não.
— Na chuva...
— Também não.
Ela fez uma cara de quem procurava.
— Sabe em quê? — eu falei. — Você nunca adivinharia.
— Quê que é.
— Eu estava pensando em você.
— Em mim? — ela fez uma cara de espanto, curiosidade e riso; — mas quê que você estava pensando?...
— Já vou te dizer... — peguei meu copo e tomei um gole da cerveja. — Sabe quê? Estava pensando que você é a minha prima mais bonita, apesar do cacófato.
Ela riu, depois fez uma cara fingida de pose.
— É verdade — eu falei; — verdade que eu estava pensando isso e que você é a minha prima mais bonita.
— Guy, você não tinha mais nada pra pensar?... — ela disse, meio embaraçada, o que me deixou um pouco também. Acho que essa cerveja já está fazendo efeito...
Eu ri. Devia estar meio vermelho; eu tinha a sensação de que ela percebera tudo o que eu estivera pensando — o que, evidentemente, não era possível; mas foi essa a

sensação que eu tive aquela hora. Para sair do embaraço, continuei falando:
— É verdade, sério mesmo, eu estava pensando isso.
— Mas quê que você estava pensando? A respeito de quê? Agora você tem de me contar, fiquei curiosa... — ela disse rindo, mas com algo de sério nos olhos, o que me fez de novo ficar embaraçado.
— Você está achando que é alguma coisa secreta?... — perguntei.
— Não sei, uai — ela ergueu os ombros; — você é que sabe.
Pareceu-me, naquele instante, que íamos entrando num terreno perigoso; preferi mudar de tom:
— Não, boba — eu disse, — não tem nada de secreto; apenas eu estava pensando aqui nas minhas primas e cheguei à conclusão de que você é a mais bonita delas. E é mesmo, quê que tem dizer isso?
— Não tem nada, uai.
— Pois é.
Ela fumou, olhando para o cigarro.
— Então thank you very much pelo elogio — disse.
— E te digo mais — eu continuei; — toda vida achei isso.
— Toda vida?...
— Você não acredita?
— Acredito...
Eu ri, pelo modo como ela falou.
— Desde menino, desde aqueles tempos em que a gente brincava junto.
— Guy, você já está ruim...
— Ruim?
— Nunca te vi falar assim.
— Decerto é o calor...
Ela riu.
— Se eu não te conhecesse, e se você não fosse meu primo, eu até pensaria que isso é uma declaração de amor...

– Será que você me conhece mesmo?
– Será que é mesmo uma declaração de amor?
– Não... – eu ri; não é uma declaração de amor...
O barulho da chuva aumentou, chamando nossa atenção. Ela estava mais forte ainda.
– Puxa, faz tempo que não vejo uma chuva assim – comentei.
– Essa está forte mesmo.
De repente a luz apagou.
– Tinha de acontecer – ela falou.
– Sempre que chove apaga?
– Quando chove mais forte. Já estava até demorando...
– Volta logo ou fica muito tempo assim?
– Às vezes volta, às vezes demora mais...
Ficamos um instante em silêncio, no escuro, escutando a chuva e os trovões. Os relâmpagos clareavam a sala.
– Que pé-d'agua!...
A luz voltou.
– Oba – falamos juntos, e olhamos, rindo, um para o outro.
– Não pode é falar nada, senão ela vai embora... – disse Rosana.
Passou mais um pouco; a luz parecia ter novamente se firmado.
Rosana pegou um cigarro; eu peguei um também; acendi os dois. Pus mais cerveja nos copos; na garrafa ficou só um restinho.
– Pois é... – ela disse; – Guy, meu primo, me fazendo uma declaração de amor dentro de minha própria casa...
Eu ri.
– Pra você ver... – falei – Já pensou se o Lauro ficasse sabendo?...
– O Lauro? Nem gosto de pensar.

— "Casal de primos pego em flagrante delito de adultério pelo marido da mulher."

Ela deu uma gargalhada.

— Já pensou uma notícia dessas, quando meus pais e os seus lessem? — e deu outra gargalhada, jogando a cabeça para trás, no sofá.

Eu ria também, mas parei, e ela continuou, com lágrimas nos olhos.

— É, você falou que eu estava ruim, mas acho que você é que está — eu disse.

— Ai, Guy, seria bom demais... "Já pensou? Principalmente sua mãe, quando lesse o jornal.

— Seria engraçado mesmo...

— Seria ótimo...

— E Tia Jandira?

Outra gargalhada, ela não parava de rir.

— Rosana, você está bêbada...

— Ai, Guy... — ela só respondia, rindo, as lágrimas escorrendo.

Então, sentou-se direito. Enxugou os olhos.

— Seria bom demais, gente...

— Seria sensacional...

— Um escândalo na família...

— Já pensou?

— Seria demais da conta...

Ela pegou a garrafa.

— Olha... — eu sacudi o dedo.

— Deixa de ser bobo, Guy, você acha que eu fico bêbada só com isso?

— Fica, não: você já está.

— Vá à merda, sô.

— Opa, assim é que eu gosto.

— Eu, pra ficar bêbada, tenho de beber muito; sua prima aqui não é mole num copo não.

– E eu, você acha que eu sou?
– Você, eu não sei.
– Você achou que eu já estava bêbado.
– Você me fez uma declaração de amor, quê que você queria que eu achasse?
– "Declaração de amor"...
– Não foi não?... – ela olhou para mim: – Então diga que não foi.
– Digo.
– Que foi ou que não foi?
Peguei meu copo.
– Mas sabe, Rosana?... Eu tinha que te dizer isso um dia, senão eu ia ficar frustrado pro resto da vida.
– É? Coitadinho...
– Mesmo, ia ficar frustrado pro resto da vida. E não é só isso, hem; há muito mais coisas...
– Muito mais coisas? Nossa... – ela disse. E eu percebi de novo aquele embaraço de antes, apesar de ela procurar mostrar-se à vontade, ou por isso mesmo. – Quais são essas coisas... – perguntou.
– Essas eu não posso dizer.
– Não? Por quê? Tem sacanagem?... ela deu um começo de gargalhada.
– Você está rindo, mas o negócio é sério.
– Então me conta. Por que você não pode dizer?
– Certas coisas a gente não diz.
– Não? Pois eu acho que a gente pode dizer tudo.
– Você acha mesmo?
– Claro, por que não?
– É, você tem razão. Eu também penso assim.
– Então diz. Não é nenhuma cantada que você vai me dar, é?
– Quem sabe? Quê que você faria, se fosse?
– Quê que eu faria? – ela ficou me olhando, depois

disse: – Não, Guy, você já fez onda demais, agora conte as tais coisas.
– Você não respondeu à minha pergunta.
– Sua pergunta? – ela tornou a me olhar; então pôs as mãos na cintura: – Será que você está querendo mesmo me dar uma cantada?...
– Sabe que eu até gostaria? Mas não tenho coragem.
Ela deu uma gargalhada.
– Ai, Guy, você hoje... Mas, e as coisas, você vai contar ou não vai?
– Vou, eu vou contar sim...
Houve um silêncio.
– Mas antes vou ao banheiro – falei, me levantando.
Ela indicou: era uma das portas que davam para a sala. Depois que entrei, escutei-a descendo a escada.
Olhei-me no espelho: eu já estava naquela fase, que é até agradável, quando há como que uma neblina diante dos olhos, e aquele amargo na boca, e o corpo meio flutuante. Eu não pensei muita coisa; na verdade, não pensei nada: apenas tive a certeza, enquanto escutava o barulho da chuva lá fora, de que aquilo iria até o fim, de que eu não me impediria mais de falar nem ela me pediria que não falasse.
Quando saí do banheiro – Rosana já tinha voltado –, a primeira coisa que vi foram as duas garrafas novas de cerveja na mesa.
Trouxe duas dessa vez – ela disse. – Agora nós temos que beber.
– Nós beberemos – eu falei.
Ela encheu os copos de novo. Acendemos novos cigarros. Ela encostou a cabeça de lado no sofá e olhou para mim:
– Agora conte...
– É difícil, sabe?
– Por quê?

— Você pode não gostar, ou... sei lá...
— Você disse que eu talvez não te conheça, Guy; e você, será que você me conhece?...
— Eu fitei-a, fitei seus olhos negros, que me pareceram misteriosos e indevassáveis.
— É, pode ser; talvez eu não te conheça direito também.
Ela olhava para mim.
— Então?... Conte; agora sou eu que estou te pedindo...
— Eu vou contar... — eu disse. — É uma espécie de obsessão, compreende? Uma obsessão com você.
Ela não disse nada; me olhava fixamente.
— Isso deve ter começado quando eu era menino, quando a gente brincava junto. Não sei dizer exatamente quando, mas sei que foi nessa época. Lembro que... Mas isso é outra coisa...
— Quê que é — ela quis saber.
— Coisa à toa, você não vai lembrar...
— Mas conte; quê que é?...
— Você lembra daquele milharal que tinha no fundo de sua casa?
— Milharal? Lembro.
— E uma vez que você me chamou lá, você lembra?
— Eu te chamei? — ela fez uma cara de estranheza.
— Você devia ter nove anos.
Ela franziu a testa, procurando lembrar. Ao contrário do que eu dissera, eu tinha certeza de que ela devia lembrar daquilo; mas, embora esperasse que ela fosse dizer que não lembrava, eu não sabia agora se ela estava mentindo ou dizendo a verdade.
— Não, não lembro de nada não. Te chamei lá, e quê que houve?
— Bem: quando nós chegamos lá, você levantou o vestido.

Ela riu admirada.
— Eu fiz isso?...
— Você não lembra?
— Juro que não lembro.
— É engraçado — eu falei. — Mas o mais interessante é o detalhe.
— Que detalhe?
— Você não tinha nada por baixo.
Ela deu uma gargalhada.
— Ai meu Deus... Mas como que eu não lembro nada disso?

Eu a observei bem, mas não consegui saber se ela estava dizendo a verdade.
— Pois é — falei
— Essa é boa... — ela disse, rindo.
— Mas não é isso o que eu ia te dizer; o que eu ia te dizer é na adolescência. Você sabe como foi a educação lá em casa a respeito de sexo; na sua também. Só que na sua era mais livre. Seus pais não eram tão rígidos.
— Até certo ponto — ela disse, soprando a fumaça.
— Os meus eram muito mais. E depois entrava também o temperamento; você era extrovertida, e eu não; eu era fechado, tímido. Não sei se você lembra disso.
— Lembro que sempre que eu ia na sua casa, você estava fechado lá no quarto.
— Mas de uma coisa você não sabe: que, sempre que você chegava, eu saía para te ver.
— É? Você fazia isso?...
— Fazia.
— Pois eu não sabia mesmo... — ela disse, com uma expressão divertida; — nunca notei isso...
— Você não ia notar; você não me dava muita bola; você vivia cercada de fãs e namorados.
Ela sorriu.

— Não era assim?...
— Mais ou menos...
— Eu, não; todas as minhas atenções se concentravam em você. Sabe, eu tinha inveja de você.
— Inveja?...
— Engraçado, né? Mas é verdade; tinha inveja, porque você podia ver seu corpo, e eu não. Quando eu estava na sua casa e você ia tomar banho, eu ficava te imaginando lá dentro, você se olhando no espelho, e então... Puxa, eu ficava doido...
Ela sorriu um pouco.
— Era natural que isso acontecesse – eu continuei. – É que com a educação que tive, muito rígida, parece que tudo o que se relacionava a sexo se concentrara em você, porque você era a menina que eu mais via; e, por azar, ou por sorte, você era uma menina muito bacana. Era e, aliás, continua sendo.
— Continua sendo... Como se nada tivesse mudado... Não tenho mais quinze anos, Guy; tenho trinta.
— Eu sei.
— Não sou mais uma adolescente; sou uma mulher; uma mulher casada e mãe de dois filhos.
— Eu sei; claro.
Houve um silêncio meio constrangedor entre nós. Peguei meu copo.
— Eu te avisei – falei: – certas coisas a gente não diz. Não avisei? Mas você insistiu para eu contar...
— Eu achei bom você dizer.
— Você achou? Por quê?
— Não sei – ela disse. – Achei bom.
Outro silêncio.
— E depois – ela perguntou.
— Depois?
— Depois disso; você falou que foi na adolescência; e

depois? Você foi conhecendo outras meninas, e aí a coisa foi desaparecendo... Ou não desapareceu?
Meu coração batia forte.
— Você quer mesmo saber? Não desapareceu.
Ela pegou o copo de cerveja.
— Quer dizer que eu sou uma espécie de paixão oculta...
— "Uma espécie", você disse bem...
Silêncio de novo.
— Sabe — eu falei, — era uma coisa muito profunda para desaparecer, mesmo com o tempo; afinal de contas não são tantos anos assim.
Tomei um longo gole de cerveja.
— Eu sofria com isso — falei; — sofria porque era para mim uma coisa impossível; nunca aconteceria nada, eu nunca veria aquele corpo que estava ali quase me encostando, oculto apenas por um pedaço de pano, e no entanto mais distante que a lua. Eu tinha quase raiva de você, raiva porque você tinha aquele corpo. Por outro lado, é engraçado, eu de algum modo acreditava que o impossível ainda aconteceria, e é por isso que eu não desistia; como que a gente vai desistir daquilo que a gente mais deseja? De que modo aconteceria, eu não sei; acontecia muitas vezes nos sonhos, mas eu acordava, e era pior: aí é que eu via mesmo como era impossível, como aquilo jamais aconteceria, não tinha jeito de acontecer; só se fosse por um acaso, por um milagre; a palavra é essa: milagre. Porque te dizer aquilo tudo, eu jamais diria. E no entanto estou te dizendo agora. Estranho, né?
Olhei para ela; ela olhava fixo para o chão.
— E quando eu casei — ela perguntou.
— Quando você casou? Eu pensei: agora acabou mesmo, agora o impossível ficou de fato impossível. Mas, mesmo assim, todas as vezes que eu te encontrava, tudo aquilo voltava, eu sentia tudo de novo, era o mesmo ado-

lescente, e você a mesma Rosana, a Rosana sonhada e impossível...
   Eu parei de falar. Peguei meu copo e bebi o resto da cerveja.
   — Essa é que é a verdade, por mais estranha que pareça — terminei.
   — E agora? — ela perguntou.
   — Agora?
   — Agora que estamos aqui.
   Não entendi bem o que ela quis dizer, mas meu coração começou a bater forte de novo.
   — Você sente as coisas que você falou?
   — Sinto — eu disse.
   — Tudo o que você falou?
   — É.
   Houve um silêncio imenso, enorme. Meu coração batia disparado.
   — E se o impossível acontecesse? — ela disse, me olhando nos olhos.
   Meu rosto latejava, eu não consegui falar nada.
   Ela também não falou mais. Ficou em pé à minha frente. Seus olhos me olharam muito, olharam profundamente, como se atravessassem toda a minha vida. E então, devagar, com gestos firmes, ela começou a desabotoar o vestido.

À LUZ DO LAMPIÃO

— Sim senhor – disse o velho, cumprimentando-os, com um toque no chapéu.
— Vamos sentar, João Tomás – disse Eurico, que estava na mesa; o lampião dava a seu rosto uma cor intensamente avermelhada.

O velho olhou ao redor e foi sentar-se no comprido banco de madeira, encostado à parede de pau a pique da varanda, onde os dois irmãos estavam: o mais novo chegou-se um pouco para o lado – simples gesto de delicadeza, já que havia bastante espaço ali.

O irmão mais velho, que era o administrador da fazenda, trocou um sorriso com Zé Cuité, um empregado, que estava numa cadeira afastada da mesa. Eurico, o gerente da fazenda e dono da casa, percebeu o sorriso dos dois e, meio sorrindo também, olhou para o velho:
— João Tomás! – falou alto, porque o velho era meio surdo: – Nós estávamos falando aqui no caso do avião!
— Avião?... – o velho ergueu as sobrancelhas, virando um pouco a cabeça: escutava melhor de um lado.
— Aquele avião que passou aqui! O do desastre!
— Ah... – o velho sorriu, e depois baixou os olhos com vergonha.

A mulher de Eurico tinha parado na porta da cozinha. A cozinha ficava um pouco acima do nível do solo. A mulher estava de lado, segurando uma vasilha, entre a claridade do lampião e a luz mais fraca de uma lamparina lá dentro; ela sorria.

— O senhor pensou que era paturi? — perguntou Eurico meio sério, meio rindo.

—Eu pensei, uai — disse o velho, rindo suavemente; — vi aquele negócio lá no céu, andando pra toda banda e fazendo proeza, aí pensei que era paturi...

Os outros todos riram abertamente dessa vez.

— Se eu não falasse pra ele que era avião, ele ia continuar pensando que era paturi — contou Eurico, em voz mais baixa, que o velho não ouviu, nem parecia estar preocupado em ouvir.

— Essa é boa — disse o irmão mais novo, gostando do caso.

A mulher desaparecera da porta.

— Você disse que viu, Zé? — perguntou o irmão mais velho, voltando ao ponto em que a conversa fora interrompida.

— Vi, sô; eu estava lá perto e vi tudo. Eu tinha viajado aquele dia pra lá. Eu estava indo pra casa do meu irmão, que mora lá perto do aeroporto, quando o negócio aconteceu: foi aquele barulhão, depois subiu uma fumaça de toda altura. Foi um trem feio.

— Ouvi dizer que na cidade o avião passou tão baixo que só com o barulho ele derrubou um sujeito de uma construção — disse Eurico.

— É — disse Zé; — é fato; o sujeito está lá, hospitalizado, em estado grave. É um pedreiro; ele estava num desses andaimes, e aí o avião passou com aquele barulho, e ele caiu lá de cima; é um prédio alto, não sei quantos andares.

— Um avião desses dá pra fazer isso, Doutor? — Eurico perguntou, na dúvida, ao irmão mais velho.

O irmão olhou para o mais novo:

— Você acha que dá? a propulsão?

— Como que chama? — Zé Cuité perguntou educadamente, querendo aprender.

— Propulsão: o que empurra o avião, o que faz ele voar.

— Propulsão... — repetiu Zé, devagar, para não esquecer.

— Mas diz que o cara passava baixinho, raspando os prédios — falou Eurico. — Aqui eu vi: ele ia lá em cima, depois despencava e vinha, a gente tinha a impressão que ele ia cair no rio.

— Tinha mesmo — falou a mulher, aparecendo de novo na porta; — ele vinha lá de cima, mas vinha que vinha reto, e quando chegava quase no rio, levantava de novo; eu ficava arrepiada; Nossa Senhora...

— Dava mesmo pra pensar que era paturi... — Eurico falou, olhando para o velho, que se mantinha alheio à conversa, de braços cruzados e olhos no chão, recolhido em seus pensamentos. — Eu falei comigo: "Ou esse sujeito é muito bom de serviço, ou então ele é meio desregulado..." Ouvi dizer que ele era tenente da aeronáutica.

— Uai — disse Zé, — e lá no aeroporto: precisavam ver: ele ia lá em ciminha e aí vinha de ponta, mas vinha selado, aquele barulho rasgando o ouvido da gente. Eu pensei: "Esse cara tá facilitando..." Aí ele veio de novo, e foi descendo, descendo, até sumir detrás das árvores; eu falei: "Dessa ele não levanta." Foi a conta: nem bem falei isso, foi aquele barulhão e uma fumaceira subindo. Tá doido, sô, foi um trem feio. Um dos motores foi parar a não sei quantos metros de distância; ficou pendurado num poste. Foi uma pancada; nunca vi coisa igual...

— Diz que a cabeça dele também foi parar longe — falou a mulher lá da porta.

— Foi — confirmou Zé; — ela foi parar num cerrado; só acharam ela três dias depois; já tava tudo comido de formiga.

— Formiga cabeçuda?... — perguntou o irmão mais novo.

— Diz que ele ainda estava com o cigarro na boca — falou a mulher.

— Cigarro? Não sei — disse Zé; — isso eu não ouvi falar não.

— Ah... — Eurico riu, olhando para os irmãos, que também riam discretamente; — essa agora tá meio demais... Como que o sujeito ia ficar com o cigarro, depois de uma pancada dessas? Eu acho que não pode nem fumar em avião, não é, Doutor?

— Não pode não, é proibido.

— Pois é; esse pessoal inventa cada uma; cigarro na boca...

A mulher não falou nada; sumiu para dentro.

— Mas a cabeça é fato mesmo — disse Zé Cuité; — eu falo porque meu irmão ajudou a procurar. Eles foram achar ela lá no meio do cerrado, e já tava tudo comido de formiga.

— E aí fizeram o enterro da cabeça — falou o irmão mais novo.

— Eles fizeram isso? — a mulher apareceu de repente na porta.

— "A família de fulano de tal convida os parentes e pessoas amigas desta cidade para acompanharem o sepultamento de sua cabeça hoje às..." — continuou o irmão mais novo diante da cara de riso dos outros.

— Minha Santa Maria... — disse a mulher, desaparecendo outra vez.

O velho sorriu também, sem saber de que falavam. Levou a mão atrás e tirou uma palha do bolso da calça;

191

depois tirou o canivete do chaveiro, abriu-o com um estalinho e começou a preparar a palha para o cigarro.
— E a moça que estava lá no aeroporto — disse Zé: — vocês decerto souberam, né?
— Eu soube — disse Eurico.
— Eu não soube não — disse o irmão mais velho; — quê que houve?
— Uma moça que estava lá na hora — disse Zé; — ela estava lá fora, e na hora do desastre uma asa espirrou com tanta força, que rancou uma perna dela.
— Não é uma não — a mulher apareceu de repente na porta, a atenção de todos voltando-se para ela: — rancou as duas.
— As duas? Pois eu pensava que era uma só — disse Zé.
— Não é não — disse a mulher; — rancou as duas; ela ficou sem as duas pernas. Diz que é uma moça muito bonita; ouvi dizer. Ouvi dizer também que ela agora vai usar aquelas pernas... como chama...
— Transplante? — perguntou Zé, querendo mostrar que conhecia as coisas.
— Deve ser perna mecânica — falou o irmão mais velho.
— Isso — a mulher falou; — foi isso mesmo que eu ouvi eles falarem: perna mecânica; foi esse trem mesmo. Isso dá bem pra pessoa andar, Doutor?
— Acho que dá; não sei.
— Credo — disse a mulher; — não gosto nem de pensar... — e ela sumiu de novo para dentro.
— É... — disse Eurico, — é um troço meio danado, sô; já pensou? A gente está lá andando despreocupado, e de repente vem uma asa de avião e te corta as duas pernas?
— Não deve ser nada bom — concordou o irmão mais velho.
O velho enrolava tranquilamente o cigarro. Deu uma lambida na palha, para grudar. Pôs o cigarro na boca,

rolou-o algumas vezes entre os lábios. Então tirou uma binga do bolsinho da calça, fez a chama e, em baforadas de fumaça, acendeu o cigarro. Olhou a ponta: estava bem acesa. Então levantou-se e deu uma cuspida no escuro do terreiro. Voltou. Sentou-se, e, segurando o cigarro, continuou calado, os olhos absortos, ausente da conversa.

— E aquele desastre de carro há pouco tempo? — disse Zé.
— Qual? — perguntou Eurico.
— O do Volks, aquela família.
— É, esse é que foi feio mesmo — disse Eurico. — Você soube, né Doutor?
— Li no jornal.
— Eu também li — disse o irmão mais novo.
— Meu primo foi lá ver — contou Zé. — Disse que foi um negócio... Não tem nem jeito de dizer... Diz que o carro e as pessoas viraram uma coisa só: ficou aquela prensa entre o Fenemê e o ônibus; ali o sujeito não sabia quê que era ferro e quê que era gente.
— Santa Maria!... — disse a mulher, já na porta de novo.
— Era uma família, né?
— Era, uma família inteira: os pais e cinco filhos. Não sobrou um.
— Morreu o chofer do Fenemê também — disse a mulher.
— Morreu — disse Zé; — mas não foi na hora não, ele ainda viveu alguns minutos; diz que o rosto dele ficou partido no meio e, mesmo assim, ele ainda continuava vivo; diz que cada vez que ele respirava, vinha aquela golfada de sangue na boca, no nariz e nos ouvidos. O chão ficou aquela sangueira. Dias depois ainda tinha sinal de sangue no asfalto.
— Santa Maria! — disse a mulher.
— Mas o pior de tudo foi o chofer do ônibus — disse Zé.
— Ele morreu também — disse a mulher.

— O chofer do ônibus? Não, ele não morreu não.
— Ouvi dizer que morreram os dois.
— Não, o chofer do ônibus não; o que aconteceu é que ele ficou preso nas ferragens: e aí eles tiveram de serrar o braço dele.
— Serrar? — disse a mulher, horrorizada.
— Foi o jeito; se não serrassem, não tinha jeito dele sair, e aí ele acabava morrendo por esgotamento de sangue. Diz que o sujeito gemia e gritava a toda altura, pedindo pelo amor de Deus que tirassem ele dali; foi uma coisa horrível. Eles pelejaram, mas o jeito acabou sendo mesmo serrar o braço dele.
— Santa Mãe de Deus! — disse a mulher. — E eles serraram?
— Serraram, uai; qual era o jeito?
— Virgem Maria!... Serraram com quê?
— Com serrote.
— Serrote?...
— Não é não — interferiu o irmão mais velho; — eles têm uma serrinha própria para isso, os médicos.
— Ouvi dizer que têm mesmo — Zé falou; — mas esse foi com serrote: é que o lugar na estrada era longe, e se demorasse mais, o sujeito morria; aí eles pegaram o serrote dum fazendeiro lá perto e serraram.
— Deus me proteja! — disse a mulher.
— Foi o jeito. E valeu, porque o sujeito salvou; não fosse isso... Em compensação, ele ficou sem o braço; mais nunca vai poder guiar.
— É... — disse Eurico.
— Agora diz que ele está quase bom; só que dão uns repuxões e de vez em quando ele perde o equilíbrio e quase cai na rua; eu não sabia que braço faz isso com a gente. Diz que ele às vezes fica assim parado, olhando triste para o coto; saudade do braço.

O velho fumava, olhando para a luz do lampião, que projetava sombras nas paredes da varanda. Ao redor da casa a noite se estendia silenciosa e vasta sob o céu escuro de agosto. Havia no ar um cheiro acre de capim seco.

A mulher veio da cozinha com um forro e arrumou a mesa, observada pelos homens, que estavam agora em silêncio. E em silêncio eles continuaram, mesmo depois de sentarem-se à mesa e começarem a comer.

O FIM DE TUDO

Saíam de madrugada, a cidade ainda dormindo, e voltavam já de noitinha. Ele e mais dois companheiros. Vinham de bicicleta, às vezes até a pé; conversando e brincando, eles nem sentiam a distância. Nesse tempo a estrada ainda era de chão e tinha pouco movimento. Havia muitas matas por perto, e sempre apareciam coisas: veados, macacos, gatos-do-mato, cobras, coelhos, perdizes, codornas, tucanos. Era difícil a vez em que não viam alguma coisa. E tudo os divertia feito loucos.

O rio ficava logo atrás de uma grande mata de eucaliptos. Caminhando por entre os troncos, pisando o capim macio, sentiam o cheiro bom de eucalipto e escutavam os passarinhos cantando nas folhagens. Pouco antes da mata havia uma vendinha e duas casas de moradores. A vendinha continuava ali e parecia não ter sido retocada nem uma só vez naqueles dez anos: era a mesma daquele tempo, apenas mais velha e estragada. Mas as casas eram agora muitas, quase uma pequena vila. E da mata restavam somente umas poucas árvores.

A margem do rio era de uma areia branquinha. Sentavam-se nela para comer o lanche; se estava muito quente, iam para a sombra fresca de um eucalipto. O engraçado é que na sua memória as águas do rio estavam sempre verdes e límpidas. Mas não era assim: na época das chuvas, elas sujavam e ficavam quase vermelhas. De qualquer modo, nunca as tinha visto como agora, com aquela cor amarelada e fosca, uma cor pestilenta. Quando chegou e viu o rio assim, teve um sentimento de espanto e revolta: o que tinham feito dele! Mas não era só o rio: e a areia? e todos aqueles eucaliptos?

E os peixes? Onde estavam os peixes? Há duas horas que se achava ali, ao sol, e só tinha pegado um pobre lambari, que certamente se extraviara. Naquele tempo enchiam os embornais: eram piaus à vontade, bagres, mandis, às vezes tubaranas, e até mesmo dourados. Nos dias piores, o menos que pegavam eram dúzias de lambaris. Que havia sido feita de toda aquela riqueza?

Só lembrava de uma vez em que não tinham pegado nada: é que havia chovido muito na véspera e o rio estava cheio. Mas nem por isso deixaram de se divertir: juntaram o dinheiro que tinham, foram na vendinha e gastaram tudo em cervejas, que levaram para a beira do rio. Sentados na areia – era um dia de sol encoberto –, ficaram bebendo e contando piadas. Depois rancaram as hastes de uma touceira de capim e brincaram de jogar flechas, gritando feito índios; já estavam meio bêbados e, ao correrem, acabavam caindo e rolando na areia – naquele mesmo lugar onde havia agora aquela areia rala e suja, com cacos de vidro, latas, papel, tocos de cigarro, camisinhas de vênus.

Nada mais restava do que era bom naquele tempo. Nem mesmo o barulho das águas do rio, que parecia ter se silenciado diante do som rouco e resfolegante da fábrica, cujas chaminés apareciam no horizonte, como canhões apontados para o céu. Sentia revolta e pena; pena da natureza, pena do rio e das árvores, dos peixes e dos pássaros. De uma próxima vez que voltasse ali, certamente não encontraria mais nenhuma árvore, nenhum peixe, nenhum pássaro, nenhuma areia, e aquele rio teria se transformado talvez em simples condutor de detritos.

Tirou o anzol da água. Nem uma puxada. Não havia peixe ali, era inútil insistir. Poria uma nova isca e tentaria pela última vez; se dentro de quinze minutos não aparecesse nada, ele pegaria suas coisas e iria embora. E nunca mais voltaria.

Ao virar-se para colocar a isca, viu um homem que chegava. Era um velho, de chapéu e roupas simples.

– Pegou muita coisa? – perguntou o velho.
– Nada.
– Nada?
– Só um lambari.
– Essa época não é boa.
– É a melhor época do ano.
– É? Eu não entendo muito de pesca – disse o velho.

Ele acabou de colocar a isca e voltou para a margem. O velho foi também; ficou em silêncio, olhando para onde a linha desaparecia, esperando que de repente ela fosse puxada e corresse e a vara envergasse. Mas isso não aconteceu.

Ele tirou de novo o anzol e olhou a isca: a minhoca mexia, viva ainda, sem ter sido tocada.

– Nada? – perguntou o velho.

Ele abanou a cabeça:

– Nada. Não existe mais peixe aqui.
– Talvez se o senhor tentasse mais pra baixo.
– Já tentei; está tudo a mesma coisa.

O velho se agachara e fumava, olhando para o rio.

– De vez em quando aparece um pescador aqui – contou.

– Eles pegam alguma coisa?
– Pouca. Acho que aqui não é muito bom pra pescar.

– Já foi. Já peguei muito peixe aqui.
– É? – o velho olhava admirado para ele; – eu não sou daqui – explicou; – estou aqui ha pouco tempo.
– O senhor trabalha na fábrica?
– Não. Meu filho é dono de um mercadinho na cidade. Eu faço umas coisinhas. Na minha idade a gente já não pode fazer muita coisa.
– O senhor não gosta de pescar?
– Eu pescava, quando era menino. Parece que naquele tempo tinha mais lugar pra pescar.
– Eles estão acabando com tudo.
– O senhor acha que aqui é por causa da fábrica?
Ele ergueu os ombros.
– Sabe? – o velho contou: – quando eles começaram a funcionar, a gente via muito peixe morto na margem do rio; alguns desse tamanho. A gente tinha até a tentação de comer, mas era perigoso, porque os peixes morriam envenenados. A fábrica despeja um óleo no rio que é igual a veneno, não sei se o senhor sabia. Quem me explicou foi um sujeito que esteve aqui. Sei que a gente via muito peixe morto. Mas isso foi no começo, agora a gente não vê mais.
– Porque não tem mais peixe.
– Será?
As chaminés da fábrica começaram a soltar rolos de fumaça.
– Os fornos estão funcionando – explicou o velho.
Rolos cada vez mais grossos e negros subiam com força ao céu e iam se espalhando de forma lenta e sombria, como nuvens de morte. Um apito agudo irrompeu, varando o ar como um punhal.
– Adeus, vida – ele disse.
Puxou o anzol da água, tirou a isca, e foi enrolando a linha na vara.

– O senhor já vai? – perguntou o velho, meio espantado; – talvez mais tarde melhore.

– Não vai melhorar: nem mais tarde nem nunca mais.

Foi até uma pedra que havia na margem e retirou o viveiro da água: dentro, sozinho, um pequeno lambari saltava. Enfiou a mão e pegou-o; sentiu o contato frio do peixe com sua mão, aquela sensação que conhecia desde a infância e de que talvez um dia se recordasse como de algo que não existia mais.

Levou a mão atrás e atirou com toda a força o peixe no meio do rio:

– Vai embora, vai para bem longe, para onde ainda não chegou a loucura do homem.

O velho já estava de pé e o observava com curiosidade.

Ele acabou de arranjar as coisas.

– Tenho um cafezinho lá em casa – disse o velho; – o senhor não quer ir lá tomar? É aqui perto.

– Não, obrigado; eu preciso ir.

– O senhor daria muito prazer a mim e à minha mulher.

– Fica para uma outra vez – ele disse.

Mas não haveria outra vez, pois ele nunca mais voltaria ali.

Pendurou o embornal no ombro, pegou a vara, o viveiro, e despediu-se do velho.

– Talvez nas chuvas os peixes apareçam – disse o velho.

– É – disse ele.

FELIZ NATAL

Quase. Se não dobra a esquina, daria de cara com ele – logo Geraldo, seu companheiro de serviço. Não tinha nem graça: seria reconhecido na hora. Puxa, que sorte; escapara por pouco. Agora estava intrigado: que diabo fora Geraldo fazer ali no seu bairro? Não tinha a menor ideia. Mas noite de Natal é assim mesmo, a gente encontra as pessoas que menos espera. Isso servira de aviso: todo cuidado era pouco. Era preciso o máximo de atenção.
Na ida correra tudo bem. A única pessoa conhecida que ele encontrara fora a mulher do açougueiro: ela tinha saído de repente da farmácia; ele pensou em dar meia-volta ou então atravessar para o outro lado, mas resolveu arriscar e pôr à prova o seu disfarce. Foi sensacional: a mulher nem suspeitou – olhou para ele como para um estranho e continuou tranquilamente o caminho. Sensacional.
Mas também caprichara antes de sair: ficara quase uma hora se preparando. Partira o cabelo do outro lado, deixara a barba meio crescida, vestira uma capa de shantoong que há anos não usava (à tarde chuviscara um pouco), pusera um óculos verde-escuro comprado de um camelô e que não chegara a usar nenhuma vez, e ainda pegara a piteira do tempo em que fumava. Nem sua mãe, se o visse

na rua, o reconheceria – ele pensou, contemplando no espelho aquela estranha figura. Mas não, não era assim; tinha gente danada. A mulher do açougueiro nem de longe percebera, mas tinha gente que por um pequeno detalhe já descobriria. E em seu caso havia um detalhe perigoso: ele mancava um pouco da perna direita. Quando viu a mulher, temendo ser reconhecido por esse detalhe, apelou para uma solução que depois lhe pareceria genial: como não podia ocultar o defeito – a menos que parasse, o que chamaria mais a atenção –, resolveu acentuá-lo, mancando fortemente. E passou de liso. Foi perfeito. Isso deu-lhe maior confiança.

Mas não podia se descuidar, nem um só minuto. Ainda mais agora, na volta, quando trazia o embrulho sob o braço. Na ida, se, apesar de tudo, fosse reconhecido, podia inventar que estava se dirigindo a algum lugar; e quanto ao disfarce, as pessoas que o conheciam já o consideravam tão estranho que certamente não se admirariam de mais aquela esquisitice. Em último caso poderia dar uma resposta qualquer, como, por exemplo: assim como Cristo nascia àquela noite, ele decidira renascer como um outro homem, começando pela roupa. Uma bobagem qualquer desse tipo. Não seria problema. O problema maior era agora, com aquele embrulho, pois certamente perguntariam o que era, e aí ele poderia se enroscar. O melhor mesmo seria não encontrar ninguém. O que não era fácil, pois aquela zona estava cheia de conhecidos.

O perigo não estava só na calçada; estava também na rua, nos carros que passavam – dentro de um deles podia estar um conhecido. Esse perigo era maior na hora de atravessar a esquina, quando ficava esperando uma oportunidade – o trânsito estava muito movimentado – e então se expunha inteiramente à vista dos outros. Mas os carros estacionados não eram menos perigosos: às vezes pensava que não tinha ninguém dentro e, quando ia passando, pronto, lá estava um conhecido. E o pior é que tinha uma certa dificuldade em enxergar as pessoas dentro dos carros.

Chez Nunes; *Esconderijo*; *Brasa*; *Juca's*: lá estavam, nos quarteirões acima, os luminosos coloridos chamando com um ar frenético para as conversas e bebedeiras em ambientes alegres. Os carros, estacionados nos dois lados da rua, deixavam apenas uma faixa estreita por onde escorria devagar e incessante um rio de faróis acesos. Passar ali? Seria um suicídio. Se bem que se sentia tentado: só para provar de novo e com maior risco o seu disfarce. Mas claro que não faria isso: seria cometer uma loucura. Em vez disso, tomar a esquerda, aquela ruazinha estreita – que não era muito menos perigosa: havia várias residências de conhecidos, e ali, para fugir, só na meia-volta, pois atravessar a rua não adiantaria nada, uma vez que ela era estreita. Em todo o caso, risco por risco, aquele era muito menor.

Primeiro uma boa olhada. Ninguém à vista. Em frente, pois. Caminhar devagar, pronto para voltar atrás ao menor sinal de perigo. Nos portões nenhuma pessoa. Um carro estacionado; não, não havia ninguém dentro. Agora a casa de Gildásio, no outro lado. Como calculara: muita gente lá. Marta, Celinha, Rogério, Souza: estavam conversando e bebendo no alpendre. E Ritinha – Ritinha! Se ela olhasse para ali, era bem capaz de reconhecê-lo. Ele estaria perdido. Retroceder ou continuar? Continuar. Andar rápido, rápido... Pronto: passara. Mas correra um perigo imenso: Ritinha reconhecia uma pessoa até a léguas de distância; era terrível. Atravessar agora para evitar o próximo perigo: a casa do Doutor Melquíades. Já devia estar todo mundo lá também, em plena comemoração. Não se enganara: a casa cheia, gente no jardim. Aquele no murinho era Wander; estava sozinho e fumava, olhando para a rua. Perigo à vista. Mancar fortemente. Ir passando tranquilo. Ele está olhando; está olhando. Pronto, virara a esquina.

Ufa!... – respirou com alívio. Dera para suar. Ainda bem que esse quarteirão agora era tranquilo. Mas nem pensara isso direito, um grito veio de um carro parado: "Ranulfo!" Seu coração foi lá embaixo. Mas ele não parou, foi andando, foi andando, não se chamava Ranulfo. A voz não tornou a chamar. Teria acreditado ser engano? Ou estaria chamando por outro Ranulfo, no prédio em frente ao qual o carro estava estacionado? Não sabia, nem queria saber: o fato é que escapara, e agora já estava quase chegando à outra esquina, andando depressa. É o que continuaria a fazer, nos três quarteirões que ainda restavam: andaria depressa, não pararia para nada; se alguém o chamasse, ele continuaria a andar, e, se alguém o cumprimentasse, ele não responderia. O que podia acontecer é que alguém reconhecendo-o, estranhasse sua pressa e quisesse ir atrás para saber o que havia, ou então aparecesse mais tarde em seu apartamento. Isso podia acontecer; mas, e os riscos que também corria andando devagar? Assim, pelo menos chegaria mais depressa.

Ah, à hora que atravessasse a porta de seu apartamento; à hora que entrasse, trancasse à chave e colocasse o pega-ladrão... Depois de passar por todos aqueles perigos... Aquele grito quase o matara de susto. Seria ele mesmo ou algum outro Ranulfo? Não conhecia nenhum ali na vizinhança. Mas claro que podia ser outro. Seu nome não era comum, mas também não era tão raro assim. Não reconhecera aquela voz; se tivesse reconhecido, seria fácil saber. Mas o pior mesmo fora ele quase dando de cara com Geraldo. Imagine, logo Geraldo; que diabo, gente, estaria ele fazendo por ali, tão longe de onde morava? Estaria paquerando alguma mulher? Ou quem sabe teria ido ao seu apartamento procurá-lo?...

Enfim: lá estava seu prédio. Mais um quarteirão e estaria à porta. E então vinha o perigo maior de todos: o porteiro. Se o porteiro o visse entrando, tudo estaria perdido. Conseguira sair sem ser visto por ele. Agora, muito mais importante, a parte decisiva, seria entrar sem ser visto por ele. Para isso teria de esperar uma oportunidade: o porteiro ser chamado a algum apartamento ou então descer para abrir a garagem, pois já passara das dez.

Ficou sob a marquise do armazém em frente ao prédio. Agora era esperar e torcer para que algum conhecido que saísse do prédio não o reconhecesse. Enquanto esperava, viu dois que saíram, mas não houve perigo: nenhum olhou na sua direção. Um cabeludo, que acabara de sair do elevador, conversava com o porteiro. Era um inquilino novo e, se não se enganava, ele tinha um Opala. Parece que acertara: o porteiro dera a volta ao balcão, e os dois desceram a escada que dava para a garagem. Era a hora: mais que depressa atravessou a rua, entrou no prédio e foi subindo a escada. Então diminuiu o passo. O elevador seria uma loucura, mas a escada também era bastante perigosa: era preciso ir devagar, pronto para agir com rapidez. Enquanto subia, ia escutando o barulho de conversas, risadas e músicas que vinha dos apartamentos, vários dos quais de gente conhecida. Seu maior medo era na hora que atingia um novo andar. Mas dessa vez teve sorte: não deu com ninguém.

E assim, bufando de cansaço e exausto emocionalmente, chegou ao décimo andar, onde morava – para descobrir que, exatamente agora, na última etapa de sua caminhada, o maior dos azares o esperava: a porta do apartamento vizinho, diante do qual tinha de passar para ir ao seu apartamento, estava aberta, e havia gente na sala conversando. Encostou-se à parede, na mal iluminada curva da escada, e quase chorou de raiva. Logo agora! Logo no fim! O que faria? O que poderia fazer? Aquela porta não seria tão cedo fechada. Sentou-se desolado na escada, entregando os pontos. Agora só mesmo um milagre.

Então escutou o barulho forte de uma batida de carro lá fora, na rua – e percebeu, de repente, que o milagre desejado acontecera: todo mundo devia ter corrido para a sacada. Devia ou não, resolveu arriscar: pôs a piteira bem ostensiva, firmou os óculos, baixou a cabeça, e foi. Ninguém na sala – ele acertara. Muito rápido e sem fazer ruído, girou a chave na porta, abriu-a, entrou no apartamento e fechou a porta – tudo sem o menor barulho. Colocou o pega-ladrão. Então pôs o embrulho sobre a mesa e foi para o quarto: deixou-se cair na cama e nela afundou com todo o peso de seu cansaço, suspirando profundamente.

Assim ficou, sem se mover, o apartamento todo no escuro, durante uma meia hora. Então se levantou, caminhou até a copa e acendeu a luz. Foi ao banheiro urinar; deixou de dar a descarga, para não fazer barulho. Evitava fazer qualquer barulho, até na hora de ligar ou desligar o interruptor de luz. Nada devia ser ouvido lá fora que indicasse sua presença em casa. Até andar: andava de macio, para que o morador do apartamento de baixo, seu conhecido, não o escutasse. Porta, ele não atenderia a nenhum chamado. As persianas descidas: ninguém veria a luz da copa.

Então, tranquilo e certo de que não seria perturbado por ninguém, e agora comodamente em seu pijama e de chinelos, ele sentou-se à mesa. Pegou o embrulho, que era um saco de papel, amarrado na ponta. Desamarrou-o calmamente e tirou de dentro dois embrulhos menores. Abriu o primeiro: uma garrafa de vinho. Abriu o segundo: um pacote de azeitonas pretas curtidas no óleo. Alisou as mãos satisfeito. Pegou no armário ao lado um cálice de vidro e um paliteiro. Pôs o vinho até quase encher o cálice. Depois espetou uma azeitona – mas antes de comê-la, ergueu o cálice no ar e disse: "Feliz Natal!"

DEPOIS DA AULA

A professora, Dona Berta, à porta da sala, olhava para o pátio já deserto. Os três alunos, sentados em lugares diferentes, a observavam com atenção. Quando ela se voltou, eles baixaram os olhos para as carteiras. Veio andando e parou outra vez na frente:

— Então — falou, a voz estudadamente calma: — quem fez isso? — e mostrou de novo a folha de caderno com o desenho.

Era a segunda vez que a mostrava. O desenho, feito a lápis, tinha visível intenção caricata: era uma mulher, uma mulher de pernas compridas, ossuda, a cabeleira imensa e um grande bigode. Como se não bastassem as semelhanças com o original, o autor ainda havia escrito embaixo, com letras grandes: "Dona Aberta".

Tinha-o encontrado na sua gaveta, depois do intervalo. Retornando mais cedo aquele dia, antes de o sinal tocar, topara com os três alunos saindo da sala: pela reação deles, logo percebeu que tinham feito algo de errado. Eles negaram que tivessem feito qualquer coisa. Mas, pouco depois, ao reiniciar a aula, ela foi abrir a gaveta e deu de cara com o desenho. Não sabia qual dos três o tinha feito. Mas saberia. Oh, se saberia — nem que tivesse de levar o

207

resto de sua vida para descobrir isso. E fora esse o motivo por que mantivera os três alunos ali na sala depois da aula.

Sua primeira tentativa, porém, ao perguntar quem fizera o desenho, conseguira apenas um começo de briga entre os dois meninos, que se acusavam mutuamente. De qualquer forma, uma coisa pelo menos ela já ficara sabendo: que não fora a menina. Mas qual dos dois meninos? Ronaldo? Hugo?

– Hem? Quem fez isso? – repetiu.

Agora, em vez da briga, recebia como resposta o mutismo dos dois.

– Já disse que não farei nada com quem confessar. Só quero saber quem foi. Quando souber, nós iremos embora. Mas enquanto não souber, nós não iremos. Posso ficar aqui até a noite, isso não faz a menor diferença para mim. Para vocês também? Querem ficar aqui até a noite?

Eles mudos. Ela esperando.

– Então? Não vai dizer?...

Esperou mais um pouco.

– Não? Está bem.

A professora andou na direção da menina, e os olhos dos meninos a acompanharam, na expectativa do que ela ia fazer.

– Gema, você vai dizer: quem fez o desenho? Quem fez isso? – e novamente mostrou a folha.

A menina olhou com atenção, como se fosse a primeira vez que via o desenho – mas não só já o tinha visto nas duas outras vezes que a professora mostrara, como também ainda o vira no exato momento em que ele fora feito.

– Hem? Quem fez isso?

A menina baixara os olhos.

– Eu ficaria muito triste se você agisse como eles. – disse a professora, se referindo aos meninos. – Uma menina de tão boa família, tão inteligente e bonitinha. Eu ficaria muito triste. Calar diante de uma coisa tão feia, tão baixa, uma coisa digna dos piores moleques de rua... Não, eu sei que você não vai fazer isso. Eu sei que você vai dizer quem foi.

Sabe, né? Pois se enganava redondamente: não ia abrir a boca para dizer um a. Inteligente e bonitinha – agora era assim, né? Mas da perseguição dos outros dias ela não se lembrava não. Pois muito bem, ela ia ver. Não diria absolutamente nada. Nem uma palavra. Não tinha nada com aquilo. Não fora quem fizera o desenho. Que ela descobrisse quem fora. Ficariam ali até a noite? Então ficariam. Só queria ver o que Dona Berta diria para seu pai quando ele, estranhando a demora, resolvesse vir até o colégio e a encontrasse ali de castigo. Só queria ver o que ela diria.

Quem fez... Será que ela era tão burra assim, meu Deus, tão burra que nem podia calcular isso? Hugo ia fazer uma coisa daquelas? Não era o aluno mais bem-comportado da classe? Não era o que tirava as melhores notas? E então ele ia fazer aquilo? E Ronaldo? Não era dos mais moleques? Já não fizera outras artes antes? É verdade que, olhando para os dois agora, não dava para perceber: Ronaldo até parecia menos o culpado, porque estava mais tranquilo e tinha o ar de quem não fizera mesmo absolutamente nada. Já Hugo não parecia assim: tinha uma cara esquisita e ficava só se mexendo e olhando para os lados. Não seria mesmo fácil para Dona Berta saber. Só se ela contasse. Bastava ela dizer: "Foi Ronaldo" – e Dona Berta acreditaria. Mas ela não diria. Não diria nada.

– Por quê, Geminha? Por que você não quer dizer?... – e a voz da professora tinha agora um tom quase de choro.

Por quê. Ora, por quê. Porque não queria, pronto. Também que chateação. Criar tanto caso com um desenho. Até que ele ficara bacana. E ela não era assim mesmo? Não tinha as pernas compridas? Não era ossuda? Não tinha uma cabeleira imensa? E não tinha também um bigode? Só que seu bigode não era tão grande quanto o do desenho. E também ela não se chamava Dona Aberta: chamava-se Dona Berta.

— Seria muito mais fácil — continuou a professora.
— Seria muito melhor para todos. Vocês iriam embora, e pronto, não haveria nada.

Não, não haveria não. Era capaz. Acreditava muito nisso. Dona Berta era tão boazinha, né? Ela não faria nada. Era bem capaz mesmo. Como se não a conhecessem. Quem ia ser bobo de acreditar? Claro que ela faria alguma coisa, só não podiam saber o quê. Mas é claro que ela faria. Todo mundo sabia como ela era. Não deixaria a coisa ficar só por isso. Dona Berta era cruel e vingativa. Ainda mais uma coisa daquelas.

Pensando bem, ela só podia ser assim; uma mulher que, além de tão feia, ainda era burra. Tinha que ser mesmo cruel e vingativa. E devia ser por isso também que a perseguia — porque ela era bonita e inteligente. Só podia ser, pois era boa aluna e fazia sempre tudo direitinho. E Dona Berta nunca lhe dava as notas que merecia, eram sempre abaixo das notas de Hugo, que ela vivia protegendo. E por que o protegia? Muito claro: só para provocá-la. Via isso muito bem. Via perfeitamente por que Dona Berta fazia certas coisas. E às vezes ela nem disfarçava. Dona Berta devia ter uma raiva dela — uma raiva imensa. Só porque ela era uma menina linda, de cabelos loiros e olhos verdes, e que todos os meninos viviam paquerando. Podia imaginar como fora Dona Berta em menina: nenhum menino devia se interessar por ela; devia ter sido uma menina comprida, desengonçada, feia, todo mundo fazendo piadas com ela. Dona Berta não se casara. Quem iria se apaixonar por uma mulher como aquela? Não tinha jeito nem de pensar. Se ainda fosse inteligente ou boazinha. Mas nem isso. Era burra e ruim. Desde o começo que a perseguia. Agora chegara sua vez. Queria ver como Dona Berta faria. Ela já estava até com voz de choro. Pois queria vê-la chorar. Queria vê-la chorando ali, na frente dos três. Queria ver Dona Berta humilhada e vencida, pagando tudo o que fizera de ruim.

— Você gostaria que alguém fizesse isso com sua mãe, Geminha? — perguntou, quase patética em sua mágoa e feiura, a professora. — Você gostaria?...

É claro que não gostaria, mas ninguém ia fazer isso com sua mãe, porque sua mãe não era feia, nem burra, nem ruim.

— Você acha que isso é bom?... Você acha?... — a voz saía estrangulada.

A menina ergueu os olhos e fitou a professora: e então, por um instante, teve pena dela; pena de sua feiura, de seus olhos inchados e vermelhos, de seu ar de súplica e desamparo. Por pouco não falou. Alguma coisa a deteve — alguma coisa obscura, mais profunda e mais forte do que a compaixão que sentira: o prazer de ver aquela pessoa sofrendo e dependendo dela. A professora estava tão entregue em seu sofrer, tão miserável, que isso provocava-lhe uma reação física que tinha algo de sexual.

A professora notou: viu nos olhos da menina um brilho diferente, uma fixidez mórbida, um começo de sorriso. E então a expressão de súplica e desamparo sumiu — e quando sua voz se ouviu de novo, tinha um tom assustador:

— Vocês vão me pagar caro...

Ela deu meia-volta e foi andando devagar até a mesa. Puxou a cadeira e sentou-se. Ficou imóvel, de olhos baixos, os braços estendidos sobre a mesa. Os três a observavam atentamente, esperando o que ela ia fazer. Por uns dez minutos ela ficou assim, inteiramente imóvel, e como estava de olhos fechados, chegaram a pensar que ela havia adormecido.

211

Então ela se mexeu, e novamente ficaram atentos, certos de que ela desceria do tablado e faria alguma coisa. Mas ela não se levantou: abriu a gaveta, tirou um livro e calmamente começou a ler. Não esperavam por aquilo; depois daquela ameaça, tinham certeza de que ela faria alguma coisa com eles. Em vez disso, pegava um livro e calmamente começava a ler. Não entenderam. O que ela estaria planejando? Desistido é que não tinha, ainda mais depois da ameaça. Sabiam que ela não desistiria enquanto não soubesse o culpado. Mas não conseguiam perceber o que ela estava planejando. A única coisa que podiam fazer é esperar para ver o que acontecia. Ficariam mesmo ali até a noite? Lá fora já começava a escurecer.

A menina, com provável intenção de desafio, de ver quem resistia mais tempo, também pegara um livro e começara a ler, aparentando absoluta tranquilidade. Mas, na realidade, não lia nada, apenas fingia. De vez em quando olhava disfarçadamente para a professora, que lia imperturbável (ou estaria também fingindo?) e para os dois colegas: Hugo, que estava sentado à frente, tinha uma cara cada vez pior e continuava a se mexer nervosamente, mudando a todo instante a posição do corpo na carteira; Ronaldo, mais atrás, na mesma fileira, olhava tranquilo para a janela. Admirava como ele conseguia ficar assim, como ele não se revelava.

Sempre sentira uma confusa admiração por Ronaldo – admiração por seu desleixo, suas respostas inesperadas aos professores, suas artes improvisadas, como aquela: em menos de cinco minutos fizera o desenho. E havia aquele dia – aquele dia em que Ronaldo a chamara para mostrar "uma coisa muito bacana" lá nas árvores. Ela fora, pensando que era um ninho de passarinho ou alguma coisa parecida que Ronaldo tinha descoberto. Ao chegarem lá, Ronaldo disse: "Agora fecha os olhos". Ela fechou. E de repente sentiu a mão dele entrando em sua blusa e segurando seu seio. Tentou escapulir, mas Ronaldo a segurava e ia passando a mão, enquanto falava "deixa, deixa". E então ela fora deixando, fora amolecendo, enquanto uma sensação profunda ia ganhando todo o seu corpo, dominando-a, até atingir uma intensidade insuportável, e então seu corpo vergou-se para trás como um arco – essa hora escutou a voz dele, como que por entre nuvens, dizendo com espanto: "Você está gozando! Você está gozando!" Depois, quando fora voltando, notou que estava amparada nos braços dele, e viu então seus olhos fitando-a assustados e maravilhados. Sem dizer nada, ela deu-lhe as costas e foi embora.

Durante vários dias não falara mais com ele, nem o olhava. Mas não se esquecia – não se esquecia daquela mão, daquelas palavras, daqueles olhos. E sentia vontade de estar lá de novo, entre as árvores, e deixar que Ronaldo acariciasse seus seios, e que ele pegasse em suas coxas, e que enfiasse a mão em sua calcinha e fizesse tudo com ela, tudo o que ela, nua, fazia sozinha no banheiro ou no quarto. Não pensava em nenhum outro colega. Só pensava em Ronaldo. Muitos viviam olhando para seus seios e suas coxas. Mas Ronaldo fora o único que tivera a coragem de chamá-la até aquele lugar escondido e fazer aquilo. Percebia que ele vivia doido para fazer de novo. Era só ela topar. Mas ela fingia não entender, fingia não estar nem mais lembrando daquilo. Não sabia direito por que fazia assim: se para deixá-lo com mais desejo, ou se porque tinha medo. Ronaldo era tão seguro de si, tão atrevido, que ela tinha medo de outras coisas acontecerem. Com Hugo, por exemplo, ela não teria medo: conhecia-o bem, conhecia sua família, era de inteira confiança; de vez em quando ele ia estudar na casa dela, e todos lá gostavam dele. Só que Hugo nunca faria aquilo, nunca teria coragem. Ronaldo uma vez fora também estudar com ela; a mãe não achara "nenhuma graça" nele. Era muito diferente de Hugo; fora criado em outro meio, com outra educação. Era impressionante a tranquilidade com que fazia certas coisas – a tranquilidade, por exemplo, com que mentira e vinha aguentando a mentira. Mas aquilo já era covardia. Devia confessar que era ele que tinha feito o desenho. Agora, por causa dele, os dois tinham que pagar também?

O porteiro apareceu na porta da sala e perguntou se podia fechar o portão: Dona Berta disse que podia e pediu que ele deixasse uma chave com ela. O porteiro entregou a chave e foi embora. Escutaram o rangido do portão sendo fechado.

Agora só havia eles ali no colégio. Se alguém da família chegasse procurando, encontraria o portão fechado e não saberia que eles estavam lá dentro. Dona Berta devia ter pensado nisso e agido assim de propósito.

A consciência disso, o progressivo escurecer lá fora, e o impossível silêncio da professora lendo o livro na frente, foram criando entre os meninos um clima de nervosismo e pânico, que finalmente explodiu através de Hugo: ele se levantou e gritava para a menina:

– Você viu, Gema! Por que você não fala? Você viu que foi o Ronaldo! Você sabe que foi ele!

– Então fala, Gema, então fala que foi eu. Você viu, então fala.

– Sem-vergonha! – gritou Hugo para Ronaldo. – Covarde! Por que você não fala?

– A Gema vai falar. Ela viu. Fala, Gema.

– Você também é uma covarde! – gritou Hugo para ela. – Só porque eu tiro notas melhores que você, é por isso que você não quer contar, covarde!

– Conta, Gema.

– Vocês todos são covardes! Cachorrada!

– Para! – gritou a professora, tampando os ouvidos.

Fora um grito tão agudo que parecia vibrar ainda agora no silêncio da sala.

Dona Berta então se levantou e veio andando na direção da menina, os outros dois olhando assustados. Parou em frente à carteira:

— Agora você vai dizer — falou para a menina. — Juro que você vai dizer. Se não disser, eu lhe meto a mão na cara! — a voz subira de repente, fazendo estremecer a sala.

O silêncio agora era insuportável.

— Então — a professora falou, e sua voz era de gelar: — quem fez o desenho? Foi Hugo ou foi Ronaldo?

Dessa vez, mas sem se mover, sem erguer os olhos, a menina respondeu:

— Foi Hugo.

PARA VOCÊS MAIS UM CAPÍTULO

— Aí sabe o que ela disse pra ele?
— Deve ter sido: *Meu bem, eu te amo.*
— Não; ela disse isso, mas outras horas; essa hora foi...
— Já sei: *Meu bem, temos que nos separar.*
— *Separar?* – a mulher olhou para ele: – Separar como? Não acabei de te contar que a Fernanda encontrou com o Adriano no parque depois de fugir de casa, e que ela fugiu batendo a porta com toda a força?
— Não, espera aí – ele esticou o dedo por sobre o prato de comida: – esse negócio da porta você não me falou não.
— Falei.
— Não senhora.
— Juro que falei.
— Se você tivesse me falado, eu saberia.
— Saberia o quê?
Ele abriu os braços:
— Você não presta atenção? O que a Fernanda disse pro Adriano quando ela encontrou com ele no parque.
— Quê que ela disse.
— Bom, se não foi *meu bem, temos que nos separar*, só pode ter sido: *Meu bem, nunca mais teremos que nos separar.* Foi ou não foi?

– Quase... – a mulher sorriu, orgulhosa da perspicácia dele; costumava comentar com as amigas: "Meu marido é um crânio". – Mas o que ele disse mesmo foi: *Meu bem, agora viveremos juntos para sempre.*
– É a mesma coisa. A mesma originalidade – acrescentou em voz mais baixa, enquanto a mulher se levantava para buscar um talher.
Ela voltou; sentou-se, serviu-se de mais salada, mas, em vez de comer, ficou olhando pensativa para a lata de azeite à sua frente.
– É, mas eu acho que eles não vão viver não... – disse, num tom preocupado.
Ele ergueu os olhos:
– Quê?...
– A Fernanda e o Adriano; eu acho que eles não vão viver juntos não.
– Hum – ele disse, e continuou a comer, pensando numa série de coisas importantes que tinha de resolver naquela noite.
– O pai da Fernanda – a mulher prosseguiu: – Seu Hortênsio; Seu Hortênsio é uma fera. Tem hora que eu detesto esse velho; que ódio. Eu concordo que tem que haver alguma rigidez na educação. Papai mesmo foi assim com a gente; mas também nem tanto; Seu Hortênsio... ele é uma fera... Quê que você acha?
– Também detesto Seu Hortênsio.
– Não, bem, estou perguntando se você acha que vão dar certo os dois, se eles vão mesmo viver juntos.
– Adriano é o pobre ou o rico?
– Pobre? Rico?...
– Não tem um pobre e um rico?
– Não.
– Não acredito; como que pode haver telenovela, se não tem um pobre e um rico? E a Renata?

— Que Renata, meu bem?
— Não tem uma Renata?
— Não, não tem nenhuma Renata.
— Então essa novela não presta; pra mim novela que não tem uma Renata não presta. E a Fábia?
— Fábia?
— A rival da Renata.
— Mas já te falei que não tem nenhuma Renata.
— Nem Fábia?
— Nem Fábia.
— Então não presta mesmo; definitivamente.
— A novela é ótima.
— Não presta; como pode prestar, se não tem nenhuma Renata nem nenhuma Fábia? E Seu Manuel?
— Que Seu Manuel?
— O dono do barzinho da esquina.
— Barzinho da esquina? Ah, Seu Juvenal?
— Isso, Seu Juvenal; eu sabia...
— Você disse Seu Manuel.
— Eu queria dizer Seu Juvenal.
— Adoro ele; acho Seu Juvenal muito simpático; as risadas dele...
— É, as risadas dele são ótimas.
— Ótimas; como você sabe, se você nunca vê?
— Não vejo, mas eu escuto na rua, quando venho pra casa.
— Ah, é? Muito observador... Você não quer mais lombo?
— Quero.
Ela cortou mais um pedaço e pôs no prato dele.
— Mas de quê que a gente estava falando?... Ah, eu te perguntei se você achava que iam dar certo os dois, e aí você me perguntou o negócio de pobre e rico, não foi?
Ele sacudiu a cabeça.
— E aí eu te falei que não tem um pobre e um rico.

Quer dizer, o Adriano é o filho do dono da fábrica.
— E o outro é o operário da fábrica.
— Operário? Não, agora você se enganou redondamente: Marcelo é o chefe de vendas da fábrica.
— Ah, o chefe de vendas da fábrica; muito criativo. E ele mora num bairro pobre...
— Bairro pobre? Não; o bairro não é pobre; é assim...
— Assim como o nosso; classe média.
— É...
— E o outro... Como que chama mesmo? O rico, o bonzão...
— Adriano.
— Adriano; esse mora num bairro de milionários; casa com piscina, jardins, criados... E tem um cachorro de raça.
— Você está vendo essa novela.
— Juro que não estou; você sabe que eu não vejo.
— Então como que você está sabendo de tudo?
Ele apontou para a cabeça.
— Só se você for um gênio.
— Bom, gênio eu não sou, mas... Quê que há, nem todo mundo é telespectador, ainda existem algumas pessoas inteligentes.
— A casa do Adriano... — a mulher suspirou, olhando para o ar; — precisa ver... é um sonho...
— Pois não vai adiantar nada: a Fernanda vai casar com o Marcelo.
— Com o Marcelo? É capaz... E a Bruna?
— Bruna? A irmã da Renata?
— Já te falei que não tem nenhuma Renata nessa novela.
— Mas em compensação tem a Bruna.
— Em compensação como?
— Pensa bem se não tivesse nem a Renata nem a Bruna. A Fábia você já disse que não tem também, né.
— Disse.

– Então?
– Então o quê?
– Já pensou se não tivesse: nem a Renata, nem a Fábia, nem a Bruna?
– Não estou entendendo nada do que você está falando.
– Não?... – e ele voltou-se para o prato, deixando a mulher sem explicação.
– Você diz umas coisas sem pé nem cabeça... Renata, não sei onde você foi arranjar essa Renata...
– E a Clorinda?
– Clorinda?
– Você não viu essa novela?
– Não, nunca vi nenhuma novela que tivesse Clorinda.
– Claro – ele riu consigo, – é evidente. E muito menos uma novela que tivesse, digamos, a Eufrosina ou o Anfilófio.
– Quem?...
– Nonsense – ele disse encerrando, e desviou mais uma vez seu pensamento para as coisas importantes que tinha de resolver.
A mulher olhava de novo para a lata de azeite, absorta.
– Mas você acha mesmo, bem?...
Ele ergueu os olhos devagar, falou devagar:
– Acha o quê.
– Que a Fernanda vai casar com o Marcelo.
– Não – ele disse, e largou os talheres na mesa; – eu não acho; eu estava brincando. Sabe o que eu acho? Eu acho que a Fernanda vai morrer de câncer; câncer, entende? câncer no ânus, com dores horríveis. O Marcelo? Coitado, esse vai morrer de lepra; caindo aos pedaços; pedacinho por pedacinho.
A mulher, com os olhos muito abertos, estava horrorizada.

— É, é isso o que vai acontecer — ele disse. — Quanto aos outros, vou te dizer também o que vai acontecer com eles: vou pegar uma metralhadora, entende? vou pegar uma metralhadora, atravessar o vídeo e tá-tá-tá-tá-tá; todo mundo. Depois vou para o estúdio e tá-tá-tá-tá-tá: os atores, as atrizes, o produtor; cem tiros no produtor, duzentos no diretor, trezentos no autor da novela. Depois os telespectadores: vou de casa em casa e tá-tá-tá-tá-tá; não descansarei enquanto não liquidar todos. Depois os aparelhos de televisão: uma dinamite em cada um: bum! Depois as fábricas: pôr fogo em todas. E por que não aproveitar... É, por que não aproveitar e pôr fogo no planeta inteiro? Depois...

Ele parou; ficou um instante como que à espera de fôlego para continuar; mas, em vez de continuar, fez com a cabeça um gesto de inutilidade. Então voltou-se novamente para o prato, pegou o garfo e a faca, e recomeçou a comer.

Passado um pouco, olhou para a mulher:
— Quê que foi? Você não vai comer?
— Você me assustou...
— Assustei? Puxa, até parece que você não vê telenovela...

Por falar nisso, e o resto do capítulo: você não vai me contar?

A mulher olhou confusa para ele:
— Sério? Ou você está brincando?...
— Claro que é sério. Quero saber o resto; você começa e não acaba?

Ela indecisa, sem saber se...
— Bom — decidiu: — então... Eu estava te contando a hora que a Fernanda fugiu de casa e encontrou com o Adriano no parque, não foi?
— Foi.

– E ela disse...
– *Meu bem, agora viveremos juntos para sempre.*
– É
– E aí.
– Bom, aí, né...

ESCAPANDO COM A BOLA

Seria ele? Meu Deus, mas como estava acabado! Cabelos grisalhos, magro, enrugado. Mas, não tinha mais dúvida, era ele mesmo. Então acabou de entrar no bar e foi até a mesa do fundo, onde ele estava, o único freguês aquela hora da tarde. Parou à sua frente:
– Canhoto...
O outro encarou-o: ao reconhecê-lo, teve uma súbita e intensa expressão de ódio – um ódio que vinha daquele tempo, que atravessara todos aqueles anos e que agora irrompia no rosto como uma explosão.
Esperava por uma reação hostil, o que seria natural, mas não tão forte assim. Sentiu-se desconcertado, sem saber como prosseguir. Mas a determinação que o trouxera até aquele lugar e aquele momento fez com que ele recobrasse o controle, e então disse:
– Como vai?...
O outro mal sacudiu a cabeça em resposta.
– Posso sentar?
Um gesto impreciso com a mão, indicando a cadeira. Ele sentou-se.
– Não vou demorar, a conversa é rápida; eu só queria falar umas coisas com você.

O outro virou mais um gole da pinga, sem olhar para ele, a mesma cara fechada.
— Fiquei sabendo que você morava nessa cidade, andei perguntando a umas pessoas e descobri. Então fiz essa viagem. Eu vim aqui só pra encontrar com você.
O outro então o olhou, um ar de estranheza no rosto hostil.
— Estou com sede, vou pedir uma cerveja... Você toma comigo?
Respondeu mostrando o copinho de pinga. Ele olhou para o garçom e pediu a cerveja e um copo.
— Quê que você faz aqui? — perguntou, tentando criar um papo.
— Faço umas coisas.
— Sei... Eu tenho uma loja lá em Belo Horizonte, uma loja de roupas. Não é grande coisa, mas dá pra ir vivendo; dá pra ir criando a família, a mulher e os três filhos. Uma hora aperta daqui, outra hora dali, a gente vai levando...
O outro não falou nada.
— De vez em quando eu pensava: "Gente, e o Canhoto, que será que ele anda fazendo?" Eu sempre procurava ter notícias suas, mas ninguém sabia direito. Na época, quando aconteceu a coisa, eu acompanhei tudo: a operação, o tratamento, depois a complicação que houve, a conversa de uma outra operação, as dificuldades financeiras do clube e as suas; acompanhei tudo. O dia que eu soube que você não poderia mais jogar, eu fiquei muito triste; muito triste. Torci pra que não fosse verdade, pra que ainda houvesse jeito, pra... Eu torci...
Olhou para o outro, que se mantinha em silêncio, os olhos fixos no copo: segurava-o como se, a qualquer momento, fosse esmagá-lo com a mão.
— Desculpe, Canhoto, me desculpe estar aqui falando essas coisas; eu sei que não é agradável pra você, eu sei;

acho que você preferiria muito mais que eu não estivesse aqui. Pois eu te prometo: prometo que não aparecerei mais, isso eu posso te prometer. Mas dessa vez eu precisava vir, eu precisava falar com você. Há seis anos que isso está atravessado na minha garganta... Pôs mais cerveja no copo.
— Você não quer mesmo?...
— Não.
— Sabe, eu reconheço: eu fui covarde; eu devia ter te procurado logo, naqueles dias ainda, e conversado com você, te explicado como que aconteceu. Não ia adiantar muito, mas... Sei lá, pelo menos... Eu não tive intenção, Canhoto, não tive nenhuma intenção; juro. É que... Você lembra, nós tínhamos de ganhar aquele jogo, tínhamos de ganhar de qualquer jeito; era decisivo pra nossa classificação. Faltavam só três minutos pra terminar, a torcida já comemorava: quando vi você escapando com a bola naquele contra-ataque, nossa defesa toda batida, eu fiquei louco; eu vi que ali não tinha erro. Eu só tinha um recurso: te parar; não havia outro jeito. E aí eu fui. Fui pra valer. Mas eu não tinha intenção de... Eu não sou violento, nunca fui. Você vê, eu era o capitão do time, o cara mais controlado. Mas aquela hora...
   O outro levou o copinho à boca e virou de uma vez o resto da pinga.
— Nós ganhamos o jogo; é, nós ganhamos... Aí veio a melhor fase do time, e nós chegamos a campeão. Pra mim também foi a melhor fase: eu nunca tinha jogado tão bem. Chegaram a falar em mim pra Seleção. Já pensou? Eu na Seleção... Seria a maior alegria de minha vida. Era esse o meu maior sonho. É o maior sonho de todo jogador, devia ser o seu também... Aliás, você poderia chegar lá mais do que eu: você tinha muito mais futebol, você driblava melhor e tinha um chute, que eu vou te contar... era uma

bomba. Não estou falando isso agora, pra rasgar seda; eu já achava isso, muita gente achava, você sabe; dos times do interior naquela época você despontava como a maior estrela, isso era indiscutível. "Tiago, marca esse garoto", lembro do Maia me dizendo aquele dia, antes do jogo, nas instruções: "marca esse garoto, que ele é um capeta; não tira o olho dele um segundo." Foi uma parada; o nosso duelo de meio de campo...

E ele ficou lembrando, o olhar perdido na mesa. Lembrou também de outros jogos, a emoção dos gols, o coro da torcida... Tudo isso acabara – pra quê lembrar?...

Lá fora a tarde ia morrendo; vagos barulhos chegavam da rua calma daquela pequena cidade.

– Mas o que eu queria mais te contar – ele continuou, é que... eu não podia esquecer daquilo, não podia. Eu sempre lembrava. E quanto mais bem eu ia, quanto mais o pessoal falava de mim nos jornais, mais eu lembrava; um troço de louco. Era como se tudo aquilo só viesse acontecendo por causa daquele dia. Quer dizer: se não fosse aquele dia nada daquilo teria acontecido. Troço de louco. No campo então, em dia de jogo, era eu entrar e lembrar: uma vez cheguei até a te ver lá dentro. Pra você ver como eu estava; parecia que eu estava mesmo ficando pirado. Foi aí que começou minha fase ruim; tudo começou a dar errado comigo: errava os passes, perdia as bolas, chutava fora, tudo dando errado. "Quê que há com você?", eles me perguntavam. Eu sabia? "Quê que você tem?" Sei lá quê que eu tinha, só sabia que estava dando tudo errado, só sabia isso. Fui parar até em terreiro de macumba. Adiantou? Picas. Aí chegou a hora de renovar o contrato: cadê que eles renovaram... Mas eu dei razão: renovar daquele jeito, com aquela macaca?... Aí fui pro interior, o Esporte; um salariozinho de merda, só mesmo pra não ficar parado. Fui. E a macaca também; tudo continuou do mesmo jeito, o mesmo azar, puta que pariu: nunca vi coisa igual. E uma tarde, depois de um jogo terminado em derrota e em que perdi dois gols, olhei pro gramado, olhei assim pro gramado e falei: "Tiau, irmão." Virei as costas, e nunca mais botei os pés num campo de futebol.

Acabou de esvaziar a garrafa de cerveja.

– Encerrada minha gloriosa carreira, fui tratando de ajeitar a vidinha cá fora. Comprei a loja, andei perdendo dinheiro numas besteiras, mas aos poucos tudo foi se ajeitando. Tudo, menos uma coisa... Essa não tinha jeito. Eu pensara que, longe do gramado, ela iria desaparecendo. Qual... Desapareceu nada. Cheguei à conclusão de que ela nunca desapareceria: ficaria na minha memória feito uma cicatriz. Um dia, na hora de deitar, eu falei com minha mulher, contei pra ela a história toda; eu nunca tinha contado pra ninguém. Ela escutou, escutou com atenção, depois disse: "Por que você não vai e procura ele? Por que você não vai e conta pra ele tudo isso que você me contou?..." Ela estava certa, era isso mesmo que eu devia fazer. Eu já pensara nisso, mas logo depois pensava: com que cara eu vou chegar nele? com que cara que eu vou chegar e falar tudo isso?... Esses dias, de repente, eu resolvi: eu vou, eu vou lá. Descobri onde você morava, peguei o ônibus, e aqui estou: aqui estou, nessa cidade que eu nem conhecia antes; aqui estou agora, te contando tudo isso...

Ele pegou o copo e tomou um demorado gole de cerveja. Houve um silêncio prolongado.

– E você, não fala nada? Eu queria que você falasse alguma coisa; qualquer coisa. Mesmo que seja pra me mandar pro inferno. Mas que você falasse alguma coisa.

– Falar o quê? – disse o outro então, a voz saindo ofegante. – Você arruinou minha vida, você não vê? Não foi só minha perna que você quebrou: foi minha vida. Eu ia ser um grande jogador, ia ser um dos maiores craques que o Brasil já teve. Mas você acabou com tudo, você acabou com tudo aquela tarde.

— Eu tentei te explicar...

— Foi um pesadelo, um pesadelo noite e dia; um inferno; pensar que eu nunca mais poderia jogar, era pra mim pior do que a morte. Eu queria morrer. Comecei a beber, bebia feito um louco, pra não pensar naquilo. Aí acabei de estragar minha saúde; tive uma porção de problemas, precisei da ajuda de meus pais, meus irmãos, acabei com o dinheiro deles, foi desgraça atrás de desgraça: desgraça atrás de desgraça. Hoje eu sou isso que você vê: um molambo, um farrapo, resto de gente. Falar: você quer que eu fale o quê? hem? quê que você quer que eu fale?

Parou, a respiração opressa.

— Desculpe, Canhoto, eu não sabia; não sabia que tinha acontecido tanta coisa; juro que eu não sabia. Alguma coisa eu podia imaginar, mas... Sinto muito; sinto muito de verdade. Eu tentei te explicar; eu te contei como foi. De uma coisa você pode estar certo: eu me arrependi muito nesses anos todos; me arrependi muito. Mas foi como te contei: um momento de loucura; foi uma coisa que normalmente eu não faria; uma coisa que aconteceu comigo, mas que podia ter acontecido com qualquer outro, inclusive você. Era isso que eu queria que você compreendesse. Queria que você compreendesse que eu também, de certo modo, fui vítima; que nós dois juntos fomos, naquela hora, vítimas de uma mesma coisa, uma coisa maior do que nós, sei lá o quê: talvez aquela torcida, talvez aquele relógio, talvez aquele vento louco que de repente dá na cabeça da gente... Era isso que eu queria que você compreendesse. Foi pra isso que eu vim aqui, que eu viajei esses mil quilômetros. Queria que você compreendesse e... que você me perdoasse.

— Não há perdão pra isso.

O outro então se levantou e, sem se despedir, foi caminhando rumo ao balcão, puxando uma perna; pagou e saiu do bar.

Ele ficou só na mesa, só com aquele passado e aquele arrependimento que não encontrara perdão. O que mais podia fazer? Fizera o que podia. Não podia fazer mais nada. Mas, pensando bem, aquilo estava certo. É, estava. Ele também não era uma vítima? Então devia também arrastar aquele arrependimento pela vida afora, como o outro arrastaria a perna.

Assim era e assim devia ser – concluiu a caminho do balcão, onde, surpreso, ficou sabendo que o outro tinha pago sua cerveja.

NÓ NA GARGANTA

"Você não sabe como ela vai ficar feliz de te ver, sua namoradinha...", ele falou.

"É, minha namoradinha...", repeti, lembrando-me daquele dia na praia em que meu amigo e eu conversávamos deitados na areia e ela surgiu das ondas e veio caminhando até nós; ficou à minha frente no minúsculo biquíni, queimada de sol e molhada de mar – uma criança ainda e já as formas da mulher; e foi então que ela me olhou com uma profundidade que fez meu coração bater forte; depois seus lábios foram se abrindo num sorriso que se transformou em risada moleque, e aí ela saiu correndo de novo, como uma eguinha livre e feliz, em direção ao mar, mergulhando numa onda e sumindo no horizonte azul.

Lembrava-me de outros dias também, mas era aquele, de uma enigmática beleza, que não me saía da cabeça, enquanto eu ia caminhando ao lado de meu amigo naquele fim de tarde em Ipanema. E eu sentia um nó na garganta e tinha vontade de dar meia-volta e não ir. Eu tinha medo, tinha medo do que ia encontrar. Sentia o coração oprimido. Tentava achar um pretexto de que pudesse me valer para não ir – mas vencíamos outro quarteirão, e eu via que iria mesmo, que não tinha jeito.

Sei que era covardia; eu não gosto de ver pessoas que sofreram acidentes e ficaram com marcas. Mas não era só isso; é que eu pensava: será que ela vai mesmo ficar feliz de me ver? Eu não sabia: talvez ela preferisse não me ver – por que não? Eu acreditava que aquela afeição não teria desaparecido – mas era por isso mesmo: era por isso que talvez ela não me desejasse ver. Puxa, eu me sentia mal com tudo aquilo em minha cabeça. Eu nunca iria se não tivesse encontrado por acaso meu amigo na rua; mas agora era impossível, impossível não ir, como eu sentia à medida que nos aproximávamos do prédio onde ele morava.

 O problema é que eu fora pego de surpresa: chocado com as notícias, não me ocorreu adiar a visita para outro dia – e assim não iria. Luciano tinha saído do trabalho quando o encontrei; ele estava indo para casa e falou que eu iria com ele, e foi me levando sem nem me dar tempo de dizer alguma coisa em contrário. E agora ali íamos nós dois pela rua naquele fim de tarde, eu calado e atormentado, e ele com aquela expansividade de sempre. Admirava-o por isso – como ele não se deixara abater. Cheguei até a pensar se o acontecimento não o teria afetado mentalmente. Mas não, ele sempre fora daquele jeito. E era eu então que ridiculamente ia sofrendo.

 "Se você a visse no dia do desastre, Carmo, você não acreditaria que é ela. Ninguém achava que ela pudesse viver. O jeito que ela entrou no hospital...", e ele mexeu a cabeça desconsolado, como se aquilo estivesse acontecendo naquela hora mesma. "A gente olhava e só via aquela massa de sangue... Sinceramente, quando eu a vi daquele jeito, eu pensei: não, não pode, ela não pode estar viva. Mas estava; estava e está. Meu caro", e ele olhou muito compenetrado para mim: "a medicina fez milagres, é a única explicação que posso dar; conseguir que ela vivesse, e depois tudo o mais que ainda conseguiram... É verdade que ela não ficou perfeita; mas podia ficar? podia?", e ele me olhou como se esperasse resposta, mas quê que eu podia responder? "Só quem a viu no dia do desastre pode dizer", ele mesmo falou em seguida, e balançou a cabeça: "milagre, a palavra é essa; milagre..."

Atravessamos a rua – e mais outro quarteirão, e eu calado, e ele continuando a falar:

"Infelizmente ela não voltou a andar; a espinha, compreende? a espinha foi afetada. Mas ainda há esperança, ainda há. E nós temos tentado, tudo o que é possível, todos os médicos e tratamentos, nós temos tentado. Não tiveram êxito ainda, mas quem sabe se... Depois do que a medicina já fez... Com o progresso fenomenal em que anda a ciência..."

Ele me envolveu com o braço e deu um sorriso de felicidade:

"Você precisa ver, Carmo, precisa ver que anjo ela é, a serenidade com que ela suporta tudo... Você lembra bem dela, Carmo?..."

"Claro", respondi, com uma ênfase que saiu excessiva devido ao meu nervosismo, e isso parece que o desconcertou um pouco.

"É mesmo", ele disse; "então vê se você... Eu tenho umas perguntas... Vamos tomar um cafezinho?", propôs de repente, ao passarmos diante de um café.

Eu aceitei. Talvez fosse a oportunidade para eu cair fora. Ele foi pondo açúcar nas xícaras, sem me perguntar se aquele tanto estava bom ou não para mim.

"O café daqui é excelente", disse; "é um dos melhores do Rio."

Eu tomei um gole, aproveitando aquela pausa para pensar que desculpa eu daria – mas a pausa foi muito rápida:

"Você vai notar diferenças", ele disse.

"Já estou notando."

"Está notando?...", ele me olhou sem entender: "estou falando da minha filha."
"Ah, pensei que você estivesse falando do café."
"Não, estou falando da minha filha."
"Sei", eu disse, sacudindo a cabeça.
"Você vai notar diferenças."
– Eu sacudi a cabeça.
"O acidente deixou marcas, entende?"
Sacudi a cabeça.
"Tinha que deixar", ele disse; "é evidente; um acidente em que duas pessoas morreram e o carro virou um bagaço, quê que você quer? Escapar com vida já foi demais. Querer que não houvesse nada, ou que tudo continuasse como antes... Seria até, nem sei: seria até desafiar a misericórdia divina. Deus já foi bom demais em conservar nossa filha viva e em permitir que ela tivesse a recuperação que teve. Já foi bom demais... Qual a sua opinião?"
"Claro, nem se discute", eu falei.
"O café?"
"Café? Você está perguntando o quê?"
"O café", ele disse.
"Ah", eu ri sem graça; "pensei que... Está ótimo; muito bom."
"É um dos melhores cafés da cidade", ele disse com uma espécie de orgulho, como se o café fosse dele, ou ele tivesse alguma participação no café (talvez a de morar no mesmo bairro em que estava o café – ou melhor: por estar o café no mesmo bairro em que ele morava). "Viu, ô", e se voltou para a moça que servia os cafés, uma morena bonitinha: "eu sou o maior propagandista do café de vocês; falo para todo mundo que é um dos melhores cafés da cidade; vou até passar a cobrar uma comissão, ou então vocês me servem o café de graça..."
A moça riu.

233

"Vocês têm algum processo especial?... Na hora de torrar o pó ou de moer..."

"Não", disse a moça, "é como todo mundo faz mesmo; não tem segredo nenhum."

"Então como que os outros cafés não são bons?"

"Não sei."

"É algum tipo especial?"

"Não", disse a moça, rindo; tinha os dentes lindos.

"Menina, você não quer é me contar..."

"Juro, não tem nada..."

"Alguma coisa tem, não é possível; só esse aroma...", e estendeu a xícara dele para eu cheirar; "não é uma delícia, Carmo?..."

Eu disse que era.

"Tem alguma coisa de diferente com esse café, por Deus que tem; não sei se é a qualidade, se é o jeito de fazer... sei que tem..."

A moça sorriu e foi atender um freguês que pedira uma laranjada.

Luciano pôs umas moedas no balcão, deu tiau para a moça, e saímos.

"Mas não é uma delícia esse café, Carmo?"

"Muito bom", falei.

"Ou você não achou?"

"Achei; achei ótimo."

"Eu acho sensacional; não tenho dúvida de que esse é o melhor café do Rio." Respirou fundo: "Gosto dessa hora do dia... Sabe, rapaz, eu adoro essa cidade... Adoro..."

Andamos alguns minutos em silêncio.

"Mas viu?...", ele recomeçou. "Você vai ver que ela não é mais a mesma; não podia ser. Foi um acidente brutal, Carmo. O carro virou um bagaço. Os dois colegas dela, um rapaz e uma moça... Nem é bom dizer... Ela teve muita sorte. Era para terem morrido os três. Foi um milagre: milagre

ela escapar e milagre o que os médicos fizeram depois. Mas também... Ah, era isso que eu estava te falando: a compreensão dela; rapaz, é uma coisa extraordinária. Precisa ver. Uma menina de quinze anos... Ela não demonstra a menor revolta, a menor tristeza... E vou te dizer, enfrentar o que ela enfrentou até agora, a quantidade de operações – ela perdeu o baço e um rim –, ginásticas, massagens...", mexeu de novo a cabeça: "uma coisa extraordinária..."
Fez uma pausa.
"E os gastos?", falou; "quanto você acha que ficou isso tudo?"
Eu fiz uma cara de quem não podia ter a menor ideia.
"Faz um cálculo", ele falou.
Eu repeti a cara.
"Sabe?", disse ele: "nem eu mesmo sei mais; só sei uma coisa: que foram astronômicos; as-tro-nômicos. Rapaz, nunca saiu tanto dinheiro do meu bolso; nunca; uma coisa incrível, inimaginável. Mas não me queixo; não, não me queixo", e abanou energicamente a cabeça; "de jeito nenhum. É com prazer, com prazer que faço todos esses gastos. É minha filha, Carmo! minha filha!", e ele parou no meio da calçada movimentada, dizendo aquilo alto para mim, eu olhando sem jeito para os lados: "Quê que você não faz por uma filha? Quê? Até roubar, se for o caso; até roubar. Você também não faria isso, se fosse sua filha?"
Eu sacudi a cabeça, embora eu não tivesse filha, e nem fosse casado.
"Qualquer um faria", ele disse, recomeçando a andar; "qualquer um."
Luciano falara o negócio de roubo com tanta convicção, que fiquei pensando se não haveria de fato alguma coisa a esse respeito.
"Tudo o que eu quero é o bem de minha filha, minha adorada filhinha; é para isso que eu vivo agora, Carmo;

para isso. Minha maior alegria é quando chego em casa essa hora e a encontro lá na sala me esperando, minha linda filhinha...", e ele teve um sorriso beatífico, e eu voltei a me lembrar daquele dia, a menina de lindo corpo vindo do mar e parando à minha frente, oferecendo aos meus olhos suas nascentes belezas, e depois me lançando um olhar profundo e inesquecível.

"Luciano" – eu parei: meu Deus, era péssimo o que eu sentia; eu não devia ir, não devia!

"Quê que foi?", ele me perguntou, surpreso.

"Você não acha que é um pouco fora de hora para fazer visita? Você vai tomar banho, jantar... Amanhã eu apareço."

"Amanhã...", e ele foi me arrastando num abraço (além de gordo, Luciano era imenso, dava dois de mim), "agora que já estamos perto... Sempre cheio de escrúpulos, hem? Você não vai atrapalhar nada: vou tomar banho na hora de deitar, e jantar só lá pelas oito, quando a Nilza chega; não tem atrapalho nenhum. Além disso, já estamos quase chegando: é logo ali na frente, no próximo quarteirão. Puxa, mas vai ser uma surpresa quando a Tininha te ver... Depois de três anos... E nem para mandar um bilhetinho de vez em quando, hem, seu malandro?", e me apertou contra ele; eu sorri amarelo.

"É aqui", disse ele – e meu coração foi lá no fundo.

Entramos no prédio e subimos uma escada até o terceiro andar.

"Vai ser uma surpresa", tornou a dizer ele, sorrindo.

Abriu a porta: uma jovem, numa cadeira de rodas, estava no centro da sala.

"Oi, neguinha!", disse Luciano.

Era ela, Tininha – era aquela menina que eu vira pela última vez havia três anos e que aquele dia surgira das ondas e parara à minha frente, num minúsculo biquíni, queimada de sol e molhada de mar. Era ela que estava ali, naquela cadeira de rodas no meio da sala, e me fitava com uma expressão de estranheza e curiosidade, enquanto eu, parado na entrada, a olhava também, esperando que ela me reconhecesse.

"Não está conhecendo, filhinha?...", Luciano falou alto; "é o Carmo!"

Houve então um sorriso tímido em seu rosto, que ficou meio ruborizado. Fui até ela e estendi-lhe a mão: ela, com dificuldade, estendeu-me a esquerda; percebi que a direita, que ela procurava ocultar, estava deformada.

"Oi, Tininha...", falei, quase num murmúrio, "tudo bem?"

"A audição foi um pouco afetada", me disse Luciano, atrás de mim: "pode falar mais alto."

Eu ia repetir alto "tudo bem?", mas ainda me contive a tempo. Em vez de falar, fiquei simplesmente segurando a mão dela entre as minhas, os nossos olhos se observando, eu procurando ter nos meus apenas uma ternura simples, sem espanto e sem compaixão. Sacudi de leve a mão dela e soltei-a.

"Não foi uma surpresa?", falou Luciano, quase gritando, e eu pensei que não era preciso falar tão alto assim, que isso a fazia sentir-se mais surda ainda do que me parecia realmente estar. "Você não o estava reconhecendo, estava?", ele tornou a gritar, sempre com uma cara alegre, e ela timidamente sacudiu a cabeça, confirmando que não.

Seus pés, eu observara de relance, em meias brancas, pendiam moles e inertes como os pés de uma boneca de pano – as pernas não deviam ter mais nenhum movimento. Observei também – sentindo uma espécie de remorso ao fazer isso – os seus seios, que apareciam na blusa leve: como eles tinham crescido, como estavam cheios – como deviam ser maravilhosos. Estavam ali, mostrando-se orgu-

237

lhosos e desafiantes, indiferentes àquele corpo arruinado e sem ação, como se nada tivessem a ver com ele, jovens e frescos, certamente sedentos de serem tocados, beijados, amados; agressivos na roupa como se tentassem de alguma forma escapar à prisão a que os condenava o restante do corpo. Ela devia sofrer, pensei aquela hora; devia sofrer bem mais do que eu imaginava, ou mesmo do que seu pai imaginava.

"Vamos sentar", disse Luciano, me indicando o sofá.

"Não, Luciano, era só mesmo uma chegada rápida, só mesmo para ver a Tininha...", e sorri para ela, que respondeu com outro sorriso, sem talvez ter escutado o que eu falara.

Era a única coisa que fazíamos: sorrir. Mas talvez fosse mesmo a única coisa que pudéssemos fazer, pois eu não podia dizer nada a ela, nem ela a mim. Nossa comunicação se fazia através dos olhos – um diálogo velado, uma coisa pulsando dolorosa e irremediável.

"Talvez depois de amanhã eu volte aqui", falei para Luciano. "Eu te telefono no escritório."

"Você podia ficar para jantar conosco", ele lastimou, quase aborrecido com a brevidade da minha visita.

"Talvez quando eu voltar eu fique", falei; "a gente combina."

Eu não tinha intenção de voltar, e muito menos de jantar – isto sim, é que seria impossível para mim. Mas Luciano não podia compreender uma coisa dessas – não, ele não podia, Luciano não compreendia nada, será que ele não via as coisas? será que ele não via?

"Depois de amanhã ele volta e vai jantar conosco!", Luciano falou para a filha.

Ela me olhou. Fiz uma cara alegre, mas acho que não a enganei: ela deve ter enxergado a verdade bem no fundo de meus olhos. Ela não disse nada, mas o modo como me olhou, quando novamente segurei sua mão entre as minhas, era o de uma pessoa que olha para outra que ela sabe que não vai mais ver, talvez nunca mais. Mas não creio que isso fosse tão triste para ela: não foi tristeza o que vi em seus olhos, mas um distanciamento, e um apagar como um desmaio.

Desci a escada, cheguei à rua e fui andando de volta. Era a hora do rush, e eu deixava que o barulho dos motores e das buzinas entrasse em meus ouvidos e enchesse minha cabeça e me impedisse de pensar em qualquer coisa.

LINDAS PERNAS

Entrei no edifício lembrando-me das vezes em que entrara ali nos meus quinze anos, quando estudava na capital. Naquele tempo eu não podia nem imaginar que um dia teria a calma que tinha agora; parecia-me impossível que isso chegasse a acontecer. Eu era só confusão e tormento – e fora assim que uma tarde viera parar naquele edifício. Décimo andar, lembrava-me bem. Fui percorrendo os nomes no mostruário na parede. Lá estava: Dr. Saul Neves. Senti uma grande alegria. Todo o tempo eu viera pensando que o médico poderia não estar mais naquele endereço, talvez até ter mudado de cidade. Eu não pensara isso apenas no caminho; pensara muito antes, desde que, anos atrás, no interior, planejara aquela visita. Era fácil saber, só olhar no catálogo telefônico. Mas eu não queria – queria chegar um dia e ver. É que, no fundo, eu tinha certeza de que o médico ainda estaria ali. Tinha de estar: eu não podia deixar de fazer aquela visita.

E ali me achava finalmente, depois de quinze anos. Agora, na fila do elevador, eu ia relembrando tudo; a certeza de que a visita estava prestes a se realizar fazia com que as lembranças se tornassem muito mais vivas: detalhes do consultório, conversas, o clima daquelas tardes, tudo voltava com uma nitidez perfeita. Por um instante cheguei mesmo a me sentir como me sentia aquela época – o que aumentou mais ainda, se era possível, minha determinação de fazer aquela visita.

O consultório certamente devia ter mudado de aspecto. E também o médico, que aquela época tinha menos de quarenta anos; agora, imaginei, devia estar mais gordo, com alguns cabelos brancos, algumas rugas. Mas os olhos – disso eu tinha certeza –, os olhos não teriam mudado nada, seriam os mesmos: pequenos, espertos, nunca se fixando: *sim, pois não, pode ir dizendo, estou inteiramente atento; com licença, um momentinho só; prossiga, por favor; perfeitamente; poderia me fazer a gentileza de esperar um minuto?* Acabei rindo sozinho no elevador, lembrando-me disso.

Parei em frente à porta: a plaquinha, de metal, ainda era a mesma, mas vi logo que a sala fora ampliada: o cômodo que naquele tempo era o depósito de um laboratório fora incorporado a ela. Fora também reformada e inteiramente remobiliada, observei ao entrar. Mas, curiosamente, e de um modo que me pareceu bastante revelador, os quadrinhos de vidros com paisagens estrangeiras – por certo aproveitadas de folhinhas – continuavam lá: recordava-me bem de cada um. A novidade era uma pintura a óleo, de qualidade artística duvidosa: uma jangada se fazendo ao mar. Alguns clientes esperavam nas cadeiras; entre eles, um adolescente de aspecto frágil e assustado, parecido com o que eu fora – e eu pensei se ele não estaria recebendo o mesmo tratamento que eu recebera.

– Pois não?... – me disse a secretária, da mesinha a um canto.

Não era mais a do meu tempo; essa era jovem e bonita, e parecia que muito orgulhosa de ser a secretária de um médico-psiquiatra.

— Doutor Saul... — falei
— É aqui mesmo.
— Ele está?
— Está atendendo um cliente. É consulta?
— Não; só queria falar um pouquinho com ele. É possível?
— Se o senhor puder esperar...
— Posso.
— Qual o seu nome, por favor...
— Vicente; Vicente Lima.
Ela anotou num bloquinho.
— O motivo de sua visita, Senhor Lima?...
— O motivo? Bem, digamos que seja uma visita de cortesia... Vim matar as saudades; fui cliente do Doutor Saul.
— É? — ela disse, com uma admiração forçada: — Mas não no meu tempo — acrescentou com charme.
— Não, você ainda não trabalhava aqui; infelizmente...
Ela sorriu.
— A moça que trabalhava aqui chamava-se Divina; que não o era, porém.
— Como?...
— Divina; você conheceu?
— Não, não conheci não...
— Ela já era meio coroa; e não era tão bonitinha como você.
— É o segundo elogio que você me faz, hem...
— Você merece muito mais do que isso — eu falei.
Ela revirou os olhos rapidamente, sem saber o que responder. E então, acordando de novo para a presença dos clientes na sala, alguns nos observando, retomou seu ar compenetrado de secretária:
— O senhor vai esperar?...
— Vou, vou esperar.
— Então pode sentar aí...

Havia dois lugares vazios; eu, vivamente, escolhi o mais estratégico: tinha certeza que aqueles elogios renderiam alguma coisa. E não me enganei: com poucos minutos, enquanto fingia interesse na leitura de uma revista, tive oferecido aos meus olhos um belo panorama de coxas. Deduzi que, com mais outros minutos, teria um panorama com mais profundidade; mas, por azar – embora eu estivesse ali apenas esperando por aquele momento –, a porta do consultório se abriu e eu escutei a voz, aquela voz inconfundível que eu tinha escutado pela última vez há quinze anos atrás. Logo em seguida, a voz de uma mulher se despedindo. A mulher apareceu então na porta, mas o médico não. A porta ficou semiaberta. A secretária se levantou num rápido descruzar de pernas – que meus olhos já estavam prontos para não perder – e entrou no consultório. Passado um pouco, voltou; fez para mim um sorriso todo especial:

– O senhor pode entrar...

Levantei-me e, enquanto andava, escutei a secretária explicando para o próximo cliente que não era consulta, era só uma conversa rápida, não ia demorar.

O médico esperava, sentado por trás da mesa; ao me ver entrar, levantou-se e, disfarçando o ar de estranheza num sorriso amável, estendeu-me a mão:

– Como vai? Vai bem?

– O senhor está me reconhecendo? – perguntei.

– Creio que sim – ele disse, – mas ...

– Não, o senhor não está; o senhor não me reconheceria; eu mudei muito: exteriormente e interiormente.

Ele ficou sem saber o que dizer. Era evidente que não tinha me reconhecido.

– O senhor lembra de um menino de quinze anos que veio aqui uma vez? – falei. – Um menino completamente desnorteado...

Ele me observou com atenção, procurando rever o menino sob meus traços atuais.
– Vicente Lima... – disse, parecendo se lembrar: – Não havia um outro com você? Um loirinho de cabelo arrepiado... Benjamin: não é isso?
– Exatamente – eu falei contente; contente por dois motivos: por ele se lembrar e por se lembrar também de meu amigo. – Isso mesmo, o senhor agora lembrou.
– Vamos sentar... – disse ele, muito amável.
– A demora é pouca – falei; não quero tomar seu tempo; *time is money*, não é mesmo?
– É, mas com os amigos, os antigos clientes...
Eu me sentei. Acendi um cigarro.
– Mas você realmente mudou muito – disse o médico, que mudara menos do que eu imaginara. – Se você não ajudasse, eu dificilmente te reconheceria. Você era miúdo, agora está um jovem forte, simpático...
– É, eu de fato fiquei mesmo forte; apesar do tratamento...
Ele deu uma risada.
– Alguns têm mais resistência – disse, retribuindo o humor; – a gente se esforça, mas há sempre uns que têm mais resistência...
Tornamos a rir.
– Mas a que devo o prazer de sua visita? – ele perguntou amavelmente e também, por certo, querendo me despachar para atender os clientes que esperavam.
– Nada de especial – eu falei; – apenas uma visita de cortesia, conforme eu disse à sua secretária. Aliás, diga-se de passagem, uma bela menina; bem mais atraente que a do meu tempo. Estou até pensando em fazer um novo tratamento...
Ele deu outra risada.
Silvinha é uma secretária muito eficiente – disse.

– Parece mesmo ser – eu falei.
– É uma ótima secretária.
– Bom, quanto a isso não há dúvida; eu apenas mudaria a posição do adjetivo.
Ele tornou a rir.
– O senhor fez bastantes modificações no consultório – falei.
– É... – ele concordou, no tom displicente de um profissional que se sabe próspero; – andei modificando alguma coisa...
– Mas os quadrinhos estão firmes.
– Quadrinhos?
– As paisagens, ali na sala.
– Ah; mas há uma pintura a óleo – apressou-se em dizer; – não sei se você viu.
– Eu vi.
– É de um pintor, amigo meu; ele me deu de presente. Gosto muito dela. Você gostou?
– Não.
– Não?... – ele ficou surpreso. – Pois você é a primeira pessoa que não gosta.
– Isso acontece.
– É, realmente...
Houve um silêncio meio constrangido.
– Bom – disse ele, – mas isso não importa, e de qualquer forma acho que não é para discutir pintura que estamos aqui, não é mesmo?
– Claro – eu falei.
Os olhos, os olhos que eu conhecia bem, moviam-se irrequietos; o médico já estava impaciente, esperando que eu dissesse o que queria, qual afinal o verdadeiro motivo daquela visita – ele não acreditara muito naquilo de cortesia.
Mas eu não tinha pressa; não, nenhuma pressa; esperara muitos anos por aquele momento, e agora não ti-

nha nenhuma pressa. Assim, apaguei o cigarro no cinzeiro bem devagar. E então falei:
— Sabe, Doutor? eu nunca me esqueci do tratamento; do tratamento, do senhor, daquelas tardes...
— Bondade sua — ele disse, com falsa modéstia.
— Bondade talvez não seja bem a palavra — eu falei. Ele se retraiu num silêncio desconfiado.
— Mas é verdade — prossegui, — nunca me esqueci; e muitas vezes pensei nisso durante esses quinze anos.
— Quinze anos? — ele se admirou: — já faz isso tudo?
— Faz, quinze anos — falei.
Ele balançou a cabeça, ainda admirado. Eu, sem saber como prosseguir, tirei outro cigarro no bolso da camisa; acendi, soprei a primeira fumaça. E então retomei o assunto:
— Havia um momento que eu mais gostava — falei, e olhei para ele, como se ele pudesse adivinhar que momento era esse; mas claro que ele não podia: — esse momento era o final.
— O final? — ele perguntou, franzindo a testa.
— O copo d'água com açúcar.
— Ah — ele sorriu, meio forçado.
— Parece que ainda sinto o gosto dele...
Os olhos agora estavam fixos em mim, procurando descobrir a intenção real que existia por trás de minhas frases, por trás de minha visita.
— É como eu já disse — falei, e soprei lentamente a fumaça para o ar: — me lembro de tudo. O quarto escuro, a gravação: *E agora imagine-se num verde vale florido, à margem de um coruscante regato; é uma paisagem de paz e harmonia...*
— Você tem uma boa memória — ele disse, com uma certa frieza.
— Tenho; sempre tive uma memória muito boa. Eu não lembro de tudo, até das pequenas coisas que todo mundo

já esqueceu. Eu seria capaz de repetir aqui agora a gravação inteira, se o senhor quisesse; mas claro que não vou fazer isso, não há motivo, nem eu quero tomar seu tempo.

Ele não disse nada.

— Mas era esse trecho — continuei, — era esse o trecho que eu mais gostava, o *verde vale florido*. Se bem que eu não gostasse de *coruscante regato*, essa palavra *coruscante*. Eu usaria *manso*, ou *cristalino*; ou então *límpido*. O pior é que uma vez o disco encrencou exatamente nessa palavra; e ficou lá: *coruscante regato, coruscante regato, coruscante regato...*

Inclinei-me um pouco para frente e bati a cinza do cigarro no cinzeiro sobre a mesa. O médico estava em silêncio, e sua fisionomia não tinha mais nada de amável.

— Agora — prossegui, — vou fazer uma confissão que o senhor, no mínimo, achará curiosa: sabe que eu realmente nunca dormi naquelas sessões? Nunca; nem uma só vez. Mas o pior é o que eu fazia: como eu não dormia, e não tinha nada para fazer, eu ficava tentando ouvir as conversas dos clientes aqui no consultório... Reconheço que não é uma coisa muito digna, mas... enfim, já faz tanto tempo, e não creio que isso tenha prejudicado alguém...

— Talvez tenha prejudicado o seu tratamento — ele disse.

— Não, não acredito; o senhor está vendo que não, não é mesmo?...

Essa hora a impressão que eu tive é que ele ia saltar por sobre a mesa e me agarrar e me esgoelar de tanta raiva. Mas continuei, calmo:

— Lembro-me que o senhor atendia sempre a três clientes ao mesmo tempo: um tomava a insulina e ia para a sala esperar a sonolência, outro estava aqui no consultório, nas palestras, e um terceiro ali no quarto escuro, escutando o *verde vale florido*. O senhor ainda faz assim?

– Creio que isso não é da sua conta, Senhor Lima.
Eu não esperava pela resposta. Mas não me perturbei:
– Realmente – falei, – o senhor tem razão; isso não é mesmo da minha conta. Era só curiosidade. Desculpe se...
Ele não disse nada, nem fez qualquer gesto. Apaguei o cigarro no cinzeiro, esmagando bem a ponta; depois limpei com o dedo um pouquinho de cinza que caíra na mesa.
– O senhor recebe de vez em quando a visita de antigos clientes? – perguntei, num tom cordial.
– De vez em quando – ele respondeu, a fisionomia se abrindo um pouco.
– Estou perguntando porque... Não sei, se eu fosse médico, principalmente se eu fosse psiquiatra, eu teria muita curiosidade de saber o que aconteceu com os clientes depois que deixaram o consultório; como foi a vida deles, o que fizeram, o que houve de novo...
– Nós temos essa curiosidade, Senhor Lima; o cliente não nos interessa apenas enquanto está no consultório, sob nossas vistas; interessamo-nos por ele como ser humano, e portanto desejamos saber como correu a vida dele depois. Todos nós temos essa curiosidade, esse interesse.
– É o que eu penso – falei; fiz uma pausa e então olhei para ele: – O senhor está bem lembrado do Benjamin...
– Benjamin?
– Meu companheiro, o loirinho de cabelo arrepiado...
– Ah, sim.
– O senhor uma vez emprestou para ele *O Poder do Pensamento Positivo*, do Norman Vincent Peale; não sei se o senhor lembra disso.
Ele fez uma expressão vaga.
– Eu me lembro até da assinatura do senhor, uma assinatura logo abaixo do título.
Ele balançou a cabeça e – eu percebi – olhou disfarçadamente as horas no relógio de pulso.

– Sei que Benjamin gostou demais do livro – continuei contando. – Ele só falava nesse livro. Estava empolgado com o pensamento positivo. Então um dia, já no colégio, no pátio, num lugar onde havia um pequeno barranco, ele me chamou e disse: "Vicente, eu vou te sustentar só com a força do meu pensamento; você quer ver?" Ele estendeu o braço à frente, sobre o barranco, o punho bem fechado; concentrou-se fortemente e disse: "Pode pendurar aí." Eu fiquei impressionado; impressionado com a segurança dele; e pendurei.

O médico me olhava.

– E aí sabe o que aconteceu?

Ele não disse nada.

– Caímos nós dois no barranco – e eu dei uma risada; o médico nem ao menos sorriu. – Foi isso o que aconteceu; a sorte é que o barranco não era alto e tinha uma boa grama, senão a gente podia ter se machucado seriamente; a sorte foi essa. Foi nesse mesmo dia que eu falei pro Benjamin: "Olha, Benja, esse troço do pensamento positivo vai acabar te pondo doido, hem; vai escutando..." Ele cada dia aparecia com uma coisa nova, que aprendia aqui no consultório ou então nos livros. E eu só pensava isso: que ele estava ficando cada vez mais maluco.

– Benjamin era um jovem com mil problemas – disse o médico, de um modo hostil.

– Era, não há dúvida; como eu era, como quase todo jovem nessa idade é. Mas não creio que ele fosse doente; pelo menos não era até vir a esse consultório.

– Isso é uma acusação, Senhor Lima? – ele me perguntou, e sua aparência agora era verdadeiramente terrível.

– Dê o nome que quiser – eu falei, sem me intimidar. Nós não éramos doentes, Doutor; não éramos psicóticos. Tínhamos mesmo mil problemas, como o senhor disse. Mas esses problemas não se curavam com injeções de insulina, com palavras rápidas e estereotipadas tiradas de manuais de psiquiatria, com quarto escuro e gravação. Eles se curavam com um pouco mais de atenção, um pouco mais de interesse, talvez algum carinho.

O rosto do médico estava tenso e vermelho.

– Naquela época eu não podia entender essas coisas – continuei; – mas comecei a perceber, quando vi o que estava acontecendo com o Benjamin; e percebi que se havia um caminho para a cura, o caminho não era de modo algum aquele; que aquilo, tanto no caso de Benjamin quanto no meu, só podia ir cada vez mais levando para o buraco. E então caí fora; foi minha salvação. O senhor talvez não se lembre que interrompi o tratamento e não voltei mais aqui.

– Me lembro, me lembro sim; e me lembro também que várias vezes deixei de marcar aquele horário para novas clientes, na espera de que você aparecesse.

– Quer dizer que eu lhe dei prejuízo.

– Não estou me referindo a esse aspecto, Senhor Lima, mas à sua falta de lhaneza em não me comunicar que havia deixado o tratamento.

"Lhaneza" – o médico tinha mesmo um fraco por certas palavras.

– Realmente – falei, – eu devia ter feito isso; foi um erro de minha parte, e eu lhe peço desculpas, com quinze anos de atraso, pela minha falta de lhaneza.

O médico olhou de novo o relógio – dessa vez ostensivamente. Eu me levantei:

– Não se preocupe, eu já me vou; não quero lhe dar um novo prejuízo.

– O senhor já me deu; Senhor Lima – disse ele, se levantando também.

– É? De quanto foi o prejuízo? Pode dizer, que eu pago.

— O senhor já fará muito se me deixar atender os clientes que esperam na sala.

— Pois não, com prazer; eu já me vou. Mas há uma última coisa que eu gostaria de dizer antes de sair: o senhor disse que se interessa pelos clientes depois que deixaram o consultório; talvez o senhor queira saber o que aconteceu com Benjamin.

— Se isso não for me tomar muito tempo mais — disse ele secamente.

— Não, não vai, é rápido — eu falei; tirei um cigarro do maço e o acendi. — Benjamin, aliás como eu previra, foi ficando cada vez mais estranho.

— Quando ele deixou o tratamento, ele estava bom — me atalhou o médico; — inclusive me lembro que no último dia ele externou muita gratidão a mim.

— Não duvido disso; que Benjamin tenha externado gratidão — eu esclareci; — mas não creio que ele estivesse bom, como o senhor diz, como o senhor achou; do contrário, ele não teria procurado um outro psiquiatra, o que ele fez pouco tempo depois. O senhor talvez não soubesse disso.

Ele não respondeu.

— Isso, aliás, só agravou o problema. Depois vieram outros psiquiatras ainda; e Benjamin cada vez pior, cada vez mais difícil. A essa altura ele já era realmente um psicótico; já tinha até tomado eletrochoques, o que, a meu ver, acabou de transformá-lo definitivamente num caso médico, e, acredito, sem possibilidade de cura completa. Por fim ele se cansou disso tudo; ou foi um momento de desespero.

— O que aconteceu? — o médico me perguntou.

— Ele meteu uma bala na cabeça.

— Benjamin? — disse alto. — Ele fez isso? Quando?

— Faz tempo; ele estava com vinte e um anos.

– Eu não sabia.

O médico me olhava com espanto:

– É uma surpresa... Benjamin tinha realmente problemas sérios, mas nunca pensei que... nunca me ocorreu que ele...

Olhou pensativo para o chão:

– No último dia que ele veio aqui, ele estava alegre, saudável, fez muitas brincadeiras; eu achei realmente que ele... – abanou a cabeça, sem concluir: afinal qualquer coisa agora seria inútil.

Fiquei um instante olhando-o, querendo dizer mais alguma coisa – mas não havia mais nada a dizer.

Estendi-lhe a mão:

– Até logo, Doutor.

– Até logo – ele disse.

Abriu a porta, e eu saí.

A secretária estava atendendo um novo cliente; despedi-me dela com um sorriso, e, num rápido olhar, pude ver ainda uma vez suas pernas: eram realmente magníficas, e era uma pena pensar que eu talvez nunca mais fosse vê-las.

NOTAS BIOGRÁFICAS

Sétimo e último filho de um engenheiro agrônomo e de uma normalista, Luiz Vilela nasceu em Ituiutaba, Minas Gerais, em 31 de dezembro de 1942. Fez o curso primário e o ginasial no Ginásio São José, dos padres estigmatinos. Criado numa família em que todos liam muito e numa casa onde, segundo ele conta, em entrevista a Edla van Steen, "havia livros por toda parte", era natural que, embora tendo uma infância igual à de qualquer outro menino do interior, ele desde cedo mostrasse interesse pelos livros.

Esse interesse foi só crescendo com o tempo, e um dia, aos 13 anos, depois de ter lido tantas histórias de tão diferentes autores, Vilela resolveu escrever também algumas. "Gostei tanto da experiência, que nunca mais parei", disse. Seus contos foram publicados nos jornais da cidade, e foi assim que ele se tornou escritor.

Aos 15 anos, Vilela foi para Belo Horizonte, onde fez o curso clássico, no Colégio Marconi, e depois entrou para a Faculdade de Filosofia, Ciências e Letras, da Universidade Federal de Minas Gerais, formando-se em Filosofia. Continuava a escrever e ganhou alguns concursos de contos na imprensa mineira.

Aos 21, com outros jovens escritores, criou uma revista só de contos, *Estória*, e um jornal literário de vanguarda, *Texto*. Essas publicações, que, na falta de apoio financeiro, eram pagas pelos próprios autores, marcaram época, e sua repercussão não só ultrapassou os muros da província, como ainda chegou ao exterior.

Em 1967, aos 24 anos, depois de se ver recusado por vários editores, Luiz Vilela publicou à própria custa, em edição graficamente modesta e de apenas mil exemplares, seu primeiro livro, de contos, *Tremor de terra*. Mandou-o então para um concurso literário em Brasília, e o livro ganhou o Prêmio Nacional de Ficção, disputado com 250 escritores, entre os quais diversos monstros sagrados da literatura brasileira. Um deles, tão certo de ganhar o prêmio, que já levara pronto seu discurso de agradecimento, não se conformou com o resultado e perguntou à comissão julgadora se aquele concurso era destinado a "aposentar autores de obra feita e premiar meninos saídos da creche".

Tremor foi logo a seguir reeditado por uma grande editora do Rio, e Luiz Vilela se tornou conhecido em todo o Brasil, sendo saudado como a Revelação Literária do Ano e recebendo o aplauso não só da crítica, mas também de pessoas como o historiador Nelson Werneck Sodré, o biógrafo Raimundo Magalhães Júnior e o humorista Stanislaw Ponte Preta. Coroando a espetacular estreia de Vilela, o *Jornal do Brasil*, numa reportagem de página dupla, intitulada "Literatura Brasileira no Século XX: Prosa", o escolheu como o mais representativo escritor de sua geração, incluindo-o na galeria dos grandes prosadores brasileiros, iniciada por Machado de Assis.

Em 1968, Vilela mudou-se para São Paulo, capital, para trabalhar como redator e repórter no *Jornal da Tar-*

de. Foi com base nessa experiência que ele depois escreveria o seu segundo romance, *O inferno é aqui mesmo*.

Neste mesmo ano, Vilela foi premiado no I Concurso Nacional de Contos, do Paraná, o que se repetiria no ano seguinte, no II Concurso, ocasião em que Antonio Candido, que fazia parte da comissão julgadora, observaria sobre ele: "A sua força está no diálogo e, também, na absoluta pureza de sua linguagem".

Ainda em 1968, convidado a participar de um programa internacional de escritores, o International Writing Program, em Iowa City, Iowa, Estados Unidos, viajou para este país, lá ficando nove meses e concluindo o seu primeiro romance, *Os novas*.

Dos Estados Unidos, foi para a Europa, percorrendo vários países e fixando-se por algum tempo em Barcelona, Espanha. Voltando ao Brasil, passou a residir novamente em sua cidade natal, próximo da qual comprou depois um sítio, onde passaria a criar vacas leiteiras.

Em 1974, Luiz Vilela ganhou o Prêmio Jabuti, da Câmara Brasileira do Livro, para o melhor livro de contos do ano, com *O fim de tudo*, publicado no ano anterior, por uma editora que ele, juntamente com um amigo, fundou em Belo Horizonte, a editora Liberdade.

Na década de 1970, Ituiutaba, uma cidade de porte médio, situada numa das regiões mais ricas do país, sofreu, como outras cidades semelhantes, grandes transformações, o que iria inspirar a Vilela o seu terceiro romance, *Entre amigos*.

Em 1989, saiu *Graça*, seu quarto romance e décimo livro. *Graça* foi escolhido como o "livro do mês" da revista *Playboy*, em sua edição de aniversário.

No começo de 1990, a convite do governo cubano, Vilela passou um mês em Cuba, como jurado de literatura brasileira do Premio Casa de las Américas. Em junho, ele foi escolhido como o melhor da Cultura em Minas Gerais no ano de 1989 pelo jornal *Estado de Minas*, na sua promoção anual "Os Melhores".

No final de 1991, ele esteve no México, como convidado do VI Encuentro Internacional de Narrativa, que reuniu escritores de várias partes do mundo para discutir a situação da literatura atual.

No início de 1994 esteve na Alemanha, a convite de Haus der Kulturen der Welt, fazendo leituras públicas de seus escritos. No fim do ano publicou a novela *Te amo sobre todas as coisas*.

Em 1996 foi publicada na Alemanha, pela Babel Verlag, de Berlim, uma antologia de seus contos, *Frosch im hals*. E no final do ano Vilela voltou ao México como convidado do XI Encuentro Internacional de Narrativa.

Em 1998, o Departamento de Línguas e Literaturas, do Instituto Superior de Ensino e Pesquisa de Ituiutaba, lançou o Cartas a Luiz Vilela, um projeto cultural de caráter competitivo, destinado a universitários de todo o país.

Em 2000, o Concurso de Contos Luiz Vilela, promovido pela Fundação Cultural de Ituiutaba, chegou à sua 10ª edição. Também neste ano um conto de Vilela, "Fazendo a barba", foi incluído na antologia, da editora Objetiva, do Rio de Janeiro, *Os cem melhores contos brasileiros do século*.

Vilela já foi traduzido para diversas línguas. Seus contos figuram em inúmeras antologias, nacionais e estrangeiras, e sua obra, no todo ou em parte, tem sido objeto de constantes estudos, aqui e no exterior.

Luiz Vilela reside atualmente em Ituiutaba, dedicando todo o seu tempo à literatura.

BIBLIOGRAFIA

Tremor de terra (contos). Belo Horizonte: edição do autor, 1967; 7ª ed. São Paulo: Ática, 1980.

No bar (contos). Rio de Janeiro: Bloch, 1968; 2ª ed. São Paulo: Ática, 1984.

Tarde da noite (contos). São Paulo: Vertente, 1970; 5ª ed. São Paulo: Ática, 1999.

Os novos (romance). Rio de Janeiro: Gernasa, 1971; 2ª ed. Rio de Janeiro: Nova Fronteira, 1984.

O fim de tudo (contos). Belo Horizonte: Liberdade, 1973.

Contos escolhidos. Rio de Janeiro: Francisco Alves, 1978; 2ª ed. Porto Alegre: Mercado Aberto, 1985.

Lindas pernas (contos). São Paulo: Cultura, 1979.

O inferno é aqui mesmo (romance). São Paulo: Ática, 1979; 2ª ed. São Paulo: Ática, 1983; São Paulo: Círculo do Livro, 1988.

O choro no travesseiro (novela). São Paulo: Cultura, 1979; 9ª ed. São Paulo: Atual, 2000.

Entre amigos (romance). São Paulo: Ática, 1983.

Uma seleção de contos. São Paulo: Nacional, 1986.

Contos. Belo Horizonte: Lê, 1986; 2ª ed. São Paulo: Nankin, 2001.

Melhores contos de Luiz Vilela. São Paulo: Global, 1988; 3ª ed. São Paulo: Global, 2001.

O violino e outros contos. São Paulo: Ática, 1989; 6ª ed. São Paulo: Ática, 2000.

Graça (romance). São Paulo: Estação Liberdade, 1989.

Te amo sobre todas as coisas (novela). Rio de Janeiro: Rocco, 1994.

Contos da infância e da adolescência. São Paulo: Ática, 1996; 2ª ed. São Paulo: Ática, 1997.

Boa de garfo e outros contos. São Paulo: Saraiva, 2000; 2ª ed. São Paulo: Saraiva, 2001.

Sete histórias (contos). São Paulo: Global, 2000.

Histórias de família (contos). São Paulo: Alexandria, 2001.

Chuva e outros contos. São Paulo: Editora do Brasil, 2001.

ÍNDICE

Música de Câmara –
Apresentação por Wilson Martins 7
Confissão 15
Júri 21
Espetáculo de fé 27
Deus sabe o que faz 35
Um dia igual aos outros 37
Tremor de terra 50
Triste 59
Domingo 67
Um caixote de lixo 70
Olhos verdes 76
Inferno 80
No bar 87
Uma namorada 95
Aprendizado 107
Ousadia 113
Bárbaro 119
O suicida 129
Tarde da noite 137
Coisas de hotel 155
O caixa 159

Surpresas da vida 169
Primos 174
À luz do lampião 188
O fim de tudo 196
Feliz Natal 201
Depois da aula 207
Para vocês mais um capítulo 216
Escapando com a bola 223
Nó na garganta 230
Lindas pernas 240
Notas biográficas 253
Bibliografia 257

COLEÇÃO MELHORES CONTOS

ANÍBAL MACHADO
Seleção e prefácio de Antonio Dimas

LYGIA FAGUNDES TELLES
Seleção e prefácio de Eduardo Portella

BRENO ACCIOLY
Seleção e prefácio de Ricardo Ramos

MARQUES REBELO
Seleção e prefácio de Ary Quintella

MOACYR SCLIAR
Seleção e prefácio de Regina Zilbermann

MACHADO DE ASSIS
Seleção e prefácio de Domício Proença Filho

HERBERTO SALES
Seleção e prefácio de Judith Grossmann

RUBEM BRAGA
Seleção e prefácio de Davi Arrigucci Jr.

LIMA BARRETO
Seleção e prefácio de Francisco de Assis Barbosa

JOÃO ANTÔNIO
Seleção e prefácio de Antônio Hohlfeldt

EÇA DE QUEIRÓS
Seleção e prefácio de Herberto Sales

MÁRIO DE ANDRADE
Seleção e prefácio de Telê Ancona Lopez

LUIZ VILELA
Seleção e prefácio de Wilson Martins

J. J. VEIGA
Seleção e prefácio de J. Aderaldo Castello

JOÃO DO RIO
Seleção e prefácio de Helena Parente Cunha

Ignácio de Loyola Brandão
Seleção e prefácio de Deonísio da Silva

Lêdo Ivo
Seleção e prefácio de Afrânio Coutinho

Ricardo Ramos
Seleção e prefácio de Bella Jozef

Marcos Rey
Seleção e prefácio de Fábio Lucas

Simões Lopes Neto
Seleção e prefácio de Dionísio Toledo

Hermilo Borba Filho
Seleção e prefácio de Silvio Roberto de Oliveira

Bernardo Élis
Seleção e prefácio de Gilberto Mendonça Teles

Autran Dourado
Seleção e prefácio de João Luiz Lafetá

Joel Silveira
Seleção e prefácio de Lêdo Ivo

João Alphonsus
Seleção e prefácio de Afonso Henriques Neto

Artur Azevedo
Seleção e prefácio de Antonio Martins de Araujo

Ribeiro Couto
Seleção e prefácio de Alberto Venancio Filho

Osman Lins
Seleção e prefácio de Sandra Nitrini

Orígenes Lessa
Seleção e prefácio de Glória Pondé

Domingos Pellegrini
Seleção e prefácio de Miguel Sanches Neto

Caio Fernando Abreu
Seleção e prefácio de Marcelo Secron Bessa

Edla van Steen
Seleção e prefácio de Antonio Carlos Secchin

Fausto Wolff
Seleção e prefácio de André Seffrin

AURÉLIO BUARQUE DE HOLANDA
Seleção e prefácio de Luciano Rosa

ALUÍSIO AZEVEDO
Seleção e prefácio de Ubiratan Machado

SALIM MIGUEL
Seleção e prefácio de Regina Dalcastagnè

ARY QUINTELLA
Seleção e prefácio de Monica Rector

*HÉLIO PÓLVORA**
Seleção e prefácio de André Seffrin

*WALMIR AYALA**
Seleção e prefácio de Maria da Glória Bordini

*HUMBERTO DE CAMPOS**
Seleção e prefácio de Evanildo Bechara

*PRELO